LEGEND OF SWORD EMPEROR

검황전설

FANTASY FRONTIER SPIRIT

미르나래 판타지 장편 소설

검황전설 2

미르나래 판타지 장편 소설

초판 1쇄 찍은 날 § 2012년 5월 8일
초판 1쇄 펴낸 날 § 2012년 5월 15일

지은이 § 미르나래
펴낸이 § 서경석

편집부장 § 권태완
편집책임 § 박우진
디자인 § 이혜정

펴낸곳 § 도서출판 청어람
등록번호 § 제1081-1-89호
등록일자 § 1999. 5. 31
어람번호 § 제1-1385호

주소 § 경기도 부천시 원미구 심곡2동 163-2 서경B/D 3F (우) 420－822
전화 § 032-656-4452 팩스 § 032-656-4453
http://www.chungeoram.com
E-mail § chungeorambook@daum.net

ISBN 978-89-251-2867-2 04810
ISBN 978-89-251-2865-8 (세트)

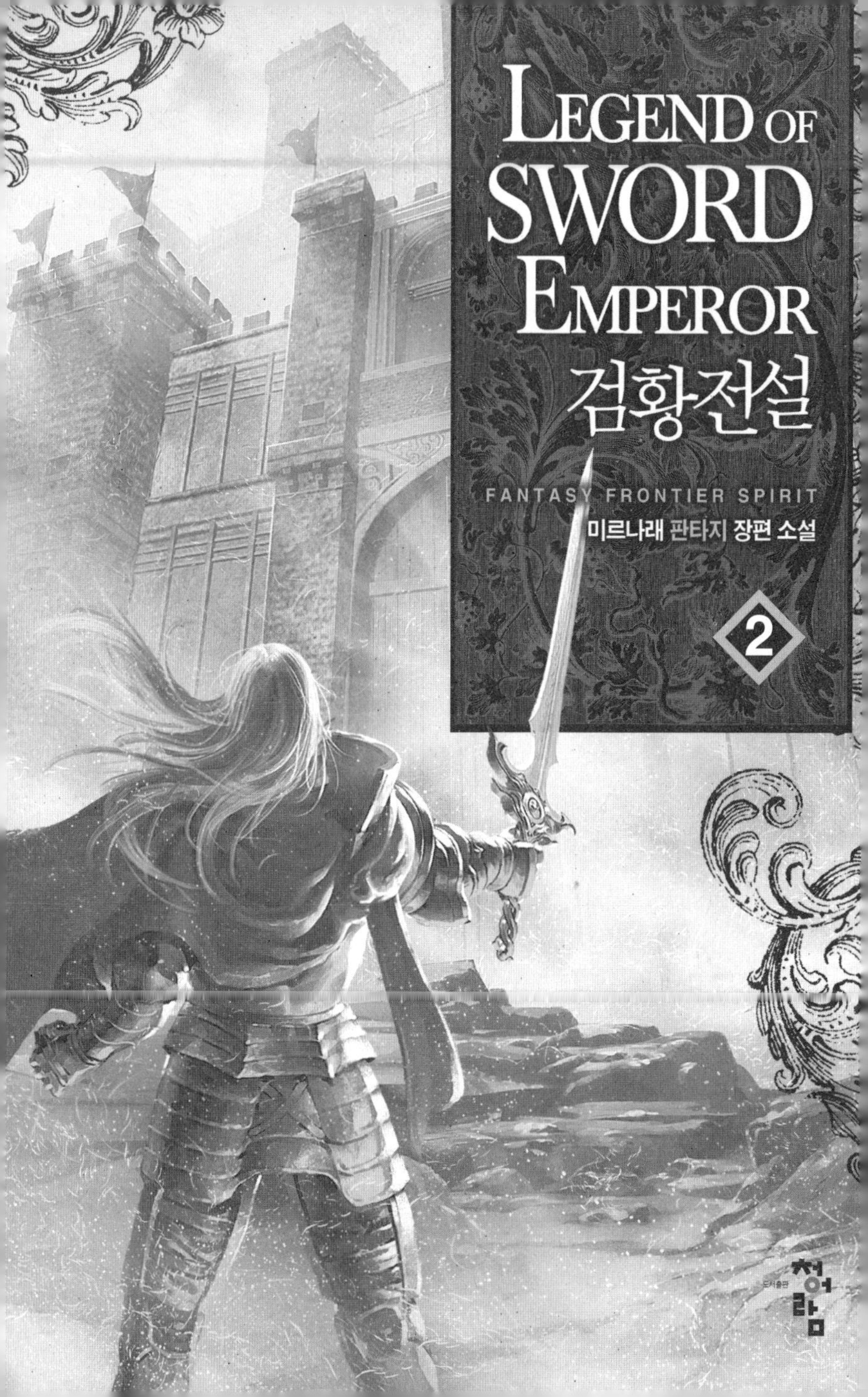
LEGEND OF SWORD EMPEROR
검황전설
FANTASY FRONTIER SPIRIT
미르나래 판타지 장편 소설
2
청어람

CONTENTS

Chapter 1 마스터 그룹 7

Chapter 2 마스터 오브 마스터 57

Chapter 3 마르티네스 공주 109

Chapter 4 무서운 아이들 147

Chapter 5 이어지는 인연 191

Chapter 6 격동하는 대륙 253

Chapter 7 혈로(血路) 289

Chapter 01

마스터 그룹

"자, 움직이자. 혼자 다니지 말고 즉각 응원할 수 있도록 너무 멀리 떨어지지도 마라. 행동 개시!"

팀장의 말이 떨어졌다. 두 명이나 세 명씩 움직이는 그들의 얼굴은 밝았다.

얼마 후, 꿩 한 마리, 뱀 세 마리, 토끼 두 마리까지 잡아서 의기양양하게 모인 그들은 불을 피워서 구웠다. 손과 입 주변에 검댕을 잔뜩 묻힌 채 마치 피크닉을 즐기는 모습이었다.

하지만 마냥 그렇게 여유롭지만은 않았다. 수련생들은 사흘째 되던 날 오크와 마주쳤다.

"치익, 인간 어린애다. 맛있다. 치익."

"치익, 그래도 칼 든 어린애 많다. 치익!"

"치익, 맞다. 어린애 많다. 먹을 것 많다. 치익!"

수련생들은 또래보다는 키도 크고 강해졌지만, 오크는 고블린과 달랐다. 고블린의 크기는 그들보다 작았지만, 오크는 어른보다도 컸으며 위압적이었다.

"혼자서 싸우려 하지 말고 힘으로 맞서려고도 하지 마라."

고블린은 이와 발톱이 무기였으나, 오크는 생긴 것 자체가 무기였다. 돼지를 닮았다는 말과 달리 코만 조금 컸을 뿐 크고 험상궂은 인상, 엉성하게 드문드문 걸친 체인메일 사이로 드러난 강인한 근육, 허벅지만 한 팔뚝 두께와 허리만 한 허벅지는 절로 주눅이 들게 했다. 대도의 폭은 한 뼘이나 되는 듯해서 맞으면 잘리는 게 아니라 부서질 듯했다.

"꿀꺽!"

파라미는 슬쩍 교관을 쳐다봤다. 수많은 의미가 포함됐다. 하지만 아리안은 오히려 한 걸음 뒤로 물러섰다. 파라미가 속으로 비명을 질렀다.

'이건 체급이 다르다고요, 체급이!'

그 순간, 파라미의 뇌리에 교관이 했던 말이 떠올랐다.

"비겁한 승리나 정당한 패배란 없다. 오직 산 자와 죽은 자가 있을 뿐이다."

'맞아. 우선 살아야 돼. 교관님이 나를 대신해서 싸우고 나의 생명을 지켜줄 수는 없어. 젠장, 내 목숨 잃는 것이 이렇게 두려울 정도로 가치가 있는 것이라면 어떤 일이 있어도 내가 지켜야만 해. 교관님, 보세요. 파라미는 해내고 말 겁니다.'

파라미는 검을 고쳐 잡았다.

"치익, 꼬맹이 죽어라! 치익!"

"마스터가 기세에서 지면 이미 죽은 거라고 했어."

체급이 다른 것을 무기로 삼는 오크의 무지막지한 대도가 공간을 가르며 덮쳐 왔다. 파라미도 고함을 지르며 덤벼들었다. 그는 중단으로 겨눴던 검을 들어 내려치는 오크의 대도를 막으면서 옆으로 흘리고 몸을 틀어 오크의 옆구리를 벴다.

챙! 척!

오크의 체인메일 몇 가닥이 끊어져 내리며 혈선이 그어졌다. 파라미는 대도를 흘린다고 했지만, 순간적으로 대도에서 전해진 강한 힘의 파동이 온몸을 휘감았다. 짜릿한 쾌감이 전신을 관통했다.

'오크의 힘이 강하긴 해도 스스로 포기할 만큼 차이가 나는 것은 아니잖아. 아니, 교관님에게 훈련받은 것은 얼마 되지 않지만, 그 단전 수련인가 뭔가 하는 게 신비한 능력이 있는 게 틀림없어. 그러니까, 정예병사 세 명이 있어야 한다는 오크의 힘을 받고도 쓰러지지 않았겠지. 지금 교관님이 보고 계셔. 내가 쓸 만한 부하임을 보여드려야 해.'

교관이 보고 있다는 사실 하나만으로 파라미의 전신에서 새로운 힘이 불끈 치솟았다. 검을 고쳐 잡은 파라미는 고함을 지르며 오크에게 달려들었다.

"야!"

자신의 대도와 부딪치고도 쓰러지지 않는 인간 꼬맹이와 자신의 대도를 어이없는 얼굴로 쳐다보던 오크는 그 꼬맹이가 다시 달려들자 습관적으로 발로 찼다.

파라미는 올려치는 오크의 발을 지지대로 삼아 더욱 높이 오르며 오크의 목을 향해 우횡베기를 했다.

"치익, 꼬맹이 아냐. 인간 전사야. 치……!"

오크는 꼬맹이라고 속인 인간 전사가 원망스러워 눈을 부릅뜬 채 죽었다.

"와! 파라미, 정말 대단하다. 다시 봤어."

"크크, 파라미는 인간 전사야. 오크도 인정했잖아."

"아냐. 실력은 너희가 더 좋아. 난 단지 운이 좋았을 뿐이야."

파라미와 함께 싸우던 동료가 퍼붓는 칭찬을 들은 파라미의 얼굴은 붉어졌지만, 그의 기분은 드넓은 창공이 얼마나 높고 넓은 줄도 모르고 마구 유영했다. 파라미는 눈물을 감추려고 하늘을 쳐다봤다.

'오늘이 내가 새로 태어난 날이야. 교관님은 제… 흑!'

다른 오크와 싸우던 팀장 그룹은 옆에서 먼저 오크를 죽이자 오기가 났는지 일제히 공격했다.

"에이, 돼지머리야. 빨리 죽으면 서로 편하잖아! 죽어라!"

끄윽!

오크는 여섯 명의 일제 공격을 받고 그대로 쓰러졌다. 수련생들은 오크와 싸우고 난 뒤 서로 얼굴을 쳐다봤다. 그들은 순식간에 마치 각성이라도 한 듯이 달라졌다. 옷에 튄 푸른 오크의 피만이 달라진 건 아니었다.

스스로 믿는 마음, 든든한 동료, 무한한 능력과 이 놀라운 기적을 이룩하도록 차근차근 인도해 주는 존경하는 마스터이자 회장.

그들의 마음에는 동료에게서 싹트는 믿음과 신뢰가 무럭무럭 싹텄고, 회장을 향한 마음도 동료나 회장을 뛰어넘어 인비에르노 교수와 같은 존경심이 피어났다.

'교수님은 길을 가르쳐 주지만, 마스터는 실질적으로 우리를 이끌어줘.'

그들은 자신들이 시대의 행운아이며 모든 것을 가진 선택받은 자들임을 깨달았다.

"와, 해냈다!"

"얘들아, 너희와 함께해서 기쁘다."

"나도 그래. 우린 마스터의 자랑스러운 부하가 될 거야."

그들은 함성을 지르며 서로 얼싸안았다. 오크가 더는 두려움의 대상이 아니라는 생각은 그들을 훨훨 날게 했다. 그들은 겨우 열다섯 살이었다. 하지만 그들은 누구도 나이를 생각하지 않고 자신의 두 다리로 굳게 섰다. 누가 오크와 싸워서 이기는 자를 소년이라 할 것인가.

그들은 육체적이나 정신적으로 빠르게 성장했다.

"으아! 난 자랑스러운 마스터 그룹원이다."

"나도!"

고함을 지른 수련생들이 서로 뿌듯하고 흐뭇한 심정으로 서로를 바라봤다. 동료의 얼굴에 희망이 활활 타오르고 있었다. 그들은 환한 미소를 지으면서 다시 한 번 서로를 껴안았다.

파라미가 갑자기 무릎을 꿇으면서 머리를 땅에 댔다. 자신이 표현할 수 있는 가장 정중한 예의였다.

"마스터, 정말 감사합니다. 절 사내로 다시 태어나게 해주셨습니다."

그 모습을 본 동료들이 철퍼덕 무릎을 꿇었다.

"마스터를 위해서라면 목숨이라도 바치겠습니다! 절 영원한 부하로 삼아주십시오, 마스터!"

"우릴 영원한 부하로 삼아주십시오, 마스터!"

아리안은 일일이 어깨를 잡아서 그들을 일으키며 말했다.

"나도 너희가 자랑스럽다. 그러나 가신이 되는 문제는 아직 시간이 있으니 좀 더 생각해 보자. 자, 모두 일어나라."

그들은 아리안이 반 승락은 했다고 여기고 자리에서 일어났다. 파라미와 동료들은 한껏 고무된 표정으로 서로를 쳐다봤다.

그들만을 위한 태양이 한껏 미소를 보내며 푸에블라 산을 넘어갔다.

그들은 저녁 식사 후에 살수에 대한 토론을 벌였다.

"살수들의 방법에 대해서 들은 것이나 '내가 나보다 실력이 뛰어난 자를 죽이려면' 이라는 주제로 이야기를 나누자. 그리고 그 후에 하나씩 대책을 세우는 게 어때?"

"그거 좋겠다. 난 침대 밑에 숨은 살수에게 암살당했다는 이야기를 들은 적 있어."

"천장에서 구멍을 뚫고 실을 떨어뜨린 후 실에다 독을 흘려서 잠자는 자의 입에 넣는 게 고전적인 방법이라고 들었어."

이젠 파라미도 자신의 의견을 자신있게 말했다. 그는 동료들이 자신의 말에 고개를 끄덕여 주는 게 너무나 신이 났다.

"미인계도 있지."

"미인계가 뭐야? 미인과 침대에서 죽자고 계약하는 건가?"

"아닐 거야. 미인이 유혹해서 정신이 없을 때 단검으로 찌르는 게 아닐까?"

그들은 상대의 말에 호응을 하거나 자신의 이야기를 꺼냈다. 누구도 다른 친구의 말을 가벼이 듣지 않았다.

"음, 그렇겠구나. 그리고 독침, 독검, 독연, 독탄, 독바늘 등도 있어."

"젠장, 그럼 대책이 없는 거야?"

"그렇진 않아. 만약 대책이 없다면 마스터가 되길 갈망하기보다 특급 살수가 되길 바라야겠지. 들은 얘긴데, 마스터가 되면 살수의 살기를 느껴서 방어하거나 살수를 공격하여 죽일 수 있다더군."

그들은 서로 이야기를 나누면서 점차 목적지를 향하고 있었다.

"에이, 그럼 이야기가 이상하잖아. 주군께서 말씀하시길

3~5년이면 마스터가 된다고 했으니, 마스터가 되면 필요없는 수련 아냐?"

"혹시 살수에 대한 어떤 방어책이 마스터가 되기 위한 하나의 방편이나 보완책은 아닐까?"

수련생들은 마침내 아리안이 원하는 결론에 거의 접근했다.

"맞았어. 바로 그거야. 마스터가 되면 살기를 느낀다. 살기는 기감이 발달해야 느낄 수 있다. 기감을 발달시키려면 항상 자신의 주위에 대한 주의를 집중해야 한다."

"그래, 맞았어. 교관님은 우리가 항상 주위를 살피는 훈련을 하길 바라시는 거야."

그들은 밤이 늦도록 열띤 토론을 벌였다.

수련생들은 고블린을 만나면 검을 사용하지도 않고 타격기만으로 물리칠 정도가 됐으며, 오크와도 이 대 일이면 부담을 느끼지 않을 정도가 됐다.

그들이 20일간 산속에서 보낸 특수 훈련은 많은 것을 변화시켰다. 체격도 몰라보게 자랐고, 고블린을 죽였으며, 오크를 두려워하지 않게 되면서 자신감도 생겼다. 가장 놀라운 것은 살기를 발출하게 되었다는 사실이다.

그들은 벌써 소년기를 벗어나서 청소년기에 접어들었으며, 동료의 소중함을 뼈저리게 느꼈다. 그리고 그들은 서로에게 평생 동료가 되기를 바랐다.

어느새 돌아갈 날이 되어 일곱 팀이 모두 집합했다.

"전체, 차렷!"

척!

"교관님께 경례!"

"충성!"

"충성! 수고했다. 쉬어!"

"전체, 열중 쉬어!"

"모두들 수고했다. 어때, 이제 자신있나?"

"예, 자신있습니다."

그들의 음성은 푸에블라 산을 쩌렁쩌렁 울렸다.

"한데, 모두 새카매서 누가 누군지를 모르겠군. 여자 수련생들은 얼굴이 까매서 부끄러운가?"

"아닙니다! 자랑스럽습니다!"

수련생들은 옆에서 악쓰는 소리를 듣고서야 그가 여자였다는 것을 알 정도였다.

"이젠 돌아가야 할 시간이다. 너희가 새 학기를 맞이하면 많은 말을 들을 수도 있다. 너희들의 힘은 오거보다는 부족해도 오크와는 비슷한 정도가 됐다. 너희 힘을 절대 사사로운 데 사용하지 마라. 그렇다고 비겁해지란 말도 아니다. 참되, 주위의 누구나 알 정도로 도가 지나치면 분명하게 응징해야 한다. 상대가 시비를 걸어왔을 때, 웬만하면 한두 대는 맞아주면서 상대의 눈을 똑바로 쳐다봐라. 그러나 무기를 들고 덤빌 때는 분명히 대가를 받아야 한다. 그리고 많은 것을 배우고 공부하되, 독서도 등한시하지 마라."

아리안의 말은 그들에게 뼈가 되고 살이 되는 지침서였다.

수련생들은 한마디도 놓치지 않으려고 귀를 곤두세웠다. 그것은 임원들도 마찬가지였다.

"단전호흡에 대한 것은 누구에게도 말해선 안 된다. 만약 실수로라도 말한 것이 확인되면 누구든지 다시는 수련을 하지 못하게 할 것이다. 단전 수련은 너희가 결혼해서 낳은 직계 가족에게만 허락한다. 물론 배우자에게도 안 된다. 만약 배우자에게 허락한다는 소문이 퍼지면, 그 비밀을 알려고 정략결혼을 시도하는 자가 생기고, 너희는 그 피해자가 될 것이니 이 원칙을 지켜라! 알았나?"

"알겠습니다, 교관님!"

"좋다. 안티야스! 출발시켜라!"

그들은 '단전 수련'에 대한 것을 절대 발설하지 말라는 아리안의 말을 듣고, 공통된 비밀을 소유하게 되었다. 그리고 그 공통된 비밀은 그들의 결속을 더욱 강화시켰다.

수련생들은 아카데미로 돌아가지 않고 레포르마 여관으로 들어가서 목욕하고 준비된 옷으로 갈아입었다.

수련생 77명과 임원 6명은 아카데미의 폭풍의 핵이 된다. 많은 사건사고가 기다리는 아카데미 정문이 활짝 열렸다.

* * *

국립 로열 아카데미 신입생 입학식.

오늘의 주인공은 누가 뭐래도 부모의 손을 잡고 주위를 두

리번거리는 호기심 반, 두려움 반의 신입생들이었다.

하루 먼저 도착하여 새로운 기숙사를 배정받고 교과서와 학용품, 그리고 단복 등을 지급받은 뒤 느긋한 심정으로 신입생들을 바라보는 2년차 학생들의 태도는 마치 세상을 관조하는 현자 같았다.

입학식은 학장님의 인내 수련 시간이었으며, 접속사에 대한 끊임없는 반복 학습 시간이었다.

'그리고', '그러나', '혹은'과 같은 등위접속사와 'Since', 'Because'와 같은 종속접속사에서 '이같이', '이처럼', '이를테면', '뿐만 아니라'와 같은 유사접속사에 대한 사용 예도 충분히 들려줬다.

학장님은 간혹 5분 동안 문장을 끊지 않고 이어가는 '그랜드 언어 마스터'의 경지를 선보여 재학생을 한 문장으로 전멸시키는 쾌거를 이룩하면서 아주 무사히, 그리고 참으로 많은 미련이 남는 강단에서 내려왔다.

내용이야 아무래도 좋았다. 중요한 것은 접속사의 숙지였으니까.

신입생들은 학기가 시작되면서 뭐든지 아는 2년차 선배와 약간의 호기심이 남은 3년차 선배, 그리고 무심한 고년차 선배가 있음을 곧 알게 됐다.

"와, 저 선배들은 뭐야? 남방 출신들인가?"

"너, 모르는구나. 저 선배들이 바로 마스터 그룹 선배들이야."

"마스터 그룹? 그게 뭔데?"

세상에 둘도 없는 비밀을 말하는 듯한 학생의 눈에는 선망의 빛이 역력했다.

"검술학과 2년차 선배들이 주축이 되어 만든 서클인데, 3년차 선배까지 가입돼 있어. 정말 놀라운 것은 그들의 단결력과 검술 능력이야. 벌써 마나를 사용하는 소드 유저를 넘어섰다는 말도 있어."

"뭐야? 소드 유저? 세상에, 아버지가 말씀하시길, 일 년 동안에 소드 비기너만 될 수 있다면 지극히 성공적이라고 하시던데……."

"놀라지 마. 마스터 그룹 임원은 벌써 마스터를 바라보나 봐."

신입생의 눈은 이미 벌겋게 상기됐다. 그는 뭐가 그렇게 급한지 친구의 소매를 흔들면서 물었다.

"그만 얘기해라. 그 그룹 신입 회원 모집 언제 한데? 내가 아카데미에 온 것은 그 그룹에 들어가서 꿈을 마음껏 펼치라는 주신 '지나(이계 대륙의 신)' 님의 인도 때문이었어."

"그 선배들은 일주일에 한 번 있는 검술학과 통합 강의 시간에나 볼 수 있겠지."

아카데미 각 그룹에서 신입 회원을 모집하는 광고가 게시판에 붙었다. 마스터 그룹만은 회원 모집에 대한 언급이 일체 없었다. 하지만 신입생들 사이에 마스터 그룹 소문이 나는 것은 자연스러운 일이었다.

금요일 검술학과 통합 강의실은 검술 수련관이었다.

각 연차별로 전공 80여 명과 20명이 넘는 부전공 학생까지 모이자 500명이 넘었다. 상당수의 여학생도 눈에 띄었고, 신입생들은 주위를 두리번거리다가 빈 앞자리에 앉았다. 전공 학생들은 모두 검술 도복을 입었으며, 어깨, 팔꿈치, 가슴, 배, 허벅지, 무릎, 종아리 부분에 방어구를 부착했다.

"누구야? 누가 마스터 그룹원이야?"

"가만있어 봐. 저쪽 우측에 있는 선배들이 아닐까?"

신입생들은 주위를 둘러보며 열심히 정보를 교환했는데, 유독 학년을 구별하기 힘든 학생 80여 명이 우측에 모여 있었다.

그들의 얼굴은 누구보다 검은 게 특색이었고, 왼쪽 가슴에 태극 마크를 달았다. 그들은 다른 학생들과 달리 잡담을 하지 않았다. 물론 그들이 그 마크가 태극을 나타낸다는 것은 알 수가 없었다. 하지만 그들의 자랑스러운 회장이 만든 마스터 그룹의 상징이라는 것으로만 알았다. 세 개의 물결 표시, 그것은 바로 그들의 자긍심이었다.

신입생으로 보이는 여학생 세 명이 들어오자, 수련관에 앉은 학생들의 시선이 집중되고 순간적인 침묵이 감돌았다.

티끌 하나 보이지 않는 맑고 흰 피부와 시원스런 이마, 그리고 신비스러운 눈이 돋보였으며, 황금빛 머리카락은 빛을 받아 후광처럼 반짝였다.

"아, 마르티네스 공주님이 입학하시다니……."

"세상에, 세린느 공녀님까지 오셨어."

"대륙 3대 미인 중에 두 분이나 오시다니, 무슨 일일까?"

세 여학생은 다른 학생들이 떠드는 소리를 듣지 못했는지 비교적 앞줄 빈자리에 조용히 앉았다.

그때, 아리안이 들어왔다. 주먹만 한 태극 마크를 단 아리안 곁에는 비슷한 크기의 태극 마크를 수놓은 임원 여섯 명이 함께했다. 그들이 들어서는 모습을 본 태극 소년들은 모두 자리에서 일어나 경의를 표했다.

그들과 가까운 쪽에 앉았던 학생 몇 명이 놀라서 급히 일어났다가 멋쩍은 표정으로 다시 앉는 모습도 눈에 띄었다.

"저 선배들이 마스터 그룹 선배들인가 봐."

"와, 카리스마가 죽인다. 완전 내 타입이야."

"제발, 참아라. 교수님이 눈물 흘리시겠다. 너, 첫날 검술 강의 시간에 교수님을 꿈에서 만난 왕자님이라고 울면서 고백하겠다고 했잖아?"

강의가 시작되지 않은 강의실의 여학생들의 잡담은 아름다운 여학생이 많다는 증거라고 누가 그랬던가.

"넌 현자님의 어록도 읽지 않았니? 현자님께선 여자의 변신은 무죄라고 말씀하셨는데……."

"에고, 머리야. 그 말씀의 뜻은, 여자가 자기 용모의 작은 흠을 화장으로 커버해서 더욱 아름답게 보이고 싶어하는 마음이나 행위를 지적하신 것이지, 너처럼 변심이나 변절을 말한 게 아니야."

다른 사람들이 들을 정도로 떠드는 여학생은 속이 차지 않은 속빈강정이라고 했지만, 그들은 아직 어린 소녀일 뿐이었다.

"호호, 그건 하나는 알고 둘은 모른다는 자백이지. 여자의 마음은 신도 모른다고 했어. 신도 모르는 것이니 여자가 당연히 자신의 마음을 모르는데, 어떻게 변심이나 변절을 운운하니? 아, 바람이 그렇게 부는구나 하고 말아야지."

"호호, 넌 우리말 달인이 아니라 궤변의 달인이구나."

"난 달인보다 '달링' 이 더 좋은데, 네가 다리 좀 놔주지 않을래?"

갑자기 검술 수련관의 웅성거림이 사라졌다. 학생들의 시선이 문 쪽으로 쏠렸다. 인비에르노 교수가 예의 그 철목검을 들고 들어오고 있었다.

"흠, 신입생은 이미 얼굴을 한 번 봤지만 재학생은 새 학기 들어 처음인 것 같군. 호, 나름대로 열심히 수련한 흔적이 역력하구만. 정말 좋군. 아주 좋아. 오늘은 검술 과정에 대해서 알아보기로 하자. 검을 통하여 자신의 삶의 의의를 찾으려는 사람을 우리는 검사라고 부른다. 자신이 품은 한을 풀기 위해서 검을 들었든 부모의 강권에 의해서든 간에 검을 든 검사는 정글의 법칙에 따르게 된다는 것을 인식하게 된다."

교수는 잠시 강의를 멈추고 강의실을 쭉 둘러봤다.

"동물은 큰 이변이 없는 한 먹이사슬의 서열이 결정됐지만,

가장 약하다고 알려진 인간만은 자신의 의지가 곧 서열이다. 물론 의지를 실현시키기 위한 인고와 희생, 즉 공짜는 없으니 대가는 치러야겠지. 그럼 어떤 희생을 치러야 할까? 물론 답은 정해져 있다. 인간이 지불할 수 있는 가장 귀한 것이어야 하겠는데, 과연 그게 뭘까?"

인비에르노 교수는 신입생들을 둘러보았다.

"황금이요, 교수님!"

"푸훗! 하하!"

"드워프의 명품이요."

"드래곤 레어의 보물입니다."

교수는 미소를 지으면서 시선을 좀 더 뒤로 돌렸다.

"너무 당연한 대답들이라 공연한 질문을 한 것 같군. 그래, 거기 5년차 선배가 한번 대답해 볼래?"

"미인의 정절과 영웅의 뜨거운 가슴입니다."

"학생이 졸업하면 무엇부터 할지 짐작이 가는군."

"하하하! 호호호! 크크!"

교수는 질문을 해서 신입생들의 경직된 마음을 풀어주고, 통합 검술 강의는 재미있고 유익한 시간이란 느낌을 심어줬다.

"2년차 과대표 아리안의 생각은 어떤가?"

교수가 아리안을 지목하자 모든 학생들의 시선이 그를 향했다. 그는 일어나서 조용한 음성으로 답했다.

"피, 땀, 눈물, 그리고 시간입니다, 교수님!"

"……"

학생들의 시선은 아리안을 한 번 더 보고 급히 교수를 쳐다봤다.

"그렇다. 인간이 지불할 수 있는 가장 귀한 것은 피와 땀과 눈물, 그리고 시간이다. 누구나 가지고 있지만, 누구도 쉽게 지불할 생각을 하지 못한다. 지금까지 아라카이브 제국의 역사를 볼 때, 초대 황제 폐하를 비롯해서 바로 그 네 가지 인간의 성물을 바쳤던 인물은 누구도 그 희생을 헛되이 하지 않았음을 알 수 있다."

학생들은 네 가지 인간의 성물이 피와 땀과 눈물, 그리고 시간이라는 교수의 말에 눈을 반짝이며 속으로 몇 번이고 외웠다.

"제군들이여! 꿈을 크게 가져라! 그리고 그 꿈에 걸맞은 인간의 사대성물로 대가를 지불하라! 누구나 투자한 가치만큼의 결과를 얻을 것이다!"

인간의 사대성물은 피, 땀, 눈물, 그리고 시간이고, 누구나 투자한 가치만큼의 소득을 얻는다.

수련관의 학생들은 숙연한 표정이 됐다. 눈을 빛내며 어금니를 악물고 주먹을 불끈 쥐었다.

"다시 오늘 주제로 넘어가자. 우리는 소드 비기너, 소드 유저, 소드 익스퍼트, 소드 마스터로 구분하는 것을 흔히 들을 수 있다. 그러한 구분을 짓는 것보다 중요한 것은 이겨야 할 이유가 있는 검사가 이긴다는 것이고, 필사의 각오를 한 자가 이긴다는 점을 명심해야 한다. 검술 강의는 전공인 경우에 매주 열 시간을 수련하고 한 달이면 40시간이며, 일 년이면 보통 320시간을 훈련한다."

교수는 말을 끊고 힐끗 수련생들을 바라봤다.

"한데 나는 이번에 놀라운 광경을 목격했다. 하루에 네 시간 잠자고 식사, 세면, 기타의 일에 두 시간을 허비하지 않은 채 하루 18시간 이상을 검술 수련에 몰두하는 학생들을 봤다. 한 달이면 540시간이고 두 달이면 1,080시간이다. 그렇다면 두 달 훈련한 것이 아카데미에서 3년 수련한 것과 같은 결과를 가져오는 게 정상일 것이다."

교수의 어조는 갑자기 웅변 톤으로 바뀌었다.

"놀랍게도 그들은 고블린을 가지고 놀았으며, 오크와 싸워서 이기는 전사가 되고 말았다. 그들은 하루 종일 달릴 수 있는 지구력을 길렀으며, 오크에 밀리지 않는 힘을 가졌고, 기사의 품위를 지녔기에 자신의 능력을 자랑하지 않고 겸손했다."

교수의 강의는 착 가라앉아서 자신의 감정을 극도로 자제하고 있음을 여실히 드러냈다. 강의실은 갑자기 숙연해져서 숨을 쉬는 학생도 보이지 않았다.

"나는 그들을 본 후 잠을 이루지 못했다. 내가 기사단을 나와 강단을 택한 후 한시도 잊지 않은 바람을 그들이 이룬 것이다. 나는 지금 죽더라도 떳떳이 말할 수 있다. '나는 이런 꿈을 가지고 살아왔으며, 이제 그 꿈이 이루어진 것을 봤다' 라고."
교수가 강의를 중단하고 아리안을 쳐다봤다.
"아리안, 정말 고맙다. 네가 있어서 내 삶이 보람차고 풍요로워졌구나."
"교수님, 분에 넘친 찬사를 받으니 몸 둘 바를 모르겠습니다. 교수님이 음과 양으로 도와주지 않으셨다면 저희의 오늘은 어려웠을 것입니다. 진정으로 감사드립니다."
아리안이 허리를 숙여 절을 하자, 임원들과 회원들도 따라서 절했다. 갑자기 수련관의 분위기가 더욱 숙연해졌다. 마치 시간이라도 멈춘 듯 교수와 아리안, 그리고 태극 소년들이 고개를 숙여 존경과 신뢰의 향기를 뿜어냈다.
그때, 마르티네스 공주가 자리에서 일어나 가만히 손뼉을 쳤다. 세린느 공녀가 일어나서 박수 대열에 참여했다.
짝짝짝!
모든 학생이 일어나 눈물을 글썽이며 손뼉을 치고 함성을 질렀다.
"와, 교수님, 멋쟁이!"
"아리안, 대단하다."
"오빠, 짱이야."
수련관은 온통 축제 분위기에 싸였다. 콧잔등이 시큰해진 학생이 옆자리의 친구와 얼싸 안는 모습도 보였다.
자랑스러운 태극 소년들, 그들을 이끌어 놀라운 경지로 성큼 들어서게 한 아리안, 그리고 그들을 보이지 않는 곳에서 지켜보며 음과 양으로 돕는 교수!

태극 마크는 이제 아카데미 학생의 자랑이자 보람이며 갈망이었다.

태극 마크를 단다는 것은 분명 견디기 힘든 수련을 뜻하기는 했지만, 만약 그런 특별한 기회가 주어진다면 감히 누가 거부하겠는가?

신입생 중 누군가가 외치는 소리에 수련관에는 갑자기 모든 소리가 끊겼다.

"신입 회원은 언제 받습니까?"

신입 회원은 언제 받느냐? 받긴 받는 건가?

태극 소년들의 실력은 타의 추종을 불허했다. 들리는 소문에 의하면 훈련 중에 그 놀라운 마나수까지 마셨다고 한다. 그래서 그런지 개강하고 나타난 그들의 체격은 콩나물처럼 부쩍 자란 게 역력했다.

전공을 가리지 않고 누구나의 관심인 듯 모든 시선은 아리안에게 집중했다. 교수도 아리안을 쳐다봤다. 침묵이 계속 흘렀지만 누구도 시선을 돌리지 않았다.

태극 소년들마저 끊임없는 질문 공세에 시달렸는지 회장의 공식 입장 발표를 기다렸다. 아리안이 자리에서 일어서자 여기저기서 침 삼키는 소리가 들렸다.

"꿀꺽!"

"새로운 정회원을 모집할 계획은 없습니다."

"아~!"

"세상에, 이럴 수가……."

하늘이 무너지는 듯한 한숨과 절망에 찬 신음이 앞줄에서 들리고, 그 아픔은 전염되어 모두 비통한 심정이 됐다. 하지만 아리안의 말은 아직 끝나지 않았다.

인비에르노 교수는 어떤 재촉이나 권유도 하지 않고 묵묵히 아리안을 쳐다만 봤다. 교수의 마음이 전달됐는지 한숨을 쉬며 안타까운 심정이었던 학생들도 차츰 마음을 안정하고 갈망하는 시선으로 아리안을 그저 바라보기만 했다.

아리안은 많은 시선을 받으면서 그냥 앉을 수도 없었기에 입술에 침을 바를 수밖에 없었다.

"지금 당장 뽑는 것은 많은 문제가 있습니다. 우선 새로운 회원을 지도할 여력이 없다는 점입니다. 그래서 1년 동안 개인 수련하는 학생들을 관찰하여 제2기 정회원을 모집하든지, 소수 특별회원을 뽑도록 하겠습니다."

아리안이 말을 끝내자 학생들은 서로 얼굴을 쳐다보며 아쉬운 빛이었지만 수긍하는 듯했다. 한데, 신입생 한 명이 손을 들고 일어나서 아리안에게 질문했다.

"아리안 선배님, 한 달 정도 관찰한 후에 뽑으면 안 됩니까? 1년이면 너무 길지 않을까요?"

"물론 1년은 긴 시간입니다. 한 달도 깁니다. 그리운 사람을 기다리는 것은 단 5분이라도 그렇게 긴 시간임을 알 수 있습니다. 검사의 검은 십 년 후에 놓는 게 아니고 백 년 후도 아닌 죽는 순간에 놓게 됩니다. 지금 학생은 일 년이 길다고 했는데,

나와 임원, 그리고 우리 정회원의 눈에 함께 수련할 동반자로 보이기에는 오히려 일 년이 짧을 수도 있다는 점을 명심해 주십시오."

아리안의 말에는 진정이 깃들어 있었다. 그는 순간을 모면하기 위해 없는 말을 만드는 사람은 아니었다. 참으로 아쉬웠지만 신입생은 조용히 그의 말을 기다렸다.

"평생 올라가야 할 검산의 정상을 향한 등반에 마음만 앞선 사람을 동료로 받아들일 수는 없지요. 교수님이 말씀하신 인간의 사대성물, 피와 땀과 눈물, 그리고 시간을 얼마나 투자하는지 관찰할 시간도 필요하답니다. 스스로 겸손하여 높은 건물을 쌓을 수 있는 기본 소양이 갖춰졌는지도 알아볼 시간이 필요하고요. 그리고 마스터 그룹의 이 모든 기본조건은 객관적이 아니라 지극히 주관적이라는 점을 인식해 주기 바랍니다."

아리안은 겸손하게 말했지만 지나치지 않았고, 교만한 점이 엿보였으나 그렇다고 기본을 넘어서지도 않았다. 어쨌든 간에, 여론에 의해서 좌지우지하지 않겠다는 점을 분명히 했다.

마스터 그룹은 아카데미의 지원을 받는 공식 그룹이 아니었다. 마스터 그룹이 학칙을 위반하거나 회원이 불미스러운 행동을 하지 않는 한 누구도, 설사 학장이라고 해도 마스터 그룹의 행사에 의견을 말할 수는 있겠지만 명령할 수는 없었다.

이날 아리안이 한 말은 전 아카데미에 신속히 퍼졌다.

"마스터 그룹 정회원 모집은 1년 후에 명단을 공개한대."

"뭐? 1년 후에? 도대체 그 이유가 뭐래?"

"1년 동안 자질을 검증하겠다는 의도래."

사람들이 사는 세상에는 어디나 반대하는 사람이 존재했다. 자신이 중심이 되지 못한 것에 대한 불만, 자신이 가지지 못한 것에 대한 우회적인 불평, 그 불평불만까지 채울 수 있는 것은 이 세상 어디에도 존재하지 않았다.

"놀고 있네. 무슨 기사를 모집하는 것도 아니면서 회원 모집을 그렇게 까다롭게 하고 있어?"

"그렇지? 넌 관심이 없을 줄 알았다."

"평민치고는 너무 콧대가 세군. 좀 깎아줄 필요가 있겠어."

아카데미 안에는 마스터 그룹에 대한 비평의 소리가 높았다. 특히 귀족 자녀들 사이에는 반 마스터 그룹이 조직되기도 했으며, 마스터 그룹 회원에 대한 각종 비난과 비행이 학장님께 보고되기도 했다.

"인비에르노 교수! 마스터 그룹과 아리안이란 학생이 어떤 학생입니까?"

"학장님께서 어떻게 마스터 그룹과 아리안을 아십니까?"

"그들에 대한 각종 투서가 이처럼 쌓이니 징계를 하는 게 좋을 듯한데, 그 수위 결정이 어렵군요."

학장은 교수에게 책상 위에 싸인 종이 뭉치를 가리켰다. 책상 위의 투서 용지 절반은 색지였고 절반은 흰색이었다. 아카데미에서 학기 초에 나눠 주는 것은 백지인데, 상당수의 귀족 자녀들은 평민과의 차별을 두려고 비싼 색지를 선호했다.

"학장님, 마스터 그룹은 아카데미의 새로운 바람입니다. 그들은 오직 검술 수련만을 목적으로 그룹을 만들어 밤낮을 가리지 않고 수련에만 몰두하여 졸업하기 전에 마스터를 목표로 합니다."

"아니, 마스터가 된다고요? 그게 가능하기나 합니까?"

학장은 황당하고 어이없다는 표정으로 인비에르노 교수를 바라봤다.

'마스터가 왕국에서 어떤 존재인가? 정식으로 알려진 사람이 다섯 명이고, 재야에 숨은 사람을 모두 찾아낸다고 해도 열 명 정도일 텐데. 만약 아카데미 졸업식에서 마스터가 탄생하기라도 한다면?'

학장은 교수의 말을 생각하다가 그 말의 의미를 깨닫는 순간 갑자기 자리에서 벌떡 일어났다. 하지만 교수의 말이 더 빨리 이어졌다.

"저는 가능하다고 여깁니다. 그룹 회장인 아리안은 벌써 마스터가 됐으며, 자신이 수련한 방법으로 회원들과 함께 수련을 하고 있답니다. 학장님, 마스터가 된다면 최소한 백작은 되지 않겠습니까?"

"아하, 물론이지요. 귀족 자녀 중에는 귀족이 될 수 없거나 아버지가 죽어야 귀족이 될 테니 언제 될지는 알 수 없지요. 당연히 그 무게가 다릅니다. 아리안의 징계 얘기는 없던 걸로 하지요. 하지만 마스터 그룹은 해체하는 게 좋을 듯싶습니다.

귀족 자녀들의 불만도 너무 무시하는 것은 좋지 않으니까요."

인비에르노 교수는 학장의 말을 듣고 어이가 없었다. 학장은 매사를 정치적으로 처리하려는 것 같았으나 인비에르노 교수의 생각은 달랐다.

"학장님, 마스터 그룹의 임원 여섯 명도 대단합니다. 그들도 졸업하기 전에 마스터가 될 가망성이 매우 높습니다. 만약 아카데미 역사상 유래가 없는 일이 벌어진다면 황제 폐하께서 학장님을 어떻게 생각하시겠습니까?"

"뭐라고요? 인비에르노 교수, 마스터 일곱 명을 동시에 배출할 수 있다는 거요? 그게 정말이요? 교수의 명예를 걸고 책임질 수 있지요?"

학장님은 인비에르노 교수의 이야기를 듣자 가슴이 터질 것만 같았다. 제국에 단지 다섯 명밖에 없는 마스터. 이런저런 이유로 정체를 감춘 자를 포함해도 열 명 남짓일 게 분명했다. 국력이 배로 신장한다면 제국 황제가 유래 없이 졸업식에 참관할 것이고…….

"크하하하! 학장의 소원은 무엇인가? 짐이 뭐든지 다 들어주지. 하하하!"

학장은 황제 폐하의 음성이 귓가에 들리는 듯했다. 그의 눈은 가늘어지고 입은 한껏 벌어졌다. 한없이 넓고 높게 펼쳐진 미래가 활짝 그 문을 열었다. 학장은 학생들을 3년 만에 졸업시키지 못하는 게 안타까웠다.

'세상에 밥상을 차려놓고 4년이나 더 기다려야 하다니…….'

"음~!"

안타까운 신음이 절로 나왔다. 학장은 책상 위를 쳐다봤다. 좀 전까지만 해도 정치적으로 예민하게 처리해야 했던 투서들이 다르게 보였다. 이것들은 학장 자신이 잘되는 것을 시기한 속 좁은 귀족들의 추잡한 행태였다. 그런 귀족들의 얼치기 새끼들과 부화뇌동할 수는 결코 없었다.

자신은 대륙 어느 아카데미에서나 모시고 싶어하는 학장 서열 영순위가 아닌가. 학장은 다시 자리에 앉아서 마음을 가다듬었다.

"흠흠, 어린애들의 치기 어린 장난에 아카데미 측이 일일이 반응할 필요는 없겠지요. 흠흠. 인비에르노 교수, 혹시 검술학과에 어떤 애로 사항은 없습니까? 물론 자료 구입비와 특별활동 지원비는 대폭 증액하겠지만, 교수의 특청이 있다면 조금 어려운 일이라 해도 고려할 생각이라오."

인비에르노 교수는 폭풍이 지나간 것을 느끼고 속으로 미소를 머금었다.

"저는 학장님의 검술학과에 대한 배려에 충분히 감격하고 있습니다. 말씀하신 특청은 시간을 내어 생각해 보겠습니다. 학장님, 저렇게 꾸준히 투서하는 것은 투서하는 본인과 상대, 그리고 아카데미 교육 여건에도 결코 좋은 일은 아니라고 생각합니다. 이와 같은 일을 해결하기 위한 당사자간의 기사 결투를 용인해도 되겠습니까?"

"그건 안 됩니다. 기사 결투를 허용하면 아카데미 모든 폭력이 기사 결투라는 가면을 쓰게 될 것입니다. 학원 폭력을 인정하는 처사가 되기 십상입니다."

인비에르노 교수는 고개를 끄덕이며 말했다.

"역시 학장님은 생각이 깊으시고 통찰력이 대단하십니다. 일단 아카데미 당국에 결투를 신청한 사건만 인정하기로 하겠습니다."

"그렇게 하시오, 인비에르노 교수. 먼저 결투 신청서를 가져온 당사자의 이야기를 듣고 잘잘못이 명백한 경우는 교수님이 처리하시고 불분명한 경우만 허락하면 되겠습니다. 애들은 싸우면서 키도 크고 친구도 사귀며 사회생활에도 익숙해지니까요."

어느새 학장은 완전히 아리안과 마스터 그룹 쪽으로 돌아서 있었다.

이날 공고된 기사 결투에 관한 사항은 학생들간에 많은 이야기를 만들었지만, 투서가 줄어든 것만은 확실했다.

공고

금번 아카데미 안에서 벌어지는 학칙 위반이 아닌 개인적인 불만이 팽배한 것은 무척 안타까운 현실이다. 이에 불만이 있는 학생간의 문제를 해결하기 위해 기사 결투 제도를 부활한다. 결투를 원하는 학생은 신청하여 허락을 받기 바라며, 더는 개인적인 비방이나 투서가 학원 분위기를 어둡게 하기에 모든 투서를 공개하여 정당한 화해를 유도할 예정이다.

—학장 백.

*　*　*

태극 소년 파라미는 아직은 쌀쌀한 날씨 때문에 모처럼 생긴 짬을 내어 햇살이 따사로운 잔디 위에 앉아 책을 읽고 있었다.

"야, 파라미. 궁상맞게 무슨 독서야? 이리 와!"

파라미를 부르는 마타라조는 전공이 마법학과답지 않게 체격은 오크를 연상케 했다. 파라미는 일 년 동안 그의 그늘에서 온갖 구박을 받았기에 그의 목소리를 듣는 순간 몸이 저절로 떨리면서 벌떡 일어섰다.

그러다가 자신이 더 이상 저 목소리를 두려워하지 않아도 된다는 생각이 들었다.

"휴우!"

파라미는 한숨을 내쉬면서 다시 앉았다. 마음 같지 않게 가슴은 심히 요동쳤다.

"이 자식이, 형님이 부르는데 일어났다가 다시 앉아? 야, 이 좀만 한 새끼야. 네가 요즘 잘나가는 마스터 그룹에 가입했다고 이 형님을 무시하겠다는 거야?"

마타라조가 성을 내며 다가왔다. 그 모습을 보던 파라미는 희한하게도 떨리는 가슴이 오히려 진정되는 느낌을 받았다.

"야, 마타라조, 그만 떠들고 사라져 주면 고맙겠다. 넌 덩치가 크면 형인 줄 아는 동물 가족이잖아."

파라미는 처음으로 기죽지 않고 말했다. 무척이나 힘들었지만, 한마디 하고 나니 두 번째는 쉬웠다.

마타라조는 일 년 동안 빌빌대던 놈이 갑자기 자신을 무시하자 꼭지가 돌아버렸다.

"이런 개새끼가 죽으려고 색색거려?"

마타라조가 앉아 있던 파라미에게 달려들어 발로 걷어찼다.

퍽!

파라미는 세 바퀴를 구른 후에 일어나 옷에 묻은 흙을 툭툭 털었다. 지나가던 학생들이 하나둘 주위로 모여들었다.

"됐어? 이제 꺼져!"

파라미는 상대하기 싫다는 듯이 한마디 한 후 다시 자리에 앉으려고 했다. 하는 말만 들어서는 도대체 누가 때리고 맞았는지 알 수 없었다.

"이런 쥐새끼 같은 놈이……."

마타라조의 주먹이 파라미의 왼쪽 뺨을 가격했다.

퍽!

"엄마야!"

맞은 건 파라미였는데, 비명은 구경하던 학생이 질렀다. 파라미는 왼쪽 뺨을 만져 보며 맞는 게 별거 아니란 생각이 들었다.

이런 게 두려워서 일 년 동안 전전긍긍했던 게 더 억울했다.

"이 자식이!"

턱!

마타라조의 왼 주먹이 다시 날아오자 파라미는 그 주먹을 오른손으로 잡았다. 마타라조는 주먹을 빼려고 팔을 마구 흔들었지만, 바위 틈바구니에 낀 듯이 꼼짝도 하지 않았다. 마타라조는 그대로 포기할 수 없어 오른쪽 주먹을 휘둘렀으나 그 손마저 잡혔다.

"이 새끼야, 이거 안 놔?"

마타라조는 잡힌 손이 아파서 얼굴을 찡그리면서도 기세는 아직 죽지 않았다. 파라미가 그제야 오크와 싸울 때처럼 그의 눈을 직시하며 살기를 일으켰다. 마타라조는 생전 처음 겪어본 엄청난 살기에 두려움을 넘은 공포를 느꼈다. 그는 그만 바지를 적시고 말았다.

"저 새끼, 꽤나 설치고 다니더니 바지에 싼 것 좀 봐!"

"호호, 오늘 제대로 임자 만났군."

"역시 태극 소년들은 뭐가 달라도 달라. 역시 짱이야."

주변에 모였던 학생들이 마타라조를 비웃는 소리가 들려왔다.

그때 파라미가 마타라조의 손을 놔주면서 말했다.

"잘 봐, 마타라조. 주먹이란 이런 걸 말하는 거야."

파라미는 주저앉은 마타라조 옆에 있는 주먹 굵기의 나무를 주먹으로 가격했다.

퍽!

뚝!

"와우~!"

나무는 그대로 부러졌다. 파라미의 신력과 같은 힘에 구경하던 학생들이 모두 놀랐다. 만약 파라미가 마타라조를 한 대라도 때렸다면 어떻게 됐을까? 태극 소년들은 소문보다 훨씬 강했다.

"세상에, 파라미가 저렇게 강했어?"

"아하, 그래서 파라미가 마타라조를 때리지 않았구나."

"한 대라도 맞았다면, '축! 사망', '시험 지옥 해방'의 기치를 높이 들 뻔했어."

"역시 태극 소년들은 듬직하고 믿을 만해."

이 광경을 멀리서 지켜본 인비에르노 교수는 고개를 끄덕였다. 처음에는 학생들간의 다툼을 말리려고 했던 그는 파라미가 마스터 그룹임을 깨닫고 잠자코 관찰하기로 했다. 예상대로 파라미는 폭력보다 한 차원 위의 방법으로 사태를 해결했다. 역시 마스터 그룹다운 행동이었다.

이 소문은 다시 한 번 널리 퍼졌고, 부러진 나무를 본 학생들은 혀를 내둘렀다. 그리고 누구도 태극 소년과의 기사 결투는 꿈도 꾸지 않았다.

* * *

저녁 식사 후의 어스름 속 운동장에는 많은 학생이 구령에 맞춰 검술을 수련하는 모습이 보였다.

"5단 연속 공격, 연속 동작 실시!"

"야!"

학생들은 기합과 함께 빠르게 움직였다. 아리안이라고 불린 회장이 강단 위에 서 있고, 강단 앞에는 여섯 명의 임원이 넓은 간격으로 서서 검술 동작을 이끌었다.

77명이 일곱 줄로 섰으며, 그들 주위에도 수많은 학생들이 어설프게나마 그들을 따라서 검을 휘둘렀지만 누구도 막지 않았다.

역시 같은 동작으로 검을 휘두르는 태극 소년들의 움직임에는 어설픈 동작이 전혀 보이지 않았다. 부드러운 율동 속에 터질 듯한 힘이 꿈틀거렸고, 정형화된 검의 길에는 자유로움이 한껏 배어 있었다.

주위에서 검을 휘두르는 학생이 점점 늘어났다. 운동장에 마법등이 일제히 밝혀졌다.

"만상일변 준비!"

"야!"

그들은 일제히 검을 상단으로 치켜들었다. 아리안이 한 동작씩 시범을 보였다.

"하나! 세상은 하나에서 시작했으나 그 하나는 간 곳이 없구나."

상단 자세였던 검은 하늘을 찌를 듯이 머리 위로 올렸다가 내리그었다.

"하나는 둘, 셋이 되고 더욱 늘어나니 그 끝은 과연 어디인가?"

하단으로 내려갔던 검은 다시 중단으로 올라와 팔방에 원을 그렸다.

"세상에 길은 많아도 내가 걸을 길은 오직 하나뿐이니."

팔방에 그렸던 원을 일원 횡베기로 모두 가른 후, 거푸 일원 종베기로 이어졌다.

"만상은 여여해도 독야청청하리다."

하늘로 치켜들었던 검을 가슴 앞으로 모았다

"세월은 셀 수 없어 세월이요, 세상사는 만상만변이나 오직 일 검이 있어 화답하도다."

아리안의 검은 팔방을 향한 방어와 공격이 이뤄지고 마침내 검을 공중으로 치켜드니, 황금색 오라블레이드가 밤하늘을 갈랐다.

"오, 마스터의 징표!"

"세상에, 오라블레이드가 저렇게 선명하고 길어!"

수련에 참여했던 학생이나 구경하던 학생들 모두 크게 놀랐다. 이 광경을 지켜보던 인비에르노 교수의 눈에서는 한히이 눈물이 흘렀다.

'과연, 네가 나를 벌써 앞질렀구나. 이 기쁜 순간에 왜 눈물이 흐르지? 이젠 짐을 내려놓고 결혼해야겠어. 그녀를 너무 오래 기다리게 한 것은 아닐까?

인비에르노 교수는 금요일도 아닌데 모처럼 외출 준비를 하고 아카데미를 나섰다.

그들의 수련을 보던 것은 인비에르노 교수뿐만이 아니었다. 많은 눈이 있었지만, 그중에서도 아리안이 미처 예상하지 못한 시선도 있었다.

마르티네스 공주는 세린느 공녀와 함께 교수 사택 2층에서 거주했다. 공녀는 제국 현 황제의 동생인 아브라잔 대공의 딸이기에 두 사람은 사촌이자 나이가 같아서 친하게 지냈다.

바로 그 둘이 마스터 그룹의 수련을 먼발치에서 지켜보고 있었다. 세린느 공녀와 함께 차를 마시던 공주는 창밖을 보며 몽롱한 표정이 됐다. 이를 이상히 여긴 세린느가 함께 창밖을 봤다.

"휴! 너무 아름다워! 공주로 태어난 게 이렇게 원망스러울 줄이야."

세린느는 정략결혼으로 쥬비스 제국 황태자와 결혼하게 되어 있는 공주를 보면서 생애 처음으로 우월감을 느꼈다.

'호호, 모든 것을 가졌다고 언제나 부러워했던 너에게 이런 아픔이 있다니. 황제가 안 되신 아버지가 이렇게 고마울 줄이야. 호호.'

청초한 모습의 미소녀인 세린느는 마치 아리안을 손에 넣은 듯한 기쁜 마음으로 운동장을 바라봤다. 강단 위의 아리안은 보면 볼수록 마음에 들었다.

'호호, 아리안이 얼굴만 잘생긴 게 아니라 마스터인 걸 알면 아버지도 내 안목을 인정하실 거야. 아리안, 넌 내 거야. 땡 잡은 거라고.'

김칫독의 김칫국물을 한 방울도 남기지 않고 마신 세린느의 표정은 여전히 전혀 변하지 않았다.

어느 현자가 말했던가? 여자의 내숭은 무죄라고.

창밖의 태극 소년들은 검술 수련을 끝내고 운동장을 달렸다. 다른 학생들도 그 뒤를 이어 뛰었다. 태극 소년들의 달리는 속도는 제법 빨라서 지친 아이들은 쉬다가 다시 달리기도 했다. 몇몇 학생은 그래도 탈락하지 않고 꾸준히 태극 소년들의 뒤를 따랐다.

"선두 제자리! 오리걸음 실시!"

강단에 선 아리안의 음성은 조용했지만, 운동장의 학생 누구에게나 분명히 들렸다.

"토끼뜀 실시!"

높은 포복, 낮은 포복, 철교대형, 김밥말이, 팔굽혀펴기, 한 손으로 팔굽혀펴기, 세 손가락으로, 두 손가락으로. 그들은 각종 기합 형태를 마치 자전 자세처럼 정확히 실행했다. 그러한 자세를 취할 때는 힘들지만 뭉친 근육을 풀어주는 데 탁월하다는 것을 이미 깨달았기 때문이다.

"검술 대형으로 집합!"

"검술, 야!"

“검술 기본 8동작 100번씩 실시!”

“실시!”

그들의 수련은 새벽을 깨우면서 시작됐고, 달이 머리 위에서 인사할 때까지 이어졌다. 그러나 태극 소년들이 아침 2시간, 밤 2시간 동안 단전 수련하는 것은 누구도 알지 못했다. 단지 명상하는 것으로 알 뿐이었다.

태극 소년들을 따라서 훈련하던 학생들의 실력도 차츰 좋아졌다. 아카데미에는 새로운 바람이 멈출 줄을 몰랐다. 귀족 자제 중에도 훈련을 따라 하는 학생이 생기면서 그들의 모임은 자연히 해체됐다. 어느 때보다 학생들의 검술 실력은 하루가 무섭게 발전했다.

“그들을 따라서 훈련하다 보니 몰라보게 달라진 듯해.”

“당연하지. 지금처럼 열심히 수련한 선배들은 아마 없을걸. 이젠 검이 뭔지 어렴풋이 감이 올 것만 같아.”

“한데 저녁 식사 시간까지 태극 그룹 애들은 뭘 하지? 통 보이질 않네.”

아카데미 화제의 8할은 태극 소년이라고 했던가? 어디서나 그들의 이야기는 쉽게 들렸다.

“아하, 넌 몰랐구나. 그들은 저녁 식사 때까지 도서관에서 살든지, 책을 빌려서 어디선가 독서 중일 거야.”

“아니, 검술만 파고드는 게 아니라 공부도 그렇게 열심히 한단 말야?”

“그들 말을 들으니까 아리안이 그렇게 말했다나 봐.”

"아는 만큼 보이고 본 만큼 느끼고 느낀 만큼 성숙한다. 지금의 한 시간은 20대의 스무 시간, 30대의 서른 시간과 동일하다."

"아, 정말 놀랍구나. 나도 좀 더 노력해야겠다."
"그래, 우리도 도서관에 가서 책을 보자."
"그럴까?"
하지만 그들이 도서관에 들어가자 빈자리가 없었다. 웬일인지 여학생이 남학생보다 더 많았다.
"젠장, 우리가 너무 늦게 왔나 보다. 다음에는 좀 더 일찍 와야겠다."
"아하, 그게 그 소리였구나."
"그건 또 무슨 소리야?"
남학생은 솔깃한 친구의 말에 귀를 기울였다.
"내 쌍둥이 여동생이 내게 했던 말이야. 처음에는 마음에 든 태극 소년과 눈이라도 마주치려고 도서관에 왔는데, 차츰 독서삼매에 빠져들게 됐다고 하더군."
"그러니까 남학생은 마스터 그룹 애들이 하는 것은 무조건 따라서 하든지 나중에 회원 모집할 때 전수 따려는 것이고, 여학생들은 그들을 유혹하려는 것이다, 뭐 이런 말씀인가? 젠장, 태극 마크 달지 않으면 남자로 보이지도 않는 모양이군. 이거 서러워서 어디 살겠나. 졸업하면 태극 마크 무늬 천으로 옷을 해 입어야겠다."

"야, 기발하다. 그 옷 히트 치겠다. 그 아이디어 내게 팔아라!"

* * *

아리안은 금요일 수업이 끝나자 임원들에게 수련을 맡기고 아카데미를 떠났다. 상단으로 들어가려는데 정문 무사가 그를 알아보고 인사했다.

"공자님, 어서 오십시오. 안내해 드리겠습니다."

"그럴 필요 없어요. 그냥 일보세요."

아리안은 여전히 바쁜 사람들 사이를 거쳐서 웅장한 창고를 지나 별채로 들어갔다. 아리안은 아름다운 자태 뒤에 신비를 감춘 정원을 지나려다 고개를 돌려 사방을 둘러봤다. 아리안의 눈길이 스치는 곳마다 공기가 가볍게 일렁였다. 그는 별관으로 들어가려다가 처마를 바라봤다. 처마에서 가장 강한 기운이 일었지만 눈에 보이는 것은 아무것도 없었다.

"들어오세요."

"……."

아리안이 별관으로 들어가 거실 의자에 앉자, 얼굴에 복면을 한 사내가 들어왔다.

아리안이 말없이 사내를 쳐다보자 그도 아리안을 마주 바라봤다. 눈이 마주쳤다. 그는 아리안의 눈 속으로 한없이 빨려드는 것을 느끼고 저항을 시도했다. 눈빛에 기세를 실었다. 주위

공기가 크게 일렁였다.

사내는 자신이 일으킨 기세에 아리안이 별 반응이 없자 오기가 일어나서 모든 기운을 담았다. 창문이 들썩거리고 문짝이 삐걱거렸으며, 다탁 위의 주전자가 달그락거렸다.

하지만 아리안의 옷깃 하나, 머리카락 한 올도 움직이지 않았다. 그의 나이는 비록 어렸으나 이미 태허의 신비 속에 몸을 감춘 이후였다.

사내는 온몸을 불살라 아리안에게 부딪쳐서 자신의 존재를 증명하려 했으나, 상대는 존재하는 듯 존재하지 않는 하늘이었으며, 태고의 신비 속에서 세월의 숨을 쉬는 디베르소 산맥이었다.

이윽고 그의 굳건한 무릎이 꺾이고 오만한 고개를 숙인 것은 그의 의지가 아니라 마음의 소리였고 갈망의 절규였다.

"저를 죽여주십시오. 저는 주인님의 종입니다."

"하하하! 그토록 하늘 높은 줄 모르던 네가 종을 자처하다니, 이제 철이 좀 든 건가?"

그때, 카르네프 상단주가 들어오면서 만면에 미소를 머금고 시원한 웃음을 터뜨렸다. 그의 뒤에는 20대 중반의 사내가 따르다가 눈을 빛내며 아리안을 주시했다. 복면 사내는 그대로 석상이 된 듯 추호의 움직임도 없었다. 아리안은 자리에서 일어나 카르네프 상단주를 맞이했다.

"오랜만에 뵙습니다, 상단주님. 마치 기다렸다는 듯이 오시는군요."

"하하하, 자네가 오길 기다리려면 목이 빠질 텐데, 내가 오는 게 속 시원하지."

카르네프 상단주가 이야기하며 아리안의 맞은편 의자에 앉았다. 상단주가 이처럼 호탕하게 웃는 모습을 처음 보는 사내는 놀란 빛을 띠었다.

"아리안, 우선 저 친구에 대한 처분을 하는 게 어떤가? 헤르메스, 자네 죄가 뭔지 알겠나?"

카르네프는 무릎 꿇은 사내를 보고 물었다.

"예, 상단주님. 하늘을 몰라본 죄를 저질렀습니다."

"헤르메스, 넌 기꺼이 네 목숨을 던지겠느냐?"

아리안이 헤르메스를 보고 묻자, 그는 다시 한 번 바닥에 고개를 박으며 외쳤다.

"저는 주인님의 도구입니다. 오직 명에 살고 충정 속에 숨을 멈추겠습니다."

"좋다. 나가 있어라."

"예, 주인님."

헤르메스가 재빨리 사라지자, 카르네프는 놀란 표정으로 아리안에게 말했다.

"정말 놀랍구먼. 저자는 능력은 뛰어나지만 야생마와 같은 자라 누구에게도 등을 내밀지 않더니, 오늘은 제대로 주인을 만난 셈이로군."

"상단주님은 어떻게 저자를 만나시게 됐습니까?"

"자네도 알겠지만, 헤르메스는 마스터 초급이지. 아빌라 왕국의 기사단장을 지냈으나 모종의 정치적인 상황에 연루되어 죽게 된 것을 공작이 평소에 원하던 드워프 검을 선물하고 그를 몰래 구하게 됐다네. 마스터의 자존심은 하늘보다 높아서 누구도 섬기려 하지 않더군. 하기야 일가를 이룰 능력을 지닌 자가 쉽게 고개를 숙인다면 그게 더 이상하겠지."

카르네프 상단주는 말을 끝내고 뒤를 돌아봤다.

"알란, 내가 말했던 분이네. 자네 생각은 어떤가? 아리안, 알란은 현자에게 배운 사람답지 않게 전략의 귀재라네."

알란은 헤르메스란 자가 무릎을 꿇었다가 나가는 모습을 보고 의아한 마음이 들었다.

'마스터란 자가 이 소년의 무엇을 보고 무릎을 꿇었을까? 그리고 그 시기도 너무 공교로워. 혹시 상단주가 나를 옭아매려고 그런 연극을 한 게 아닐까? 소년을 시험해 보자. 상단주가 아무리 잘 연습을 시켰어도 내게는 허점을 드러내고 말겠지.'

속마음을 숨기고 알란은 아리안에게 정중히 인사했다.

"지미 알란입니다. 공자님의 뜻은 어디 있는지 여쭤봐도 될까요?"

아리안은 물끄러미 그를 보다가 미소를 지었다.

"뜻을 담을 그릇은 지금 빚고 있는 중이라 과연 어떤 그릇이 될지는 저도 궁금하군요. 어때요? 그릇 만드는 작업에 동참할 마음이 있나요?"

"그 일도 분명 의미가 있겠지요. 하지만 책사의 길은 이부종사 할 수 없으니, 완성된 그릇을 찾고자 합니다. 공자님의 그릇은 언제 완성될 거라고 여기시는지요?"

"그야 장인이 알지 어찌 그릇이 알겠습니까? 오늘 만나서 반가웠습니다."

아리안은 뭔가를 느꼈는지 미련을 남기지 않고 작별을 고했다.

"예, 그럼 이만. 상단주님, 덕분에 멋진 분을 만나서 유익했습니다."

"그럼 잘 가게. 배웅은 하지 않겠네. 총관에게 말해두었으니 만나고 가게."

"예, 상단주님. 배려에 감사드립니다."

지미 알란은 총관에게 받은 주머니가 무거운 것을 알고 기쁜 마음으로 돌아갔다.

그가 돌아가자 카르네프는 궁금해서 물었다.

"전략의 귀재로 소문난 사람이거늘, 지미 알란이 마음에 들지 않던가?"

"그 사람처럼 자신을 믿지 못하는 사람은 잔재주에 능한 자일 뿐입니다. 자신을 믿지 못하면 부하에게 신뢰를 얻지 못하여 큰일은 맡기지 못합니다. 그렇다고 작은 일을 맡기면 너무 빨리 일을 끝내고 다른 사람과 비교하려 할 테고. 그럼 자연히 불평불만이 생기지요. 한 번 쓰고 버릴 말로 사용하기에는 그가 그동안 쌓은 공이 아까워서 그대로 보낸 것입니다."

"……."

카르네프 상단주는 아리안의 말을 듣고 할 말을 잃었다.

'세상에, 검에 대해서만 천재인 줄 알았더니 그럴 만한 이유가 있었어. 지미 알란이 자신을 떠보는 것을 알고도 그대로 답해주면서, 오히려 그의 그릇을 재는 것은 고사하고 그가 이룬 공에 대한 배려까지 하다니… 어려운 때를 위해 하늘에서 준비한 인물이 틀림없구나.'

아리안은 상단주가 돌아간 뒤에 헤르메스를 불렀다.

"헤르메스, 들어오세요."

"예, 주인님."

"따라오세요."

"예, 주인님."

아리안은 천천히 걸어갔다. 헤르메스는 묵묵히 그의 뒤를 따랐다.

"앞으로는 주군이라고 부르세요."

"영광입니다, 주군."

아리안은 헤르메스와 함께 수련장으로 들어갔다. 헤르메스가 복면을 벗었다. 40대의 중후한 각진 얼굴과 강인한 체격이 인상적이었다.

"검을 들고 공격해 보세요."

"예, 주군."

헤르메스는 검을 가슴 앞으로 세워 예를 표하고 나서 중단으로 잡았다. 그의 검에서 푸른색의 맑은 빛을 띠는 오라블레이드가 검의 길이만큼 형성됐다.

"음, 좋군요. 최선을 다해보세요."

헤르메스는 자신의 오라블레이드를 보고 고개를 끄덕이며 최선을 다해 공격하라는 아리안의 말을 듣고 투지가 일어났다.

'음, 주군은 내 상상 밖의 실력을 지니신 게 틀림없어. 귀족들의 하나라도 더 가지려는 추악한 행태에 기사임을 포기하고 상단주의 은혜를 갚기 위해 몬스터와 산적들을 상대로 죽기 살기로 싸우는 용병의 길을 걷다가 이 얼마 만에 맛보는 짜릿한 기분인가? 마치 검 하나에 모든 것을 걸었던 시절로 돌아온 듯하구나.'

"야!"

헤르메스는 기합을 지르며 중단의 검을 상단으로 치켜들고 번개같이 달려들었다. 그가 상단 내려치기를 했다. 아리안은 어렵지 않게 그 공격을 막아냈다.

그는 아리안이 막기만 하고 공격을 하지 않자 자신의 기량을 최대한도로 발휘했다. 검이 막히면 주저하지 않고 중단 가로치기, 우횡베기, 좌횡베기, 찌르기, 하단 돌려치기 등으로 쉴 새 없이 연속 공격했다.

챙챙챙! 챙챙챙!

헤르메스의 검은 상당한 쾌검에 속했지만, 부딪치는 일검 일검에 엄청난 힘이 실렸기에 아리안은 속으로 고개를 끄덕였다. 내려치는 일격은 필살의 각오를 지닌 검사의 자존심이었고, 막히면 막힌 대로 반동을 받아 자연스러운 다음 공격으로 이어지는 검에는 자유로운 마스터의 혼이 담겼다.

헤르메스는 진정으로 놀라고 감복했다.

'세상에, 내 검을 하나도 피하거나 흘리지 않고 쉴 새 없이 몰아치는 검을 그대로 맞받아주지 않는가. 공격을 공격으로 막지 않고 받아만 주는 것은 스승이 제자를 가르칠 때와 확연한 실력 차이가 있을 때만 가능한 것이잖아. 한 번 부딪칠 때마다 느껴지는 강한 힘과 나의 쾌검을 마치 기다렸다는 듯이 상대하시는 주군의 능력은 진정 놀라는 것만으로는 부족해. 더구나 오라블레이드를 형성하지도 않고 어떻게 내 오라블레이드를 막으시는지 도무지 알 수가 없군. 상대가 다칠 것을 염려하지 않고 마음껏 검을 휘둘러 본 게 정말 몇 년 만인지 모르겠구나.'

헤르메스는 환희지경에서 서서히 무아지경으로 넘어갔다. 그가 그동안 쌓아온 수련과 각종 몬스터, 혹은 무사들과 생사지경을 거닐던 체험이 각기 점이 되어 하나의 궤도를 그려갔다.

아리안은 그의 변한 검의 궤도를 보고 상황을 꿰뚫어 봤다. 수비로 일관하던 검로를 바꿔 간간이 공격하면서 헤르메스가 새롭게 형성하는 궤도의 큰 틀을 도왔다.

꽝꽝! 꽝꽝!

검이 부딪치는 소리가 달라졌다. 헤르메스의 오라블레이드가 붉은색으로 변했다. 아리안은 자신의 검에 주입한 오라를 좀 더 강화했다. 헤르메스의 오라블레이드가 남긴 잔상이 수련장 안에 화려한 빛의 꽃[光花]을 이루었다.

헤르메스는 넓은 초원을 내려다보며 검을 휘두를 때마다 꽃들이 생기를 얻어 봉오리가 개화하는 광경에 취했다. 저 멀리서 커다란 벽이 조금씩 다가오는 것을 봤다. 그는 그 벽이 마스터의 한계를 뛰어넘는 벽이라는 것을 직감으로 깨달았다. 그 벽은 무한히 높아서 아직은 때가 아님도 알았다.

그러나 이게 어딘가. 수많은 검사가 마스터를 갈망하지만, 과연 몇 명이나 들어섰던가. 한데 누구에게 들어본 적도 없는 마스터의 벽을 바라보다니……. 그는 감격에 겨워 눈물을 흘리며 무릎을 꿇었다. 상대는 나이가 어린 소년이 아니라 몸과 마음을 바쳐 모셔야 할 진정한 주군이었다.

"주군~!"

그의 음성은 심히 떨렸고, 눈물과 콧물이 하나가 되어 흘러내렸다.

"주군의 은혜를 입어 존재하는지도 몰랐던 마스터의 벽을 보았나이다. 엉엉!"

"네가 나의 그림자를 본 것과 검의 끝자락을 본 것은 네 복이다. 검의 길은 앞으로 더욱 험난할 테니 한층 더 열심히 해서 벽을 넘어야 한다."

어느새 아리안에게서는 광야를 질주하며 호령하던 위대한 치우천왕의 카리스마가 뿜어졌다. 헤르메스는 아리안이 발산하는 포스에 절로 고개를 숙였다.

"명심하겠습니다, 주군!"

"한데, 네 부하들의 능력이 많이 부족하더구나. 어디 조용한 곳으로 데리고 가서 실력을 좀 쌓도록 해라. 지금 같으면 내가 너희 경호를 받는 게 아니라 오히려 내가 너희를 보호해야 할

지경이 아니냐."

아리안의 경호를 받기보다는 오히려 보호해야 한다는 말에 헤르메스는 부끄러워 고개를 푹 숙였다.

"주군의 명대로 하겠습니다. 저희가 결코 주군의 짐이 되지는 않겠습니다."

"그러리라 생각하고 또한 너를 믿는다. 움직이려면 돈이 필요할 것이다. 네게 목숨을 건 자들의 가족의 생계도 해결해 주고 3년을 기약하고 떠나되, 그 장소를 내게 알려라. 내가 작은 도움을 주도록 하겠다."

"그리하겠습니다, 주군!"

아리안은 이미 헤르메스의 하늘이 되어 있었다. 그의 음성과 표정은 공손하기 짝이 없었다.

주군의 명령은 이행되어져야만 한다. 다시는 자신으로 인해서 주군께 불편한 일은 일어나지 않아야만 한다. 아리안은 상단주에게 넉넉한 돈을 받아 부하들을 데리고 상단을 떠나는 헤르메스의 예를 받았다.

"주군, 그동안 보중하십시오. 변화된 모습으로 돌아오겠습니다."

Chapter 02

마스터 오브 마스터

아라카이브 제국 황궁 천영단 단장 집무실.

황제 폐하의 무한한 권능은 천영단에서 나온다는 말이 있을 정도로 그들의 위세는 거칠 게 없었다. 그들은 제국 모든 정보를 수집하고 게다가 필요한 정보는 조작하여 귀족 정치를 황제 직권 체제로 바꾸는 데 지대한 역할을 해냈다.

그들은 대륙 3개 제국과 6개 왕국의 정보는 물론이고, 아라카이브 제국 내 귀족의 동향에 이르기까지 보이지 않는 눈을 번득였다.

"단장님, 수상한 인물들이 대거 레포르마로 집결 중입니다."

천영단 단장에게 보고하는 정보실장의 음성은 사뭇 조심스러웠다.

"한 놈 잡아서 붕어 만들어!"

"그렇지 않아도 세 놈을 잡아들였는데, 아직 뻐끔거리지 않습니다. 고문 7형도 불사하라고 했으니 곧 입을 열 것입니다."

"비영과 밀영은 어떻게 하고 있나?"

단장의 무미건조하고 나른한 듯한 음성에도 정보실장의 음성은 더욱 긴장했다.

"비영은 대기 중이고 밀영은 그들의 행동을 감시 중입니다. 혹시 몰라서 황도 수비군에도 비상근무를 시켰습니다."

"황도에 있는 귀족 동향도 놓쳐서는 안 된다. 반역이라면 틀림없이 수상한 자가 있겠지. 황도에 다른 정보는 없나?"

"첫째, 전쟁이 터질 거라는 소문은 예전부터 있었습니다. 둘째, 아카데미 학생 중에 마스터가 있다는 소문이 사실인 듯합니다. 검술학과 교수는 긍정도 부정도 하지 않았습니다. 셋째, 올해도 농사하기에는 강수량이 모자라 떠돌이가 많이 생기는 모양입니다. 넷째, 영지전은 좀 더 가속화할 듯싶습니다."

정보실장의 보고에 단장의 흥미를 끈 정보가 있었는지 단장은 재차 물었다.

"흠, 아카데미에 마스터 학생이라? 인비에르노 전 기사장님은 정식 요청이 아니니 대답을 안 하는 거겠지. 알았다. 아카데미는 놔두고, 포로가 입을 열면 즉각 보고해라. 입을 열지 않는 것을 보면 더욱 수상하다."

"예, 단장님!"

정보실장이 예를 취하고 나가자 단장은 잠시 생각에 잠기다가 자리에서 일어났다.

“흠, 아카데미 마스터는 분명 아리안이겠지. 그 소문이 정보실장에게까지 들어갔다면 보고는 해야겠군. 이제 아리안의 선택에 맡겨야 하나? 레이나가 다치지 않았으면 좋겠는데…….”

그는 막강한 권력을 가진 천영단 단장이기 전에 한 소녀의 아버지였다. 자리에서 일어나 문을 나서는 인물은 분명 레이나의 아버지 펠리즈 백작이었다.

펠리즈 백작은 어전으로 들어갔다. 어전 경호기사도 백작이 들어가는 것을 막지 않았다.

어전에 들어서서 황제 폐하의 어좌까지는 상당한 거리가 있었다. 사방팔방에서 싸늘한 살기가 쏟아지다가 곧 사라졌다. 백작이 공손한 자세로 예를 표했다.

“황제 폐하!”

“아, 펠리즈, 어서 오게.”

황제는 보던 문서를 옆으로 제쳐 두고 고개를 들어 백작을 쳐다봤다.

“황제 폐하, 황도에 수상한 자들이 상당수 들어왔습니다. 하나를 잡아서 문초했으나 쉽게 입을 열지 않습니다. 그리고 아카데미에 학생 마스터가 탄생했다는 믿을 만한 소식이 있으나, 인비에르노 교수는 묵묵부답입니다.”

“흐흐, 인비에르노는 여전하군.”

“황제 폐하, 그게 무슨 말씀이신지요?”

펠리즈 백작은 황제에게 반문해서는 안 된다는 사실마저 잊었는지 질문을 던졌고, 황제는 탓하는 대신 자세히 설명했다. 황제가 유일하게 자신의 생각을 말하고 대화를 나누는 상대가 바로 펠리즈 백작이었다. 백작은 파벌을 만들거나 따르지 않는 오직 한 사람의 귀족이었다.

"인비에르노는 언제나 자신의 공을 다른 사람에게 돌리지. 이번에도 마스터 탄생이라는 자랑스러운 이야기는 학장을 통해서 들으라는 뜻이야. 그는 원래 그런 사람이지. 그게 영지를 하사하려다가 교수가 되는 것을 허락한 원인이기도 하고. 정치란 아무나 하는 게 아니지. 암. 아, 펠리즈! 그 수상한 자들은 감시만 하고 그대로 두게. 미끼를 던졌더니 이제야 물려고 덤비는군."

"황제 폐하, 미끼라고 말씀하시는 것은 이해를 못하겠사옵니다."

황제는 비릿한 미소를 지으면서 말했다.

"마르티네스는 태어나면서부터 특이체질이야. 보통 사람이 그 아이를 껴안으면 몸이 얼어 죽게 되지만, 쥬비스 제국 황제처럼 열강 종류의 검공을 익힌 자와 결혼하면 서로 막대한 이득을 얻게 되네. 남자는 단번에 벽을 깨뜨린 후 나날이 강해지고 여자는 극고의 아름다움을 지니게 되지. 쥬비스 황제는 검술의 벽을 단번에 무너뜨릴 그런 보물을 황태자에게 넘길 마음이 있을까? 그리고 그 수상한 자들은 아빌라 왕국과 모렐로스 왕국 비밀 요원들일 게야. 펠리즈, 마르티네스는 괜찮지만,

대공의 딸인 세린느는 무조건 보호해야 돼. 그 아이가 잘못되면 대공이 병사들을 이끌고 아빌라 왕국을 치려 할 테니까."

펠리즈 백작은 그제야 황제의 의도를 짐작했다.

'아, 황제 폐하를 암중에서 경호하는 음영단이 황제의 계획을 실행하고 있었군. 폐하께서는 처음부터 공주님을 쥬비스 제국 황태자에게 보낼 마음이 없으셨던 거야.'

쥬비스 제국 황제가 벽을 넘어서 그랜드 소드 마스터가 된다면 누구도 그 앞을 막을 수 없게 된다. 황도에 들어온 쥬비스 제국 정보부의 밀영들이 그렇게 많은 이유도 간단했다. 그들은 정보를 캐기보다 공주 보호가 우선이었다.

펠리즈 백작은 점차 현 레포르마의 사정이 확연해졌다.

'음, 음영단의 실력이 의외로 놀랍군. 우리도 파악하지 못한 아빌라 왕국과 모렐로스 왕국의 이중적 정치 모략을 꿰뚫고 있었잖아.'

황제 폐하는 마르티네스 공주를 죽이고, 그 죄는 아빌라와 모렐로스에게 물어 손 안 대고 처리할 생각이었다.

'아! 사람이 만든 재앙[人災]과 하늘이 내린 재앙[天災]이 겹치니 대륙전쟁은 피할 수 없겠군. 오, 지나(대륙의 주신)시여, 인간을 불쌍히 여기소서!'

펠리즈 백작은 마음을 숨기고 황제 앞에 부복했다.

"황제 폐하의 탁월하신 선견지명에 신은 오직 놀랄 따름이옵니다."

"펠리즈, 놀라는 것은 시간 있을 때 천천히 하고, 짐의 마차를 아카데미에 보내서 학장과 교수, 그리고 문제의 학생을 불러오게."

"예, 황제 폐하!"

* * *

아카데미 학생들은 정문을 통과해 들어온 황제 폐하 전용 황금마차에 학장님과 인비에르노 교수, 그리고 아리안이 타고 떠나자 놀란 눈으로 마차를 배웅했다.

"세상에, 황제 폐하께서 황금마차까지 보내셨잖아."

"당연하지. 대륙 역사상 유래 없는 십대 마스터잖아. 오히려 좀 늦은 감이 없지 않아."

"이젠 아카데미의 아리안이 아니라 제국의 아리안이 된 건가?"

황궁에 도착한 아리안 일행이 어전에 들어서자, 학장은 몸을 휘청거리며 식은땀을 흘렸다. 아리안이 학장의 어깨를 부축하며 기운을 집어넣자, 다시 허리를 편 학장은 자신에게 일어난 일이 믿기지 않는다는 표정이었다.

살기가 사라지진 않았으나, 학장이 다시 비틀거리는 일은 일어나지 않았다. 살기는 한층 강해졌지만 아리안의 주위는 평온하기만 했다.

이런 식으로 마나를 운용할 수 있다는 생각조차 해보지 못한 인비에르노 교수는 아리안을 한번 쳐다봤다가 잠자코 학장의 뒤를 따랐다.

학장은 어좌 앞 두 번째 기둥 앞에 멈췄다.

"좀 더 가까이 오라."

황제 폐하의 용음이 울렸다. 학장이 다시 앞으로 걸음을 옮기려 하자 더욱 강한 살기가 쏘아졌다. 인비에르노 교수가 기운을 끌어올려 저항하려는 순간 살기가 사라졌다.

교수는 이상히 여기고 학장을 쳐다보았지만 그는 아무런 일도 없다는 듯이 편안한 걸음으로 앞으로 나아가는 중이었다.

교수가 다시 주변을 살피자, 어전 사방에서 쏟아지는 살기도 세 사람 주위를 뚫지 못하는 듯했다.

학장이 어좌 앞 첫 번째 기둥 앞에서 멈췄다.

황제는 만면에 미소를 지으면서 왼손을 가볍게 저었다. 순간, 어전을 잠식했던 모든 살기가 사라졌다.

"황제 폐하, 강녕하시기를 앙망하옵니다."

학장이 절하자 교수와 아리안도 함께 허리를 굽혔다.

"어서 오시오, 학장. 인비에르노도 오랜만이군. 그동안 잘 지냈는가?"

"폐하의 은총을 입어 보람찬 나날을 보내고 있사옵니다, 황제 폐하."

인비에르노 교수는 문후를 여쭈면서도 속으로 놀랐다. 황궁 기사장을 지내면서도 첫째 기둥을 지나본 적이 없다. 이처럼 어좌 가까이 가는 것은 감히 상상도 하지 못했다.

황제는 언제나 신하와 거리를 두었다. 만약 황제의 허락 없이 첫 번째 기둥을 벗어나는 순간, 기관매복의 공격을 받거나 사방에 은신한 음영단의 살기조차 드러나지 않은 공격을 받아 피를 뿌렸을 것이다.

어좌를 중심으로 펼쳐진 음영단의 '천살진'은 거미 한 마리도 행운을 바랄 수 없을 만큼 촘촘하고 교묘하다는 소문이었다.

"음, 자네가 아리안이로군. 레온 상단주의 손자고 성 대 성 영지전쟁에 참여해서 열다섯 살 나이에 오리노코 성의 정찰대장을 죽였고, 오크 대전사를 이겼으며, 후안 후작을 오거로부터 구해서 소영주의 지극한 신뢰를 얻었는가 하면, 아카데미에 신선한 바람을 일으켜 하루 종일 검술 수련을 하는 풍토를 만들었다지?"

아리안은 황제 폐하께서 자신에 대하여 자세히 말하자, 너무 놀라서 입을 다물지 못했다. 황제는 아리안의 놀란 표정을 보고 매우 호탕하게 웃으면서 말했다.

"하하하하! 그 표정을 보면 열여섯 살이라는 게 실감이 가기도 하지만, 체격이나 실력은 놀랍기만 하군. 자네가 들어오면서 학장을 보호하는 것을 보니 마스터 시험은 할 필요가 없겠어. 자네, 소원이 무엇인고? 제국의 기둥이 될 자네의 청이라면 뭐든지 들어주도록 하지."

"황제 폐하, 그처럼 은혜를 허락하시니 실로 황공하오나, 지금은 학장님이 바람직한 면학 분위기를 조성해 주시며, 교수님께서 저희를 잘 이끌어주시기에 생각나는 바가 없사오니 허락하신다면 훗날 말씀드리고 싶사옵니다."

"하하하! 훗날 하겠다고? 절대 손해 안 보는 것을 보니 정말 열여섯 살인지 믿기 어렵구나."

황제의 호탕한 어소는 정전을 크게 울렸으며, 숨어 있던 음영인들도 극히 드문 일이라 몹시 놀라 아리안을 다시 주시했다.

"부황!"

"황제 폐하!"

그때, 어전으로 황제의 어가를 받지 않고 들어서는 두 사람이 황제의 말을 중단하게 했다.

"에고, 우리 인형들, 어서 오너라! 그래, 아카데미 생활은 재미있고?"

그들은 바로 마르티네스 공주와 세린느 공녀였다. 둘을 바라보는 황제의 눈길은 보통 사람과 다름없는 어버이의 눈이었다. 황제의 절대 권력을 이해할 수 없는, 민주주의 한국인의 생각을 버릴 수 없는 아리안의 마음에 황제에 대한 부드러운 인상이 박히는 순간이었다.

"예, 부황! 어? 아리안 선배도 와 있었네? 안녕하세요, 아리안 선배?"

"아리안 선배님, 안녕하세요?"

마르티네스 공주는 아리안을 보자 반갑다는 듯이 먼저 인사를 했다. 세린느 공녀도 부끄러운 듯이 얼굴을 붉히며 인사하자 황제 폐하의 표정이 미묘하게 변했다. 황제는 공주와 공녀가 평민인 아리안을 살갑게 대하는 걸 탓하지 않았다. 하지만 인비에르노 교수는 황제의 부드러운 표정을 보고 그제야 마음을 놓을 수 있었다.

"이 녀석들 봐라! 아버지와 백부보다 아리안을 만난 게 더 반갑다는 표정일세."

"부황, 아카데미에서 아리안 선배가 쳐다보기만 해도 여자애들은 연차를 가리지 않고 모두 죽는답니다. 제가 이렇게 가까운 곳에서 이야기 나눈 것을 알면 공주나 공녀로 태어나지 못한 것을 한탄하는 곡성이 아카데미에서 그치질 않을걸요."

"그래? 그런데 식사도 같이 한 것을 알면 아카데미가 오히려 조용해지겠구나."

황제는 공주의 말을 듣고 만면에 홍소를 띠었다.

"역시 부황이 최고예요. 쪽!"

"녀석! 드워프의 세공 보석을 줘도 안 해주던 뽀뽀를 다 해주는군. 아리안, 짐이 건강하려면 자네가 황궁에 자주 오는 수밖에 없겠어."

그 말인 즉슨, 오늘은 식사를 하고 가고, 앞으로도 자주 찾아오라는 말이었다. 아카데미 학생이 황제에게서 직접 이러한 초대를 듣는 전례는 지금껏 없었다. 그것은 아리안의 입지가 제국 내에서 굉장한 위치로 올라가게 됨을 뜻하는 일이었다.

아리안은 황궁에서 식사하고 돌아온 후부터 넓은 교수 전용 기숙사에서 지내게 됐다. 또한 교수 연구실 방 하나를 배정받았다. 그는 그 방을 자신의 수련실 겸 마스터 그룹 사무실로 사용했다.

"와, 우리 그룹 사무실이 아카데미 그룹 중에서 가장 좋겠다."

"당연하지. 그룹 회장님이 누구시냐? 바로 우리의 영원한 주군이 아니라면 그 접속사의 달인이자 교수이신 학장님이 허락하실 리가 없지."

"크하하, 이젠 우리 마스터 그룹을 황궁에서도 주목한다는 뜻이군."

마스터 그룹 임원들과 정회원은 아리안의 일을 마치 자신의 일인 양 자랑스러워했다. 그들은 이미 아리안의 가신이 되기로 맹세했기에 어쩌면 당연할는지도 몰랐다.

하지만 아카데미에 내려앉는 어둠의 그림자는 조금씩 짙어졌다.

보이지 않는 곳에서 아카데미를 유심히 살피는 자들이 한둘이 아니었다.

"젠장, 이놈의 아카데미 학생들은 무슨 놈의 훈련을 저렇게 억세게 하지? 로열 아카데미가 아니라 마치 전사 훈련소 같잖아."

"조금만 기다려 봐. 밤 10시가 되면 모든 훈련이 끝나."

어둠 속에서 학생들이 훈련하는 모습을 바라보는 검은 그림자는 열심히 눈동자를 굴렸다.

"쓰벌! 밤 10시면 황도 성문도 닫히잖아. 밤새 탄로 나면 안 될 텐데, 가능하겠어?"

"그거까지 우리가 걱정해야 하나? 일단 조사한 것을 보고부터 하세."

"그도 그렇군."

그들이 떠나는 모습을 숨어서 지켜보던 자도 홀연히 사라졌다.

"기조실장님, 밤 열시까지는 아카데미 학생들이 수련을 멈추지 않습니다. 운동장에는 500여 명이 단체 훈련을 하고 아카데미 전역에 개인 수련하는 자들이 넘쳐 나기에 들키지 않고서는 접근조차 어려운 실정입니다. 더구나 학생들의 실력이 아직 어리다고 하지만 쉽게 해결할 정도가 아닙니다."

보고를 받는 실장의 눈에서 귀기가 번득였지만, 앞에 선 부하는 이를 눈치채지 못했다.

"그녀가 아카데미에서 나오는 때는 언제인가?"

"금요일 오후에 나왔다가 월요일 아침에 들어가지만, 기사단이 경호를 합니다."

실장은 부하가 하는 말이 무슨 뜻인지를 알았기에 깊은 생각에 잠겼다.

'흠, 황금마차를 경호하는 기사단을 공격하면 즉시 황도 수비군과 황실 기사단이 출동할 테고, 아카데미를 공격하려면 학생들 수련이 끝나는 밤 10시 이후라야 가능하다는 이야긴데. 물론 그때는 성문도 닫혔겠지. 흠, 황도에선 나도 마법 사용이 불가능해. 주군이신 '발레포르' 마계 공작님은 가능하겠지만, 이 정도도 해결하지 못한다고 신임을 잃게 돼.'

뱀파이어 마스터! 마계에서도 상위 귀족에 속하는 흡혈귀 수장이 마침내 인간계에 나타났다. 자신의 모습을 감춘 채 인간의 모습을 한 그의 등장이 얼마만한 위기를 초래할지는 모르는 일이었지만 누구도 눈치를 챈 사람은 없었다.

마법 결계가 펼쳐진 황도에서의 거사를 꺼려서인지 아니면 공주의 운명이 다하지 않았는지, 그는 묵묵히 아카데미를 내려다보다가 부하들을 보내고 한 마리 박쥐가 되어 달그림자 속으로 사라졌다.

* * *

아리안은 두 사람이 사용하는 학생 기숙사 대신 새로 배정된 교수 전용 기숙사로 들어갔다. 침실, 서가, 응접실, 조리실, 욕실을 모두 둘러봤다.

"마스터, 짐 가지고 왔습니다."

"와, 좋다. 역시 주군께선 이런 곳에 계셔야 어울립니다."

일원들이 얼마 되지 않는 아리안의 짐을 조금씩 나눠 들고 들어왔다.

"그건 또 뭐냐?"

"헤헤, 주군. '집들이' 라고 하는 고상한 표현이 있는데, 아실는지 모르겠습니다."

아리안이 처음 보는 보따리를 보고 묻자 안티야스가 웃으면서 짐을 풀었다. 안에서는 마른 과자, 빵, 말린 육포, 과일 등이 쏟아졌다.

"오늘 훈련은 쉴 참이냐?"

"주군, 저희도 하루쯤 쉬어야 하지 않겠습니까? 허락해 주십시오."

아리안은 기대에 찬 눈망울로 쳐다보는 임원들의 표정에 어이없어서 웃으며 허락했다.

"좋다. 오늘 저녁 수련은 개인 수련으로 대체한다고 전해라."

"와우! 역시 우리 주군이 최고야!"

"크크, 신난다. 엔테로, 네가 가서 주군의 말씀을 전하고 와라!"

"응, 알았어."

엔테로가 나간 지 얼마 지나지 않아 운동장에서 함성이 터졌다.

"와~!"

"신난다! 오늘 하루 휴가다!"

"회장님! 복 받을 겁니다!"

입시 지옥인 한국이나 이계나 학생들의 심리는 똑같다는 생각이 들자, 아리안은 미소를 지을 수밖에 없었다.

"크크, 주군, 저렇게 좋아들 하지 않습니까?"

"과연 그럴까? 안티야스, 저렇게 좋은 것도 사흘 지속하면 불안해지고 일주일이면 타성에 젖게 된다. 이런 해방감은 지옥훈련을 계속해야 느낄 수 있다는 걸 알아야지. 우리는 우리를 믿고 따르는 학생들을 책임져야만 한다."

"명심하겠습니다, 주군!"

"자, 그럼 어디 시식 좀 해볼까?"

"충성! 주군 명령을 충심으로 따르겠습니다!"

"하하하, 크크!"

"저 자식은 먹을 때만 충심이를 찾는군."

"킥킥!"

"큭큭!"

똑똑!

이때 문 두드리는 소리가 들리자 안티야스가 일어났다.

"누구지? 이런 긴박한 순간에 찾아오는 사람이. 누구세요?"

문을 연 안티야스는 설국(雪國)의 공주 같은 백설 미소녀인 마르티네스와 은은한 귀티가 흐르는 세린느의 아름다운 모습에 놀라서 멍하니 쳐다봤다.

"어서 오십시오. 모두 인사드려라. 마르티네스 공주님과 세린느 공녀님이시다."

임원들은 공주와 공녀라는 말에 급히 무릎을 꿇었다.

"공주마마와 공녀님을 뵙습니다."

"일어나세요. 아카데미 모든 학생이 존경하는 회장님과 임원들이 아닌가요?"

"감사합니다, 공주님!"

아카데미 내에서는 모든 학생이 평등하다는 학칙도 잊고 예를 갖추는 그들을 치하하다 세린느 공녀가 입을 열었다.

"아리안 선배, 먹을 것을 좀 준비했는데 들여와도 되죠?"

"물론입니다, 세린느 공녀님."

세린느 공녀가 아리안의 허락을 받은 후 뒤를 돌아보며 말했다.

"어서 가지고 들어와."

문을 열고 들어온 시녀들의 손에는 각종 짐 꾸러미가 들려 있었다. 그녀들은 비어 있는 조리실 각 서랍에 물건들을 채워 넣었다. 조리용 비품과 각종 음식물 등이었다.

그녀들은 언제 요리했는지 김이 모락모락 피어오르는 음식을 가지고 들어와 식탁 위에 늘어놓았다. 아리안과 임원들은 멍하니 그녀들의 움직임을 지켜만 봤다.

아리안의 눈썹이 찌푸려졌다. 식탁 위에는 세 사람의 수저, 포크만이 놓였을 뿐이다.

"얘들아, 싸온 것을 다시 싸라. 뒷산에 가서 의논하기로 하자."

"예, 회장님!"

임원들이 아리안의 말을 듣고 자신들이 가지고 온 빵 등을 다시 봉지에 담았다.

"공주님, 공녀님, 저와 임원들은 의논할 일이 있어서 먼저 실례합니다."

"……."

아리안과 임원들은 가볍게 예를 취하고 방에서 나갔다. 일어날 수 없는 일이 벌어졌다. 전생의 기억을 가진 아리안이었기에 무심결에 벌어진 사건이었고, 임원들은 마스터가 자신의 명령을 더 우선시하는지 알아보는 시험이라고 여겼다.

아리안은 공주와 공녀가 준비해 온 수저를 보고 단숨에 다른 임원들은 신경도 쓰지 않음을 알았다. 때문에 거기에 대한 항의성, 혹은 경고성으로 임원들과 함께 일어나 버린 것이다.

분명 제국민으로서 해서는 안 되는 행동이었으나, 21세기를 살았던 기억이 있는 아리안이었기에 공주가 예상도 하지 못한 행동을 한 것이다.

주인이 떠나 버린 방에 남은 마르티네스 공주와 세린느 공녀는 이처럼 무시당해 본 적이 전혀 없어서 눈만 동그랗게 떴다.

공주의 아름다운 눈에서 난생처음 서러운 눈물이 흘러내렸다. 가슴이 저려오고 숨이 차올랐다. 그녀는 처음 느껴보는 생소한 감정에 어찌할 바를 몰랐다. 눈시울이 붉어지고 이마에 열이 오르면서 그대로 쓰러지고 말았다.

"앗! 마르티네스!"

세린느 공녀는 깜짝 놀라 공주 곁으로 가서 목을 짚어봤다. 맥은 미미하게 뛰었지만 열이 상당히 높았다. 세린느의 고함에 시녀들이 종종걸음으로 급히 다가왔다.

"마법학 교수에게 달려가 공주님이 쓰러지셨으니 황궁 어의와 마차를 보내라고 해. 어서!"

얼마 후, 마르티네스 공주와 세린느 공녀는 황실 기사단의 경호를 받으며 황금마차를 타고 아카데미를 떠났다.

아카데미를 공격하고 공주를 납치하려던 자들은 엉뚱하게 계획이 무산된 것을 알고 발만 동동 굴렀다.

밤늦은 시간, 임원들이 방으로 돌아와 아리안의 물건을 다시 학생 기숙사로 옮겼다. 식탁 위에는 아무도 손을 대지 않은 음식이 차갑게 식어 있었다.

그리고 자신의 성의를 몰라준 아리안에 대한 세린느의 마음도 차갑게 식어갔다. 서로 자기 식대로 사랑할 수밖에 없는 여우와 두루미의 사랑은 오히려 증오의 꽃망울을 맺었지만, 세린느는 황제나 대공에게 말하지는 않았다. 모든 것을 말하기에는 자존심이 도저히 허락하지 않았기 때문이다.

*　　*　　*

아리안은 금요일 오후에 상단으로 가면 고대 서적을 연구했다. 태허검법의 부족한 점을 보완하고, 연구 중 발견한 신법과 보법도 수련했다. 신법에는 축지법까지 기록되어 다시 놀라게 했다.

'세상에, 말로만 듣던 축지법이 정말 존재했구나. 이 술법을 좀 더 응용하면 순간이동 마법인 '블링크' 보다 훨씬 활용도가 좋겠다. 블링크는 거리와 방향에 일정한 패턴이 있지만, 축지법을 응용하면 얼마든지 변형이 가능해. 그리고 마법은 마나가 없으면 불가능하지만, 술법은 제약을 벗어나지. 음, 임원들에게도 신법과 보법의 기초만 전수해야겠군.'

아리안은 축지법 장을 펼치고 심취했다.

축지법을 행하려면 먼저 금강체를 이뤄야 한다. 축지란 땅을 접는다는 것으로만 알려졌으나, 접은 땅을 지나는 데에도 공간의 틈을 지나는 게 아니라 그 많은 공간의 공기를 순간에 지나야 한다.

그 공기 마찰을 견딜 수 있는 금강체가 아니면 술법을 펼친 순간에 이름 모를 곳에서 전신이 타버리고 재만 남겠지.

누진으로 금강을 이루려면 혜명의 뿌리를 밝혀야 한다.

환희의 자리를 떠나지 않고 조용히 비추면 그때 참된 내가 그곳에 숨어 있는 것이다.

누진을 행하면 견고한 금강체를 이룬다는 뜻이 아니다. 누진이란 불가에서 사용하는 말로 번뇌를 없앤다는 뜻으로 사용하지만, 원래의 뜻은 새어 나간다는 뜻이다. 밖으로 새어 나간다는 것은 안에서 그만큼 소모된다는 뜻이다.

눈으로 색을 보면 신(神)이 밖으로 새어 나가고, 귀로 들으면 정이 귀에서 흘러나가며, 입으로 말을 하면 기가 입으로 빠져나간다.

누진으로 금강을 이룬다는 말은 안에서 정기신이 밖으로 새어 나가는 것을 막고 의식적인 호흡을 이뤄 육체와 진아(眞我)가 서로 일통하는 것을 의미한다.

아리안은 점점 빠져들었다. 도무지 책을 덮을 수가 없었다. 지금까지 수박 겉 핥기 식으로 수련했던 것의 정신적인 뒷받침과 바른 뿌리를 찾아가는 중이었다.

카르네프 상단주가 몇 번이고 찾아왔으나, 독서삼매에 빠진 그를 보고 고개를 한 번 끄덕인 후 조용히 돌아갔다.

아리안은 식음을 전폐하고 책 속에 빠져들었다.

'난 헤레스 스승님께 검술 지도를 받았지만 항상 뭔가 아쉬움을 느꼈어. 그게 바로 정신적인 지도와 이론적인 밑받침이 부족해서 아쉬웠던 거구나.'

헤레스 스승만으로는 자신이 점점 강해질수록 끝없이 갈증을 느끼던 아리안은 한 번 읽고 두 번 읽었다. 두 번째 볼 때는 새롭게 보이는 단어와 어휘가 많았다. 세 번, 네 번을 읽어도 새로운 단어는 계속 눈에 띄었으며 또 다른 이해와 깊이를 가져다줬다.

같은 책을 몇 번이고 보고 있으면서도 연방 이어지는 새로운 언어 해석이 신비로워 정말 같은 책인가 싶어서 책의 제목을 다시 보기도 했다.

"아, 이래서 책을 여러 번 보라는 것이었어. 행간에 숨겨진 뜻이 이렇게 많았다니 진정 놀라운 일이야."

아리안은 가슴이 벅차서 숨 쉬기가 힘들 지경이었다. 글이란 글자를 나열해 놓은 게 아니었다.

글을 쓰는 사람의 깊은 이해와 깨달음이 도도한 강물처럼 글 뒤에 숨어서 흐르고 있었다.

한 번 읽는 것만으로는 발도 담그지 못한다는 사실을 깨닫고 저절로 고개를 숙이고 감격에 겨웠다.

눈물이 쉬지 않고 흘러내렸다. 웃음이 절로 터져 나와 광소가 됐다.

인간으로 태어난 것이 더할 나위 없는 축복이란 것을 그제야 깨달았다.

이런 책을 볼 수 있어서 좋았다.

그 깊이에 한 발 담글 수 있어서 좋았다.

카르네프 상단주와 알게 되어 좋았다.

고대 거인족으로 살다가 흔적을 남겨준 조상들이 더없이 감사했다.

아카데미가 있어서 좋았다.

처음에는 이런 연이 생긴 것에 감사하고, 연이 이어질 수밖에 없었던 필연의 환경들이 좋았다. 이제 다시 돌아보니 연관되지 않은 게 하나도 없었다

모든 게 좋고 또 좋았다.

아리안은 울다가 웃고 다시 울다가 저도 모르게 가부좌 자세로 앉았다. 염화시중의 미소가 그러하던가. 아리안은 무심의 미소를 띠우며 정의 세계로 들어갔다.

일요일 밤이 깊어만 갔다. 달님은 미동도 하지 않고 창을 통해서 아리안을 지켜봤다.

카르네프 상단주가 걱정이 되어 자기 전에 들렀다가 깜짝 놀랐다.

고고한 달빛에 휩싸인 아리안의 몸에서 오라가 일었고, 머리에는 후광이 감쌌다.

다리를 꼬고 앉은 힘든 자세를 취한 아리안의 몸이 조금씩 떠올랐다.

그의 몸 전신에서 오라가 뿜어져 나와 달빛에 반사되어 신비스러운 기광을 연출했다.

어디선가 그윽한 향기가 풍겨 머리를 맑게 했다.

카르네프 상단주는 이 놀라운 광경을 숨도 쉬지 못하고 지켜봤다. 그렇게 아리안과 상단주와 달님은 하나가 되어 성장하고 신뢰하고 증인이 되어 한밤을 지새웠다.

어둠이 이대로 떠나기가 자못 아쉬운 듯이 몸부림을 하는데, 미명이 부끄러운 듯이 살며시 찾아왔다. 순간, 아리안의 몸이 꿈틀하더니 바닥으로 내려왔다. 그제야 정신이 든 상단주는 자신에게 놀랐다.

'세상에, 이 나이에 조금도 움직이지 않고 선 채로 밤을 지새웠잖아. 한데 온몸이 여기저기 끊어질 듯이 아픈 게 아니라 오히려 펄펄 날 것만 같은 이유는 또 뭘까?

신비한 체험을 하고 바닥으로 내려온 아리안이 눈을 떴다. 그는 카르네프를 발견하고 놀란 표정을 지었다.

"아니, 상단주님! 이렇게 이른 아침에 무슨 일이죠?"

"이른 아침? 그렇군. 벌써 아침이었어. 궁금해서 들렀네. 가서 아침 먹도록 하세."

카르네프는 마치 방금 온 것처럼 이야기하고, 아리안과 함께 식당으로 향했다.

아리안은 아침 식사를 한 뒤 말을 타지 않고 걸어서 갔다. 아카데미까지 갔다가 말을 끌고 돌아갈 무사들이 모두 훈련을 떠나서였다. 현재 별관 경호는 상단 경비무사들이 담당했다.

조금 일찍 상단을 나선 아리안은 오랜만에 여유롭게 시내를 구경하며 아카데미를 향했다. 그는 누군가가 자신을 부르는 소리를 듣고 돌아봤다. 펠리즈 백작의 딸 레이나였다.

"어머, 아리안! 기숙사에서 자지 않았어?"

"아, 레이나. 그럴 일이 좀 있었지. 지금 들어가는구나."

"아리안, 혹시 그 이야기 들었어?"

레이나의 청아한 음성이 그의 호기심을 일으켰다.

"무슨 얘기?"

"마르티네스 공주님이 많이 편찮으신 모양이야. 당분간 아카데미에도 가기 힘들 거야."

두 사람은 이런저런 이야기를 나누며 아카데미로 갔다. 그 두 사람을 손으로 가리키며 이야기를 나누는 학생들의 모습이 눈에 띄었고, 그중에는 검술 수련관에서 망신을 당했다고 여기는 파비안느의 모습도 보였다.

'흥, 레이나와 아리안이로군. 그날의 일을 결코 잊지 않았다. 언젠가 기회가 오고 말 거야. 기사의 복수는 십 년도 기다린다지만, 미인의 다친 가슴은 평생 간다는 말도 있으니까. 없으면 말고. 흥!'

그녀는 연방 흥흥거리면서 눈에 보이지 않을 정도로 떨어져서 그 뒤를 따랐다.

그날 저녁 밤 10시. 아리안은 임원들을 소집했다.

"지금 분필로 그린 발자국을 따라서 걷는 연습을 해라. 이 보법에 숙달하면 너희 실전 능력은 비약적으로 끌어올려질 것이다. 안티야스, 먼저 해봐라."

"예, 주군!"

안티야스는 발자국을 따라서 움직이다가 발이 꼬여 그만 넘어지고 말았다.

"크크! 푸훗!"

구경하던 임원들은 시원하게 웃고 안티야스는 얼굴을 붉혔다. 하지만 사정은 다른 임원들도 역시 마찬가지였다. 모두가 안티야스처럼 넘어지기 일쑤였다.

"이 보법을 완성하면 상대의 예측을 완전히 벗어난 공격과 방어를 펼칠 수 있다. 자, 내가 하는 것을 잘 봐라. 이것이 검술을 펼치면서 보법을 밟는 경우다."

아리안이 검을 휘두르며 보법을 펼치자, 검에서는 우레가 끊이지 않았고 발걸음은 마치 바람처럼 수련관을 허허롭게 넘다들었다. 앞으로 찌르는가 하면 어느새 뒤의 공격을 막고 반격했으며, 뒤를 공격하는 줄 알았을 때는 다시 좌우를 오가며 횡베기에 이어 일도양단하는 모습에 임원들은 점점 눈을 크게 떴다.

"앗! 보법을 밟으면서도 어떻게 움직이지 않을 수가 있지?"

"아, 저것은 모두 잔상이야. 주군의 발은 엄청난 속도로 움직이고 있어."

"그렇구나. 백조가 물 위에 우아하게 떠 있는 것처럼 보이지만, 수면 밑의 발은 어찌나 빠르게 움직이는지 보이지도 않을 정도라더니 꼭 그와 같구나."

"세상에, 이런 비기까지 아끼지 않고 전수해 주시다니……."

안티야스는 가슴이 뭉클거려 말을 맺지도 못했다. 그들은 밤이 새도록 걸음마 연습을 한 결과, 새벽에는 어설펐지만 넘어지지 않는 자가 생겼다.

"어? 엔테로, 어떻게 한 거야?"

"아, 그렇구나. 바로 그거였어."

"뭐야, 뭐? 숨 넘어가기 전에 빨리 말해."

임원들은 모두 모여 가장 먼저 깨우친 엔테로의 입만 쳐다봤다.

"이 보법의 비밀은 내기의 운용에 있어. 발바닥의 용천혈로 기를 뿜어 바닥을 박차고 떠오르지 않으면 불가능한 발놀림이야. 생각해 봐. 주군께서 처음에는 천천히 보여주시다가 나중에는 무릎조차 굽히지 않은 상태에서 그런 빠르기를 보여주셨잖아."

"용천혈로 기를 뿜어낸다고? 어디 한번 해볼까? 어, 어, 어이쿠!"

꽈당!

안티야스가 무릎도 굽히지 않은 상태에서 뒤로 나동그라졌다.

"어, 어라? 된다, 돼!"

꽈당! 꽈당!

다른 임원들도 시도했다가 연방 엉덩방아를 찧었으나, 그들의 얼굴은 환히 밝아졌으며 감격에 겨워 울먹였다.

"아, 해냈구나."

그들은 서로 쳐다봤다. 밤새 쉬지 않고 넘어졌던 그들의 얼굴은 먼지와 땀범벅이었으며, 울지 않으려고 이를 악문 모습은 괴상했지만 서로 껴안고 마음껏 감격을 승화시켰다.

그들의 발놀림은 차츰 익숙해졌다. 처음에는 정해진 보법을 밟았지만, 점점 그 범위를 넓혀갔다. 그들은 그 넓은 검술 수련관 사방을 마음껏 휘저었다.

아리안이 나타나서 그 광경을 보고 작은 소리로 손뼉을 쳤다.

짝짝짝!

"주군! 해냈습니다!"

여섯 명의 임원은 아리안의 발아래 무릎을 꿇었다. 눈물 흘린 자국을 보일까 싶어 얼굴을 들지도 못했다.

“너희가 자랑스럽구나. 정말 잘했다. 가르친 보람이 있어.”

그들이 아리안을 부르는 음성에는 물기가 한껏 배어 있었다. 그 외에 다른 무슨 말이 필요할까. 그들이 외치는 단 두 마디, 한 단어에는 모든 의미가 다 포함되어 있었다. 그들의 삶과 꿈, 명예와 충정, 한없는 존경과 끝없는 감격, 그리고…….

“주군~!”

임원과 정회원들의 하루는 잠시의 쉴 틈도 없이 이어졌다. 새벽부터 단전 수련으로 하루를 열었고, 아침 식사 전에 기본 검술과 개인 검술 수련을 한 뒤 강의 시간표에 따라 공부를 했다.

저녁 식사 전까지는 시간을 쪼개서 독서삼매에 빠지든지 학과 예습이나 복습에 매달렸다. 저녁 식사 후는 밤 10시까지 단체 검술과 달리기, 기본 검술 시간 등으로 보냈으며 다시 두 시간 동안 단전 수련에 매달리니, 자는 시간은 네 시간이고 하루가 어떻게 가는지 모를 지경이었다.

아리안은 훈련의 대부분을 임원들에게 맡기고 금요일 오후에는 어김없이 상단으로 가서 고대 서적에 매달렸다. 그리고 헤르메스의 훈련장을 찾아서 마나 강압진을 설치했고, 흑월의 도박장을 찾아가 그들에게 강도 높은 훈련을 했다.

그러한 나날을 보내는 동안 서서히 겨울이 다가왔다. 5년차 선배는 졸업 준비에 바쁘고, 아리안은 방학 계획을 세우기에 여념이 없었다. 졸업반인 알폰소도 무척 바쁜지 가끔 얼굴을 보던 식당에서도 전혀 마주치지 않았다.

"마스터, 이번 신입 회원은 몇 명이나 뽑으면 됩니까?"

"만약 우리가 출동할 때 기존 정회원 77명을 11명씩 일곱 팀으로 나눠서 나와 너희가 각기 한 개 팀을 지휘하는 체계가 돼야겠지. 그리고 전과 같이 많은 시간을 할애하기도 어려워진다. 그러니 이번 신규 모집 회원은 자격 심사를 더욱더 엄격히 해서 인원은 40명으로 제한해라."

"예, 마스터!"

이때 평소에 말이 별로 없는 마하비라가 조심스러운 어조로 아리안에게 물었다.

"주군, 하나 여쭤봐도 됩니까?"

"호오! 마하비라가 어쩐 일인가?"

임원들이 모두 쳐다보고 아리안이 놀랐다는 듯이 말하자, 그는 얼굴을 붉히며 입을 열었다.

"주군께서 저희에게 전수해 준 비기는 대륙에서 전혀 찾아볼 수 없는 놀라운 것입니다. 그중 숨 쉬기가 모든 힘의 원천이죠. 주군, 그 놀라운 숨 쉬기에 대한 이론을 지도해 주시면 안 되겠습니까?"

아리안은 마하비라를 가만히 쳐다봤다. 마하비라의 눈은 기대로 반짝였다. 다른 임원들은 숨 쉬기 이론은 전혀 생각하지도 않다가 동료의 말을 듣고 서로 얼굴을 쳐다보며 아리안을 주시했다.

마하비라는 주군이 시키면 시키는 것만을 행하는 꼭두각시형의 가신이 아니라, 주군 안에서 생각하고 발전하는 지능형 가신이 되기를 원했다.

마하비라와 같은 가신은 명분이 있을 때 그 능력 이상을 발휘하겠지만, 명분이 없다면 목숨은 거둘 수 있어도 기대한 결과를 가져오지는 않을 것이다.

아리안은 자신이 너무 주도적으로 이끌어 온 것을 인정해야만 했다. 그러한 팀은 리더가 빠지면 모래성처럼 무너질 수도 있었다. 아리안은 자신의 방법을 수정할 필요가 있다고 여겼다. 이들이 자발적으로 일을 주도하다가 실패를 경험하기도 하고 좀 더 나은 결과를 위해 서로 협력하게 유도하기로 마음을 먹었다.

"자, 모두 편히 앉아서 들어라."

"예, 주군!"

임원들이 대답한 후 각기 편한 자세로 앉았다.

"너희가 하는 수련은 단지 마스터가 되고자 하는 바람에서 시작한 것이 아니다. 마스터는 부수적인 성과라고 봐야 하며 하나의 과정일 뿐이다."

그 말을 들은 임원들은 놀랐다. 질문을 했던 마하비라는 할 말을 잃었다.

'세상에, 마스터를 하찮게 말씀하시다니 정말 상상이 가지 않는군. 지금 주군께서 하시는 말씀은 두 번 듣기 어려운 일일 거야.'

"너희가 하는 숨 쉬기는 단순한 게 아니다. 다른 말로 단전 수련이라고도 하지만, 더 올바른 표현은 정을 승화하여 마나로 만드는데, 우선 몸에서 마나가 밖으로 새어 나가지 않게 하고 오히려 밖에서 마나를 끌어들여 단전에 쌓는 것을 말한다. 이때가 되면 벌써 범인의 수준에서 초인의 수준으로 들어가기 시작했다고 봐야 한다."

임원들은 아리안이 말하는 '초인' 이라는 말에 어느 정도 수긍이 갔다. 자신들은 이미 기사와 버금하는 실력자가 되지 않았는가. 열여섯 살에 그 정도면 누가 봐도 초인 문턱에 들어섰다는 말을 부정하지 못할 것이다.

그들은 갑자기 자신감이 치솟고 자부심이 넘치는 것을 느꼈다. 그리고 아리안을 보자, 그들을 그런 단계로 이끌어주는 주군이 보통 사람으로 여겨지지 않았다. 임원들은 자세를 바로 해서 앉았다.

"너희는 이미 그 단계를 벗어나서 제2의 관문으로 들어섰다. 이는 마나를 자신의 일부분으로 채워 나가는 경지라고 부른다. 마나로 이루어진 분신을 만드는 과정이지. 엄밀히 말하자면 지금부터가 내단을 만드는 과정이라 할 수 있다. 너희도 영물의 내단을 먹으면 공력이 증진한다는 말을 들어보았을 것이다. 영물은 내단을 만들고 인간은 분신을 만든다."

임원들은 눈을 동그랗게 뜨고 아리안을 주시했다. 그는 지금까지 누구도 언급하지 않았던 비밀을 알려주는 중이었다.

영물은 내단을 형성하고, 인간은 분신을 만든다.

“분신의 경지는 하단전에서 넘친 기운이 중단전에 쌓이기 시작하면서부터다. 내공의 운용을 아는 다른 대륙의 보통 검사들은 평생 하단전에만 기를 쌓는다. 그러나 너희는 이미 중단전에 기를 쌓아서 분신을 이루기 시작했다. 중단전 수련은 어렵고 험난하다. 하단전만 키운 검사에게 힘으로 밀려 죽을 수도 있다. 하지만 그 단계를 거쳐 다음 단계에 들어서면 확연히 그 성과가 달라지고, 하단전만 수련한 사람은 감히 상상할 수 없는 경지에 들어선다.”

“꿀꺽!”

누군가의 침을 삼키는 소리가 마치 우레처럼 들렸다.

“그다음 경지는 바로 분신이 세상에 모습을 드러내는 때다. 즉, 분신을 형성해 시간과 공간을 초월하여 자유로워지고 결국 육신마저 분신과 같은 자유로운 경지에 들어서게 되는 것이다.”

인간이되 인간이 아닌 경지를 설명하는 아리안의 말을 들은 임원들은 다시 한 번 주군의 말을 새겨봤다.

“인간의 마음은 간사하다. 금방 추워서 죽겠다, 더워서 죽겠다, 배고파 죽겠다, 배불러 죽겠다고 하지만, 그 상태가 얼마나 지속할지는 아무도 모른다. 하지만 육체는 정직하다. 마음은 바람이 불기도 전에 흔들리지만, 육체는 초능력이 배어 있고 온갖 학습 능력이 꿈틀거리며 전능한 신의 능력이 잠들어 있다. 육체를 개발하는 데 힘쓰지 않고 단전 수련만 한다면 분신의 경지는 입문만 하고 이루지 못한다. 너희는 느끼지 못하겠지만, 너희 검에서는 벌써 기운이 일렁이기 시작했다. 단전 수련과 검술 수련을 하루도 빼먹지 마라."

"예, 주군!"

임원들은 마음에 새로운 각오를 다졌다. 이때 무표정의 대명사인 히엘로가 입을 열었다.

"주군, 처음 말씀하실 때 마나가 밖으로 새어 나가지 않게 한다고 하셨는데, 그게 무슨 뜻이며 어떻게 하는 것인지 잘 모르겠습니다."

"음, 히엘로도 말을 하긴 하는군."

"푸훗, 크크!"

히엘로는 친구들이 웃는 소리와 아리안의 말을 듣고 얼굴을 붉혔다.

"마나가 밖으로 샌다는 말은 바로 이런 뜻이 있다. 너희가 색을 눈으로 보면 신(神)이 새어 나가고, 귀로 색을 들으면 정(精)이 새어 나가며, 입으로 말을 하면 마나[氣]가 새어 나간다. 이 말은 사실이 그러하기에 엄히 경계하는 말이기도 하다."

"주군, 색이란 어느 정도를 말하는 것입니까? 무조건 여자 얘기를 해선 안 되는 건가요?"

"주군, 저희는 결혼해선 안 되나요?"

"여자 나체 그림만 봐도 색에 속하나요?"

아리안의 말이 떨어지자마자 임원들은 걱정이 됐는지 모두 한마디씩 했다.

'아니, 이 녀석들이 모두 사춘기에 들어섰나? 말을 분명히 해줄 필요가 있겠군. 이곳엔 성교육이란 시간이 없으니 호기심은 색을 유발하겠어.'

아리안은 말을 좀 고르고 이어 이야기했다.

"녀석들, 그렇게 한 번에 물어보니 대답하기가 쉽지 않군. 지금 너희 나이에선 색을 뛰어넘은 아름다움을 볼 수가 없다. 이 말은 나이가 좀 더 든 후에는 아름답게 여길 여자의 나신(裸身)이나 그림도 지금은 단지 목이 타고 가슴이 뛰고 열이 오르게 된다는 것이다."

아리안은 천천히 자신이 아는 바를 설명했다.

결혼도 중요하고 연애도 언급했다. 그러나 그것보다 더 중요한 점을 강조했다. 바로 지금은 공부하고 수련할 때라는 점이었다. 정말 해주고 싶은 말은 많았지만, 모두 하게 되면 안하느니 못하다는 사실도 잘았다.

"그리고 지금 너희가 여자를 고른다면 얼굴이 예쁜 것 외에 무엇을 볼 수 있겠나?"

"주군, 그럼 여자를 고를 때 무엇을 봐야 하죠?"

안티아스가 아리안의 말이 끝나자마자 물었다. 일원들의 눈은 어느 때보다 반짝거렸다.

"너희가 결혼하여 부부가 되려면 제일 먼저 고려할 점은 건강이다. 남자가 가장 못하는 것은 병든 사람을 간호하는 것이란다. 병이 들어서 얼마 살지 못할 사람을 사랑하는 것은 순애

보를 남기기는 하겠지만, 정상적인 삶, 대륙 사나이의 꿈은 접어야 할 것이다."

아리안의 말은 이들의 관심사였는지 그 어느 때보다 눈이 반짝거렸다. 어쩌면 이들의 육체적인 성장이 빨라서일지도 몰랐다.

"몇 년 후에나 생길 일을 앞당기려고 오늘의 본분을 망각한다면 우리는 그를 불쌍하게 여길 것이고, 주위에 악취를 풍길 것이니 단호히 제거해야겠지. 너희는 오직 오늘에 충실한 자들이 되기를 기대한다."

임원들은 오늘에 충실한 자를 꿈꾸며 깊은 생각에 빠져들었다. '오늘에 충실한 자', 뭔가 알 듯 말 듯했다.

'음, 오늘에 충실한 자란 과연 어떤 자일까?'

* * *

마르티네스 공주는 자리에서 일어나지 못했다.

황제의 용안은 장마철의 하늘처럼 펴질 줄을 몰랐다. 극음의 신체를 타고난 공주는 어려서부터 누구에게도 안겨보지를 못했다. 황후도 공주를 한번 안으려면 두꺼운 옷을 입히고 다시 아이용 이불로 감싼 뒤에나 가능한 일이었다.

하지만 그녀의 아름다움은 인간의 미적 기준을 벗어났다. 인간의 아름다움을 극찬한 어떤 미사여구도 공주 앞에서는 초라할 수밖에 없었다.

황궁 예언가는 그녀가 7세를 넘기지 못할 것이라고 말해서, '인간에게 주어진 복은 평등하다'란 말을 만들기도 했다. 그러나 공주가 7세를 넘기고 8세 생일을 맞이하자 황제는 몹시 기뻐서 죄인을 풀어주고, 전국의 어려운 자를 위한 식량을 대대적으로 풀었으며, 레포르마에 축제를 벌이고 공주와 함께 그 광경을 관람했다.

어느 유랑시인은 우연히 18세가 된 공주를 보고 그 아름다움을 칭송할 단어를 찾지 못하자 스스로 비관하여 자살할 정도였다. 그녀의 아름다움은 부질없는 인간의 입으로 묘사할 수 없었다. 인간의 모든 추함을 끌어안을 극미(極美)였으며 창조의 비밀을 안은 우주의 신비였다.

재차 불려온 예언가는 다시 황제의 발밑에 엎드렸다.

"황제 폐하, 공주마마는 신들의 질시를 받아 주신 '지나' 님의 품으로 돌아가야 했지만, 지나님의 특별한 배려로 대륙 위난을 없애고 안정시키는 역할을 부여받았사옵니다."

예언가의 말을 들은 황제는, 황태자일 때 품었던 대륙 통일 야망이 슬그머니 머리를 내밀었다.

'크크, 공주가 대륙 분쟁을 없애고 통일의 밑거름이 된다고? 결국 신도 이 위대한 황제의 열망을 인정할 수밖에 없었겠지. 아하, 그거였군. 쥬비스 제국 황제가 극양검술을 연마했으니 극음체질의 여자는 보물 중의 보물이 아닌가. 슬그머니 이 정보를 흘리기만 하면 쥬비스 황태자와의 약혼은 말할 것도 없고 황제는 자식에게 공주를 양보하지 않을 테니 부자간의

불화를 일으켜 천륜을 벗어나면 하늘의 도움도 기대할 수 없겠지.'

황제의 생각은 연방 이어졌고, 수많은 그림을 그렸다가 지웠다.

모렐로스 왕국과 아빌라 왕국의 백년전쟁을 이용하는 문제, 공주를 미끼로 제국과 두 왕국의 불화를 심화하는 문제 등으로 잘만하면 대륙 통일도 꿈만이 아닐 수도 있었다.

준비는 완벽했다. 미끼가 던져졌다. 아빌라 왕국이 상당한 무력을 준비하여 미끼를 낚아챌 준비를 서둘렀다. 모렐로스 왕국은 뒤늦게 정보를 입수하자, 아빌라의 거사를 막으려고 동분서주했다. 최후의 순간에는 공주 암살을 명령했다.

쥬비스 제국 첩보원들은 공주의 위험을 제국에 알리려고 했으나, 어쩐 일인지 공식적인 정보 계통 통로가 전부 막혀 있었다. 아빌라 왕국 침투조가 만반의 준비를 한 채 교수 기숙사의 불빛이 꺼지기만을 기다렸다.

그러나 그들의 계획은 처음부터 틀어졌다. 꺼져야 할 교수 기숙사의 불은 오히려 더욱 환하게 밝혀졌다. 분주한 내부의 움직임이 밖에서도 훤히 보일 정도였다. 그들은 무언가 일이 틀어졌음을 직감했다.

황제 폐하는 무사히 돌아온 공주의 모습을 묵묵히 바라봤다. 자식이 무사히 돌아온 것을 기뻐해야 하는가, 아니면 몇 년에 걸친 계획이 무산됨을 안타까워해야 하는가.

어느 현자가 '인간의 발버둥은 하늘의 뜻을 벗어나지 못한다' 라고 했던가? 아무런 생각이 떠오르지 않았다.

황제는 공주의 이마를 만졌다가 급히 뗐다. 뒤늦게 그녀가 극음체질이었다는 생각이 들었다. 아무런 감각이 없었다. 이상히 여긴 황제가 다시 공주의 이마를 만졌다. 공주의 이마는 극음이란 말이 무색할 정도로 뜨거웠다.

"어의를 들라 해라!"

"예, 황제 폐하!"

시종장의 음성이 급히 멀어지고 곧 황궁 어의가 들어와서 공주를 진맥했다. 시간이 제법 걸렸다. 어의의 표정은 심각했다. 황제의 표정도 어두워졌다. 공주는 이렇게 죽어서는 안 될 몸이었다. 예언을 이루려면 대륙 통일의 위대한 희생자가 되어야만 했다.

"그래, 어떤가?"

황제의 어음이 떨어지자 황궁 어의는 무릎을 꿇고 주위를 둘러본 후 머리를 조아렸다.

"황제 폐하, 아뢰옵기 심히 황공하옵니다."

황제는 어의의 뜻을 알고 주위를 물리쳤다.

"모두 물러가도록 하렷다."

모든 시종과 시녀가 물러가고 에스티마르 황궁 대마법사와 부속실장 펠리즈 백작만이 남았다. 황궁 어의는 다시 한 번 주위를 확인하고 입을 열었다.

"황제 폐하, 아뢰옵기 황공하오나 공주마마의 병은 회심병(懷心病)인 줄 아뢰옵니다."

"회심병?"

황제가 모르겠다는 듯이 의아한 표정을 짓자, 에스티마르 대마법사가 어의에게 말했다.

"민가에서 상사병이라고 일컫는 병 말인가?"

"그렇습니다, 대마법사님."

"공주가 저렇게 아프거늘, 그래서 약도 없다는 말이냐?"

"황공하옵니다, 황제 폐하."

에스티마르 대마법사가 어의가 나가는 모습을 지켜보고 황제를 바라봤다.

"황제 폐하, 일단 상대가 누구인지 알아보는 게 순리일 듯싶사옵니다."

황제는 대마법사의 말을 들으면서도 공주의 모습을 묵묵히 바라봤다. 황제는 말없이 공주의 방을 나와서 소접견실로 갔다. 이때, 펠리즈 백작이 대마법사의 말을 보충했다.

"황제 폐하, 세린느 공녀가 사정을 알고 있을 것이옵니다."

"……."

황제는 아무런 의사 표시를 하지 않고 생각에 잠겼다. 공주가 회심병에 걸렸다는 사실을 인정하기 어려웠다. 황제 폐하는 공주의 방을 다시 찾지 않았다.

대륙 통일 위업을 위한 위대한 희생자의 역할을 뿌리치고 여자의 길을 선택한 공주는 다시 찾을 가치가 없었다. 황실의 명예를 위해서 오히려 하루라도 일찍 지나의 품으로 가는 게 오히려 더 좋을지도 몰랐다.

뜨거웠던 햇살은 차츰 식었고, 공주의 아름다웠던 모습은 점점 수척해졌다.

* * *

"황제 폐하, 대공 전하께서 입궁했사옵니다."

"소접견실로 모셔라!"

황제는 대마법사, 황궁 부속실장과 함께 소접견실로 갔다. 황제의 가장 측근인 세 사람이 모두 모인 셈이었다.

"형님 폐하, 별고 없습니까?"

"그래, 어서 오너라. 영지에 갔다는 말은 들었지만, 왜 그렇게 얼굴 보기가 힘드냐?"

"공국에 문제가 생겼습니다."

황제는 대공의 말을 듣고 깜짝 놀랐다. 대공처럼 능력이 탁월하고 대범한 사람이 말하는 문제는 결코 평범하지 않을 것이다.

"아니, 공국에 문제가 생기다니, 그게 무슨 말이냐?"

"형님 폐하, 몬스터의 습격이 점차 조직적으로 확산되는 추세입니다. 평상시에 보기 드문 몬스터인 홉고블린, 오거, 트롤 등은 애교스런 편이고, 마수에 속하는 가고일, 그리폰과 스켈레톤까지 확인했습니다. 추수를 끝낸 농가를 습격하는 오크는 수를 헤아리기 어려우니 아무래도 중앙군과 기사의 지원이 필요합니다."

"흠, 몬스터가 그렇게 문제로군. 펠리즈 백작, 몬스터 문제는 우리 제국만 그런 것인가, 대륙 전체의 문제인가?"

"황제 폐하, 현 대륙이 지닌 가장 큰 문제인 듯싶습니다. 마계 마수의 등장은 아직 그 수가 비록 적다고는 하지만 몬스터의 먹이사슬을 깨고 오직 인간과 유사인종만을 사냥 대상으로 삼는다는 게 문제입니다. 이에 대한 적절한 정책 대안이 요구되는 시점이라 하겠습니다."

황제는 고개를 끄덕이며 은근한 음성으로 대공에게 물었다.

"흠, 그렇군. 대공, 혹시 세린느에게 무슨 얘기를 들은 게 없나?"

"형님 폐하, 어린아이들에게 무슨 이야기를 듣겠습니까? 아카데미를 그만 다니겠다는 이야기는 들었지만, 아카데미에서 무슨 일이 생긴 겁니까?"

어려서부터 검을 잡은 대공은 황태자가 황제가 되는 대신 부황에게 졸라서 제국 제일의 검사를 기사장으로 삼아 영지를 물려받았다. 황제가 황궁에만 있는 것과는 달리 그는 영지를 직접 둘러보는 것을 즐겼으며, 아직 손에서 검을 놓지 않았다.

"당연하지. 마르티네스와 세린느를 같이 아카데미에 보냈는데, 한 아이는 병이 들어 돌아왔고, 한 아이는 그렇게 가고 싶어하던 아카데미를 그만두고 마르티네스와 함께 돌아왔다면 무슨 일이 있는 게 아니겠느냐?"

황제의 이야기를 들은 대공의 얼굴은 이해가 안 된다는 표정이었다.

"아니, 형님 폐하. 그렇습니까? 그렇다면 공주의 병이 아직 낫지 않았다는 말씀이군요. 제가 그날 옆에서 시중들던 시녀에게 들은 바로는, 두 아이가 학생 한 명을 식사에 초대했는데 그가 거절한 모양이더군요. 어린아이들이 그럴 수도 있고 저럴 수도 있는 일이라 대수롭지 않게 여겼답니다. 더구나 상대가 소년 소드 마스터로 소문난 아이란 말을 듣고 세린느의 선민 기질이 그 아이의 성질을 건드린 것으로 짐작했을 뿐입니다. 형님 폐하, 공주의 상태가 어떻습니까?"

황제는 대공의 말을 듣고 그 당시의 상황이 짐작이 됐다. 하지만 상대는 제국의 하나뿐인 공주다. 그대로 지나친다면 황실의 위엄이 서지 않는다. 지금도 너무 늦었다.

"그게 참으로 우습게 되었다네. 공주의 병이란 게 바로 약도 없다는 회심병이니까."

"회심병이요?"

대공이 황제에게 물으면서 고개를 돌려 펠리즈 백작의 얼굴을 쳐다봤다.

"대공 전하, 회심병이란 민가에서 말하는 상사병입니다."

"상사병? 으하하하! 형님 폐하, 그렇다면 약이 없는 게 아니라 명령만 내리면 당장 달려올 거리에 특효약이 있지 않습니까? 우선 그대로 일을 마무리하기에는 황실의 권위가 서질 않습니다. 제국 검사와의 결투를 명하시면, 같은 마스터라고 해도 제국 검사가 소년을 크게 다치게는 하지 않을 것입니다. 그 후에 당분간 소년이 황실에 머물면서 간혹 공주의 병문안을 한다면 일은 모두 해결될 게 아닙니까? 마스터 소년이 공주에게 기사의 서약을 해도 좋은 일이겠군요. 흐흐, 세린느가 조금만 더 철이 들었다면 오히려 제게 좋은 일이 생길 뻔했는데 아쉽게 됐습니다."

대공은 오히려 그게 무슨 문제냐는 듯이 미소를 지으면서 아리안을 부르라고 청했다.

"하지만 공주는 쥬비스 황태자와 약혼한 사이가 아닌가?"

"에이, 형님 폐하, 정략결혼으로 얻는 이득이 어찌 믿을 만한 내 사람인 소드 마스터가 가져오는 이득보다 크겠습니까?"

"흠! 소년과 제국 검사와의 결투라……."

황제는 동생의 말이 옳다고 여겨지자 그 이야기는 빼고 대공의 제안대로 아리안과 제국 제일의 검사, 마스터 오브 마스터로 소문난 엘리야스 경과의 결투를 결정했다.

황금마차가 먼지를 일으키며 아카데미로 향했다.

"오늘이 이번 연차 마지막 강의가 되는군."

인비에르노 교수는 강의실을 둘러봤다. 학생들의 얼굴은 검게 탔지만 어느 때보다 밝았다. 학생들의 눈이 마치 밤하늘의 별빛처럼 반짝였다. 인비에르노 교수는 가슴이 뭉클해졌다.

교수는 아리안을 바라본 뒤 다른 학생들도 둘러봤다. 교수는 스스로 가르침을 자제하고 관심을 가지고 지켜보는 데 많은 시간이 걸렸음을 인정했다. 학생들은 모두 독특한 성장 방식을 가지고 있었다. 그 모든 방식을 굽어 살펴주는 것, 그는 그게 올바른 교육의 지평이라고 여겼다.

그런데 아리안이 나타나 파문을 던지고 말았다. 자신을 따르는 학생들에게 아낌없이 자신의 비기를 공개하며 끌어나갔고, 그들은 무섭게 변했다. 마치 매일 매 순간 자신의 한계를 실험하는 듯한 수련을 받아들였고, 상상할 수 없을 정도로 성장했다.

'마스터 그룹 임원은 말할 것도 없고, 정회원마저 불과 1년 만에 졸업반 애들의 검술 실력을 뛰어넘었으며, 여기에 자극받은 다른 녀석들 역시 엄청난 실력을 지녔지만 주위 모든 녀석이 괴물뿐이라 모르고 있는 거야.'

교수는 생각에 잠겼지만, 눈은 학생들을 한 명씩 쳐다보고 있었다. 학생들은 교수와 눈이 마주치는 것을 두려워하지 않았다.

"너희 가슴에 넘쳐 나는 자긍심을 보니 내 마음도 뿌듯하구나. 너희가 잊지 말았으면 하는 것은, 검술 수련을 호흡하듯이 하라는 점이란다. 우리가 숨을 쉬어 육체의 활력을 얻듯이 수련과 명상만이 우리를 검사로 거듭나게 할 것이다. 우리가 얼마나 수련하느냐는 문제는 자신이 결정하는 것이다."

인비에르노 교수는 차분하지만 간절한 음성으로 이야기했다. "그것은 바로 내가 몇 %짜리 검사가 될지 결정하기 때문이란다. 100%를 원하지는 마라. 그는 기사가 아니라 검귀(劍鬼)

가 되고 말 것이다. 결코 손해 보지 않는 사람이 되려고 하지 마라. 인생 자체를 손해 보고 말 것이다."

조금이라도 손해 보지 않으려 하면 인생을 자체를 손해 볼 수도 있다는 말을 학생들이 이해할 수는 없었다.

"조금 손해 보더라도 빙그레 웃어주고, 간혹 알면서도 크게 부담이 되지 않는다면 속아주어라. 인간이란 자체가 부족하고 불완전하기에 서로 어울려 사는 것이란다. 검을 뽑는 것은 언제나 마지막 수단이 돼야만 한다. 상대를 죽일 수도 있거니와 그 일이 평생 짐이 될 수도 있다. 반대로 내 모든 것을 시작하기도 전에 끝낼 수도 있고, 내가 사랑하는 사람들과 가족에게 평생 짐이 되게 할 수도 있단다."

결코 손해 보지 않는 사람이 되려고 하지 마라. 인생 자체를 손해 볼 수도 있다.

조금 손해 보더라도 빙그레 웃어주고 간혹 알면서도 크게 부담되지 않는다면 속아주어라.

검을 뽑는 것은 항상 마지막 수단이 돼야만 한다.

검사를 지망하는 학생들에게 검을 뽑는 것은 마지막 수단이 돼야만 한다고 가르치는 교수의 말은 학생들에게 충격으로 다가왔다.

경험을 통해서 눈앞의 손해가 오히려 이득임을 전하려는 교수의 안타까움과 간절함이 그들의 가슴을 뜨겁게 달궜다.

교수는 한마디라도 더 해주고 싶었다.

'오늘은 강의가 없다', 그렇게 단 한 마디만 해주고 싶었건만, 아리안과 학생들만 보면 뭐라도 더 해주고 싶은 마음뿐이었다. 이렇게 자랑스러운 학생들은 교수님의 자랑이며 모든 것이 되어갔다.

마스터 인비에르노 검사는 서서히 인비에르노 교수로 바뀌고 있었다.

그때 문을 두드리는 소리가 들렸다.

똑똑!

문이 열렸다. 황제 폐하를 가장 가까운 곳에서 모시는 근위기사의 표징인 어깨 위에 금실을 단 기사 두 명이 들어와서 오른손을 왼쪽 가슴에 대어 교수에게 예를 갖췄다.

쿵!

"황제 폐하의 명으로 교수님과 아리안님을 모시러 왔습니다."

이미 연락을 받은 교수는 잠깐 그들에게 양해를 구하고 학생들을 향해 인사했다.

"오늘 강의는 끝났다. 모두 보람찬 방학을 보내고 새해에 더 멋진 모습으로 만나자."

"와! 종강이다!"

환호하는 학생들을 뒤로하고 교수와 아리안은 기사들을 따라갔다. 황금마차 앞에는 학장님과 펠리즈 백작이 기다리고 있었다. 학장은 마차에 타고 싶은 듯했으나, 펠리즈 백작은 이를 무시하고 무정하게 인사를 했다.

"학장님, 저희는 이만……."

"에, 저, 그러니까……."

학장은 특유의 접속사를 몇 번 사용하기도 전에 떠나는 마차를 보고 고개를 숙일 수밖에 없었다.

"백작님, 오랜만에 뵙습니다."

마차 안에서 펠리즈 백작은 부드러운 빛으로 아리안의 인사를 받았다. 인비에르노 교수는 백작을 아는 아리안을 기이한 표정으로 바라봤다.

펠리즈 백작은 자신이 기사단장을 지낼 때도 거침없는 권위를 자랑했다. 황제 폐하의 최측근 삼인방—대공, 대마법사, 천영단 단장—으로, 직위는 비록 백작이지만 어느 공작도 그 앞에서 언성을 높이지 못했으며, 눈을 바로 보지 못했다. 비록 검을 익히지는 않았지만, 어느 마스터도 기세로 그를 누를 수는 없었다.

"잘 지냈나, 아리안? 요즘은 집에 잘 오지 않더구나."

그의 음성은 마치 집안 어른처럼 따뜻함이 한껏 배어 있었다.

"전 요새 독서하는 즐거움에 빠져서 시간 가는 줄을 모른답니다. 죄송합니다, 백작님."

"독서? 정말 삶을 풍요롭게 하는 것이지. 내가 아카데미를 졸업하고 황궁사서를 원했던 것도 황궁 도서관에 들어가고 싶어서였단다. 기회가 생긴다면 절대 놓치지 않기를 권하네."

"알겠습니다, 백작님. 만약 그런 기회가 생긴다면 그렇게 하겠습니다. 한데 백작님, 오늘은 제가 무슨 일로 황제 폐하의 부르심을 받았습니까?"

인비에르노 교수도 오늘의 느닷없는 입궁 목적이 궁금해서 백작을 쳐다봤다.

"아리안, 마르티네스 공주님의 병이 중하다네. 병명은 회심병, 보통 민가에선 상사병이라고 부르지. 연치가 아직 어리시니 딱히 회심병이라 부르기도 뭣하지만, 황궁 어의의 진단은 그렇다네. 황제 폐하는 어이없으신 표정으로 입을 열지 않으셨으나, 대공께선 아시고 원인 제공자인 자네의 실력을 보고 싶으신 거라네. 제국 공주를 무시할 정도의 실력이 없다면 이를 기화로 자네에게 징계를 내릴 생각이신 거지."

백작의 말을 들은 인비에르노 교수의 얼굴은 창백하게 변했다. 21세기 민주 사회에서 생활했던 아리안으로서도 이해하기 어려웠다.

"백작님, 두 번 만난 공주님이 그런 병에 걸렸다는 것도 이해하기 어렵고, 설사 사실이라 해도 저에게 죄를 추궁한다는 일이 수긍하기 어렵군요."

"그렇겠지. 하지만 아라카이브 제국은 황제 폐하를 정점으로 해서 이루어진 사회라네. 거기에 '정당'이나 '이해'란 말은 오직 황제 폐하의 것이고 귀족이나 평민의 것은 아니라네. 하지만 대공 전하도 사나이 중의 사나이라 할 수 있어. 그분께서는 자네가 공주를 의식하지 못할 정도로 검에 몰두한 자이고, 그만한 실력을 갖췄다면 지난 죄는 불문에 부치고 오히려 인정하는 게 다른 불상사를 예방하는 차원에서 제국과 자네에게 유리하다는 결론이라네."

백작은 진지하게 아리안을 바라보았다.

"아리안, 만약 내 딸이 자네 때문에 상사병에 걸렸다면 자네와 결혼하는 것은 가장 좋은 일이겠지만, 자네가 그것을 원치 않는다고 해도 딸아이의 병이 낫기를 바라는 것은 당연한 일이겠고, 부모의 한결같은 마음일 걸세. 그렇게 생각하지 않나?"

아리안은 생각에 잠겼다가 고개를 끄덕였다.

"알겠습니다, 백작님. 제가 부모의 마음은 생각하지 못했습니다. 제가 어떻게 하면 되겠습니까?"

아리안의 말을 들은 백작은 상대 마음을 배려하는 그의 태도를 보고 얼굴을 활짝 폈다.

"역시 자네는 나이를 떠나 진정한 대인이군. 제국 제일의 검사와 결투를 하고 공주님과 친구가 되어 가끔 문병하면 되리라 보네. 물론 당분간은 황궁에 머물러야 하겠지."

"결투의 승부가 어떤 영향을 미치게 됩니까?"

"가능하면 완벽하게 이기는 게 좋을 거야. 황제 폐하는 자네를 제국의 힘으로 여기겠지만, 대공과 제국 검사는 자네 편이 되고 말겠지. 그들은 완전히 힘만을 숭상하는 사람들이니까."

인비에르노 교수는 백작의 말을 들으면서 크게 고개를 끄덕였다. 백작의 조언은 아리안의 이해를 돕는 데 성의를 다했으며, 아리안의 정상적인 성장을 도우려고 최선을 다했다.

"백작님은 아리안이 잘되기를 진실로 바라시는군요."

"우리는 아리안과 같이 유능한 인재가 소인배들에 의해서 그 싹이 꺾이는 것을 너무 많이 보지 않았습니까? 우리는 지금 단지 한 명의 소드 마스터 아리안을 보는 게 아니라, 대륙의 새로운 조화와 질서의 주재자를 보는 것일 수도 있습니다. 만약 우리가 아리안으로 하여금 세상을 제대로 볼 수 있게 돕지 않는다면 어찌 내일을 기대할 수 있으며, 죽을 때 '난 이렇게 살아왔다' 라고 말할 수 있겠습니까?"

"명심하겠습니다, 펠리즈 백작님. 말씀을 들으니 갑자기 외로움이 사라지고 '세상은 참으로 아름답다' 라는 생각이 듭니다."

두 사람은 서로 쳐다보며 빙그레 웃었다. 아리안도 따라서 미소를 지었다.

'맞아. 세상은 참으로 아름다워. 아름다운 것을 발견하는데도 시간이 부족한데, 추한 것만 보려고 애쓸 필요가 어디 있겠어.'

황금마차는 어느덧 황궁에 도착했다. 세 사람은 근위기사 수련장으로 들어갔다. 넓은 수련장에는 근위기사들이 관전 자세로 앉아 있었다.

펠리즈 백작과 인비에르노 교수는 중앙 관전석으로 가고, 아리안은 한쪽으로 안내됐다. 다른 쪽에도 한 검사의 모습이 보였다. 그가 바로 '마스터 오브 마스터'로 불리고 제국 모든 검사의 꿈의 목표인 마스터 엘리야스 경이었다.

"황제 폐하, 드십니다. 모두 예를 표하시오."

황제는 대공과 대마법사를 양쪽에 거느리고 들어왔다. 모든 기사가 한쪽 무릎을 꿇어 기사의 예를 취했다. 아리안과 엘리야스 경도 한쪽 무릎을 꿇었다.

"모두 일어나라! 두 사람은 최선을 다해 짐의 안목을 넓혀주기 바란다!"

아리안과 엘리야스 경은 검을 가슴에 대고 황제에게 예를 표했다. 그리고 서로 마주 보고 다시 예를 취한 후, 각기 중단 자세를 잡았다. 수련장에는 갑자기 난데없는 바람이 불었다.

휘~ 잉!

Chapter 03
마르티네스 공주

LEGEND OF
SWORD
EMPEROR

두 사람을 휘감아 돈 바람은 그들의 옷자락을 날리다 못해 찢어질 듯한 소리를 냈다.

엘리야스 경의 검에서 오라블레이드가 붉은색 광채를 뿜어내며 형상을 갖췄다. 무려 2m에 이르러 검보다 훨씬 더 길었다.

아리안의 검에서 황금색 오라블레이드가 형성됐으나 검보다 약간 긴 정도였다.

"역시 엘리야스 경의 오라블레이드가 조금 긴 듯해."

"형님 폐하, 오라블레이드의 길이만으로는 단언할 수 없습니다. 저 소년이 참으로 놀랍습니다. 오라블레이드의 길이는 엘리야스 경의 것보다 짧아도 황금색이 선명하고 흔들림이 전혀 없습니다."

마침 두 사람이 격돌하려는 듯해서 그들이 길게 이야기를 나눌 시간은 없었다.

"야!"

그때, 아리안이 중단으로 잡은 검을 상단으로 올리며 엘리야스에게 달려들었다.

챙챙챙챙!

순식간에 이뤄진 단 한 번의 격돌인 줄 알았는데, 검이 부딪치는 소리는 네 번이나 들렸다. 엘리야스는 손목에 전해지는 묵직한 감촉에 참으로 오랜만에 투기가 일어나는 것을 느꼈다.

상대는 그가 다칠까 봐 걱정할 필요가 전혀 없었다.

아리안도 속으로 감탄했다. 역시 상대는 지금까지 상대한 사람 중에서 가장 강하다는 제국 제일의 검사였다. 그에게서도 투기가 크게 일었다.

"연속 공중 삼단 공격!"

엘리야스가 공중으로 뛰어오르며 상단 내려치기, 우횡베기, 좌횡베기로 연이어 공격했다. 아리안은 세 번의 공격을 일일이 막은 후에 중단 베기를 시도하자, 그 기세가 만만치 않음을 직감한 엘리야스가 아리안의 검을 막을 생각조차 못하고 뒤로 물러났다.

"대라연환파천검법!"

"대라연환파천검법?"

엘리야스와 근위기사들이 처음 듣는 검법 이름에 어리둥절하는 동안, 아리안은 바닥을 박차고 오르며 내려치기와 횡베기로 두 번 연속 공격하고 찌르기를 한 후에 공중에서 방향을 틀어 다시 찌르기와 올려치기, 내려치기, 횡베기 등을 시도했다.

하지만 그것으로 끝이 아니었다. 아리안의 몸은 공중에서 다시 한 번 방향을 튼 후에 마치 땅에서 옆으로 크게 뛰듯이 움직였다. 그 광경을 본 근위기사들이 저도 모르게 자리에서 벌떡 일어났다.

"세상에, 저런 동작이 어떻게 가능하지?"

"그러게 말이야. 마법 블링크를 응용한 건가?"

대공 역시 놀라서 대마법사의 얼굴을 쳐다봤다. 에스티마르경은 자신도 의아하다는 표정으로 고개를 저었다.

"마나의 유동이 전혀 없었습니다. 결코 마법은 아닙니다."

대결은 두 사람 다 최선을 다하는 기색이 역력했다. 관전하는 사람은 모두 손에 땀을 쥐었다. 몸을 공중에서 이동한 아리안의 공격이 엘리야스에게 연속해서 퍼부어졌다.

엘리야스는 세 번이나 공중에서 방향을 틀었기에 공격을 마친 상대의 마나는 바닥을 드러내고 어쩔 수 없이 땅으로 떨어질 것이라고 여겼다. 그는 회심의 공격을 하려고 마나를 모아서 아리안이 땅으로 떨어질 때 강 일변도의 내려치기를 시도했다.

아무래도 바닥에 두 발을 받친 엘리야스가 유리했다. 엘리야스는 상대의 나이를 잊었다. 그는 어전 시합이라는 것도 잊었다. 벅찬 상대에게 유리한 기회를 결코 놓치고 싶지 않을 뿐이었다.

챙!

두 검이 강하게 부딪쳤다. 아리안은 검이 부딪치자 힘없이 튕겨나간 게 아니라, 그 힘을 이용하여 공중에서 뒤로 맴을 돌며 부드럽게 내려왔다. 엘리야스는 아리안이 바닥에 발을 딛기 전에 다시 공격을 퍼부었다.

"아~!"

근위기사들과 인비에르노 교수는 이번에야 승부가 났다고 여겼다. 누군가가 안타까운 신음을 흘렸다.

바로 그때, 공중에서 떨어지던 아리안의 자세가 바뀌었다. 아리안의 몸이 공중에서 멈췄다.

웅~!

갑자기 아리안의 검이 검명을 토해냈다.

"앗! 검명이다!"

검명, 검사가 자신의 검과 일체가 됐을 때 일어난다는 그 소리는 오라블레이드를 형성한 마스터가 됐다고 해서 누구나 일으킬 수 있는 소리는 아니었다. 오라블레이드는 검사가 자신의 내기를 검이라는 매개체를 통해서 내보낸 후 형성화할 수 있는 능력을 의미할 뿐이었다.

그러나 검명은 검사가 무생물인 검과 서로 의지를 일통해야 한다는 지고지순한 검사의 독보적인 경지라고 전해졌다. 그리고 바로 그 검사마저 언제나 낼 수 있는 소리가 아니라, 마음을 집중하여 아무런 욕망조차 일으키지 않았을 때 비로소 울린다고 하지 않았던가.

대공이 자리에서 벌떡 일어섰다. 그는 스스로 놀라서 황제에게 가볍게 목례를 하고 다시 자리에 앉았다. 아리안이 공중에서 왼발을 반보 앞으로 내민 자세를 잡고 엘리야스의 검을 받아쳤다. 그의 몸은 튕겨 나가는 게 아니라, 오히려 위에서 아래로 엘리야스를 압박했다.

두 사람의 오라블레이드가 남긴 잔상이 기사 수련관을 화려하게 수놓았다.

"아, 실로 꿈의 경지로구나."

"그래도 우린 행운아야. 나아갈 목표를 봤잖아."

기사들이 멀뚱히 중얼거리는 사이 아리안이 뒤로 훌쩍 물러나며 바닥에 착지했다. 그의 몸놀림은 의지할 곳 없는 공중에서도 별반 다르지 않았다. 두 사람은 서로 떨어진 상태에서 숨을 고르고 재격돌할 준비를 했다.

아리안은 경험이 충분한 제국 제일 검사를 바라봤다. 자신이 거인족이 남긴 검법을 수련했지만, 그를 공략하기에는 아직 역부족임을 깨달았다. 내상을 입었는지 속에서 올라오는 것을 억지로 참자니 더욱 심한 상처의 악화가 여실했다.

'더 싸우고 싶지만 포기하는 게 낫겠다. 역시 제국 제일 검사야. 처음 보는 검의 활용에 놀란 것은 확실하지만, 아직은 내가 많이 부족하구나.'

엘리야스는 상대를 바라봤다. 아직 어린 소년이다. 다시 싸운다고 해도 이길 가망성은 없었다. 구차하게 더 싸우는 것보다 패배를 인정하는 게 옳을 듯싶었다. 아직 선보이지 않은 비기가 있기는 하지만, 공중에서 마음대로 움직이는 상대에게는 역부족이었다. 더욱이 소년을 아끼는 마음이 크게 일어났다.

컥!

그때, 소년이 얼굴이 핼쑥하게 변하며 피를 토하고 한쪽 무릎을 꿇었다.

"앗, 소년이 내상을 입었구나."

"놀랍긴 해도 역시 제국 검이신 엘리야스님은 어려웠어."

"와, 그래도 대단한걸. 제국 제2의 검은 되겠다."

"아직 소년이니 언젠가는 제국 검이 되겠지. 아니, 대륙 제일의 검이 되고 말 거야."

이 광경을 본 황제가 자리에서 일어났다. 기사들은 모두 무릎을 꿇었다. 황제는 대마법사에게 눈짓으로 지시를 내렸다.

"힐링!"

마법사가 치료 마법을 행하자, 창백했던 아리안의 얼굴이 편안해졌다.

"황제 폐하의 은총에 감읍하옵니다."

"형님 폐하, 제가 형님 폐하가 부러운 것은 오늘이 처음인 것 같습니다."

대공이 황제를 보고 부럽다는 표정을 띠자, 황제는 흥미롭다는 듯이 물었다.

“호, 그래? 다른 때는 어땠는가?”

“하하, 황궁에만 갇혀 계시는 형님 폐하가 부러울 일이 있겠습니까?”

“그렇군. 대공은 이 소년이 탐나서 하는 소리겠지? 자, 그만 안으로 들어가자.”

황제는 아직 무릎을 꿇은 기사들을 둘러보고 대공에게 말했다. 아리안은 황제의 태도에 속으로 고개를 끄덕일 수밖에 없었다.

‘음, 훌륭한 지도자가 되려면 언제나 주위 상황을 잊지 말아야겠어.’

“역시 형님 폐하시군요. 엘리야스, 소년과 함께 들어와라!”

“예, 주군!”

엘리야스는 아리안에게 다가가서 말했다.

“아리안, 일어나서 같이 들어가자.”

“예, 엘리야스님.”

엘리야스는 아리안을 보고 깜짝 놀랐다. 자신은 잠시의 격돌이었으나 최선을 다했기에 땀이 옷에 적당히 밴 상태였다. 하지만 이 소년은 전혀 땀을 흘리질 않았다. 엘리야스는 잠시 공황상태가 됐다. 그는 아리안을 물끄러미 쳐다봤다.

‘아, 이 소년에게 그 정도 결투는 결투하기 전의 몸 풀기에 불과했구나. 어쩐지 이상했어. 공중에서 몸을 이동하는 기법을 선보여 놓고 갑자기 피를 흘린다는 게 말이나 돼? 더군다나 내가 결투를 포기하려고 마음먹은 바로 그 순간이 아니었

던가.'

그렇게 생각했을 때, 엘리야스는 새로운 사실을 깨달았다.

'이 소년은… 상대의 마음도 읽을 수 있는 건가?'

자신의 상태를 앞서 알아채고, 일부러 싸움을 끝낸 것이다. 그 점을 깨닫자 엘리야스는 패배감조차 느껴지지 않았다.

'아, 난 완벽하게 졌구나. 검사로서 졌고 나이로도 졌어.'

엘리야스는 무릎을 꿇었다. 아니, 꿇으려고 했다. 그때 아리안이 재빨리 그를 붙잡았다.

"엘리야스님, 제가 패한 것이 맞습니다. 전 단지 하루 종일이라도 싸울 수 있는 능력이 있을 뿐입니다. 하지만 단번에 승부를 낼 수 있는 실력자에게는 아직 부족한 게 사실입니다. 그래도 5년 후에는 다시 한 번 도전하고 싶습니다. 그러니 어떤 판단으로 스스로 졌다고 여기는지는 모르지만, 스스로와 관전하던 기사들은 물론이고 제게도 착각하는 우를 범하지 않게 해주시길 바랍니다."

엘리야스는 묵묵히 아리안을 쳐다봤다. 그는 비로소 아리안의 말이 옳다는 것을 깨달았다. 처음 본 능력이었기에 정확한 상황을 깨닫기에는 무리가 따른 모양이다. 그는 제국 제일 기사라고 칭송받던 자신이 오판한 것이 부끄러워 묵묵히 대공의 뒤를 쫓았다. 아리안도 조용히 엘리야스의 뒤를 따라갔다.

근위기사들이 두 사람을 향해 검집을 두들겨 경의를 표했다. 대공이 힐끗 뒤를 돌아보고 미미하게 고개를 끄덕였다. 엘리야스는 손을 들어 화답했지만, 아리안의 머리는 숙여진 채

들릴 줄을 몰랐다. 근위기사들이 그 모습을 보고 더욱 세차게 검집을 두드렸다.

아리안의 얼굴이 붉어지며 고개가 더욱 숙여졌다. 그러한 아리안의 모습은 기사들의 가슴에 밝은 내일로 자리 잡기 시작했다.

소접견실에는 이미 간단한 음료와 과일 등이 준비되어 있었다. 황제가 상좌에 앉고 대공이 그 옆에 앉았으며, 대마법사와 펠리즈 백작, 인비에르노 교수, 아리안, 엘리야스가 앉았다. 자연스럽게 엘리야스는 대공의 옆이 됐다.

황제가 음료수를 마시면서 다과회가 시작됐다.

"아리안, 소년의 몸으로 정말 놀랍구나. 그래, 스승은 누군가?"

"황제 폐하, 분에 넘치는 치하에 몸 둘 바를 모르겠사옵니다. 소신을 가르친 분은 인비에르노 교수님이십니다."

"아니옵니다, 황제 폐하. 저도 모르는 비기를 어찌 가르칠 수 있겠사옵니까?"

인비에르노 교수가 급히 부정하자 대공이 웃으면서 말했다.

"하하하! 인비에르노 교수의 고지식함은 기사단장일 때와 전혀 변함이 없군. 아리안 군의 능력은 대륙에서 처음 보는 것인데, 감히 누가 그의 스승을 자처하겠는가. 하지만 아리안이 인비에르노 교수를 마음의 스승으로 삼아 수련하다가 그런 비기를 발견했다면, 그의 말이 전혀 틀린 말도 아니지."

대공의 어조가 조금 변하였다. 그가 사뭇 진지하게 황제를 바라보았다.

"한데 형님 폐하, 아리안은 공주와 같은 아카데미에서 학습도 했고 이미 황궁에서 얼굴을 익힌 바도 있으니 아픈 공주를 병문안 가도록 보내주는 게 어떻겠습니까?"

"흠흠, 그런가? 아리안, 자네가 몸이 불편한 공주를 방문해 주겠는가? 공주도 우리처럼 나이 든 사람보다 대화가 통하는 비슷한 연배의 자네가 나을 듯한데."

"황제 폐하, 공주마마께서 소신의 병문안을 부담스러워하지 않으신다면 기꺼이 다녀오겠사옵니다."

"그럼 그렇게 하게. 단지 공주라 해서 너무 어렵게 대하지 않았으면 하네."

"황제 폐하의 명대로 하겠사옵니다."

아리안은 시종의 안내로 공주의 방을 찾았다. 제국 공주의 방은 마치 드워프의 작품인 양 화려하기 그지없었다.

벽을 온통 장식한 아름다운 정원을 표현한 조각은 마치 살아 있는 기화이초가 향기를 뿜을 듯했고, 천년 괴목과 기암괴석에선 세월의 깊이가 가슴을 아리게 했다.

그러나 공주 방의 음울한 분위기가 그런 기경마저 빛을 가렸다. 아리안은 저도 모를 아픔에 빠져들었다.

시녀가 공주 옆에 앉았다가 놀란 눈으로 아리안을 쳐다봤다. 문밖에 섰던 시종이 놀란 시녀를 손짓으로 밖으로 불러냈다.

아리안은 공주의 침대 옆 시녀가 앉았던 의자에 앉았다. 공주의 얼굴은 창백하다 못해 푸른 기운이 감돌았지만 참으로 예뻤다. 독이 든 사과를 먹은 백설공주의 모습이 이럴까. 백마 탄 기사의 구원을 기다리는 탑에 갇힌 공주의 모습이련가.

그녀의 미모가 아름답다는 이야기는 이미 익히 들어 알고 있었다. 다만 여자의 아름다움보다 큰 뜻을 품고 있는 아리안의 심미안으로서는 지금껏 전혀 흔들리지 않았을 뿐이었다. 그런 그도 아픈 공주의 미모가 뛰어나다는 것은 충분히 알 수 있었다.

아리안은 저도 모르게 가슴에 놓인 공주의 손을 잡았다. 깜짝 놀란 공주가 눈을 번쩍 뜨고 손을 치우려다가 아리안의 얼굴을 다시 쳐다봤다.

"아리안님~!"

공주의 음성은 심히 떨렸다. 그리고 눈물이 하염없이 흘러내렸다. 아리안이라는 단어에는 '위대한 자', '뛰어난 자'라는 뜻 이외에도 많은 의미가 포함된 듯했다. 공주가 손을 빼려다가 힘을 빼고 다소곳이 맡긴 채 그의 얼굴을 각인이라도 하려는 듯이 쳐다봤다.

공주의 얼굴에 화색이 서서히 감돌았다. 공주는 자신의 얼굴이 평소와 다르다는 것을 느끼고 부끄러워졌는지 고개를 돌렸다. 그녀의 길고 희디흰 목이 가냘프게 느껴졌고, 애잔한 사슴을 연상시켰다.

"마르티네스 공주님!"

아리안의 음성이 그녀의 귓가에 천둥처럼, 마치 신의 부름인 양 울렸다.

"아리안니~ 임."

"공주님께서는 많이 아픈 모양입니다. 음성마저 무척 떨리는군요. 원래 몸이 차가운 체질일 텐데, 알고 있었나요?"

마르티네스 공주는 아리안이 갑자기 극음체질을 언급하자 혼자 앞서 나간 듯해서 부끄럽기도 하고, 황궁 어의밖에 모르는 일을 언급하는 그가 놀랍기도 했다. 공주는 무슨 말인가 싶어 눈을 동그랗게 뜨고 그를 쳐다봤다.

"예, 아리안님. 한데 그건 어떻게 아셨어요? 누구도 모르는 비밀인데……."

"조금 전에 공주님의 손을 잡아보고 알았습니다. 그동안 많이 힘들었을 겁니다. 제가 고칠 정도는 아니지만 조금은 견디기 편하실 겁니다."

아리안의 자상한 설명에 공주는 자신이 아팠다는 것마저 잊고 이야기에 빨려들었다.

"알고 있었어요, 아리안님. 신경 써주셔서 고마워요."

"공주님의 병을 고치려면 극양체질의 남자를 만나는 게 가장 빠르답니다."

"다른 방법은 없나요, 아리안님?"

마르티네스는 아리안의 말을 듣자, 쥬비스 제국 황태자와 약혼했다는 생각이 떠올라 가슴이 저렸다.

"음, 우선 밥도 잘 먹고 활동도 조금씩 하면 어느 정도 건강은 회복할 겁니다."

"예, 아리안님."

공주는 아리안이 옆에 있어주기만 해도 좋았다. 몸이 고쳐지지 못해도 좋았고, 결혼은 아직 몇 년이나 남았지 않은가. 먼 훗날 이야기를 미리 걱정할 필요는 없었다. 공주에게는 지금이 소중했다.

공주는 침대에서 힘겹게 몸을 일으켰다. 침대에서 내려오려는 순간, 너무 오랜 시간 누워 있어서인지 갑자기 현기증이 일었다.

"아~!"

비틀!

아리안이 급히 부축했다. 마르티네스는 다른 사람들처럼 차갑다고 놀라지도 않는 그가 너무나 고마웠다. 그의 품은 너무도 포근하고 편안했다. 바로 여기가 모태 속이 아닌가 싶기도 하고 고향인 듯 여겨지기도 했다.

공주는 아리안의 품에 완전히 안겨서 정신을 잃은 듯이 눈을 감아버렸다. 여자의 내숭은 천성이며 무죄라고 했던가?

아리안은 공주를 번쩍 안았다. 너무나 가벼웠다. 안쓰러운 마음이 들어 조심스럽게 침대에 다시 눕혔다. 공주는 어느 틈에 아리안의 목에 팔을 감았다. 마치 팔이 풀리면 생명줄을 놓칠 것처럼 감은 팔에 힘을 주었다. 그녀에게서 향기로운 냄새가 은은히 풍겼다.

"마르티네스 공주님!"

"예, 예, 아리안님."

공주는 아리안의 음성이 들리자 놀라서 말까지 더듬거리며 감았던 팔을 풀었다. 목까지 붉게 변했다. 그 모습을 본 아리안은 공주가 생각보다 더 좋아졌다고 여겼다.

한편, 접견실의 대공은 아리안이 나가자 엘리야스에게 물었다.

"엘리야스, 소년의 실력이 마스터인 것은 알겠는데, 어느 정돈가?"

다른 사람들도 그 점이 궁금했기에 모두 엘리야스를 쳐다봤다. 엘리야스는 자신이 느낀 대로 대답했다.

"주군, 믿기 어려우시겠지만 아리안은 저보다 약간 낮은 편입니다."

"아니, 엘리야스! 제국 제일의 검사이자 마스터 오브 마스터인 자네보다 열여섯 살 소년이 약간 낮은 편이라고? 그게 무슨 말인가?"

"주군, 아리안의 실력은 이미 제가 상상할 수 없는 경지를 이미 개척했습니다."

"뭐라고? 상상할 수 없는 경지를 이미 개척했다고?"

접견실에 있던 사람들은 모두 놀랐다. 제국 제일의 검사이며 마스터 오브 마스터로 불리는 엘리야스 경의 말은 상상을 벗어났다.

갑자기 황제의 몸이 부르르 떨렸다. 대공이 놀라서 황제를 쳐다봤다. 대공이 다시 물었다.

"그렇게 판단한 근거는 무엇인가? 경과의 결투로 아리안은 내상을 입지 않았느냐?"

"아닙니다, 주군. 저는 그가 공격한 대라연환파천검법을 흉내조차도 낼 수 없습니다. 어찌 공중에서 마음대로 방향을 바꾸거나 멈춘 상태에서 공격하는 자를 이길 수 있겠습니까? 제가 이길 수 있었던 것은 단지 제 실전 경험이 조금 많아서 그가 능력을 제대로 발휘하기 전에 제압했기 때문일 뿐입니다. 그가 조금만 더 노련했다면 지는 것은 저였을 겁니다. 소년은 5년 후에 다시 도전하고 싶다고 했지만, 제 생각으로는 머지않아 절 능가할 게 틀림없습니다."

엘리야스는 꿈을 꾸는 듯한 어조로 말을 이었다.

"진정한 의미의 마스터 오브 마스터, 그랜드 소드 마스터를 기대해도 좋을 겁니다. 만약 그가 제국에 충성을 맹세하고 제국이 그가 아카데미를 졸업할 때까지 최대한 배려하고 힘을 실어준다면, 대륙의 다른 두 제국과 6개 왕국이 힘을 모은다고 해도 우위에 설 수 있다고 확신합니다."

접견실에는 무거운 침묵이 감돌았다. 제국 제일 기사에게서 너무 어마어마한 말을 들어서였다.

그랜드 소드 마스터!

진정한 의미의 마스터 오브 마스터!

인간으로서는 도저히 불가능한 9서클 대마도사만이 그 앞에 설 수 있다는 전설의 경지!

영생의 생명체로 인정받는 리치의 영혼마저 베어버린다는

신화의 영역!

"음~!"

황제의 신음이 신호라도 되듯이 접견실의 침묵은 맹위를 떨쳤다. 디베르소 산맥의 무게로 짓누르는 침묵을 깨고 엘리야스가 입을 열었다.

"영명하신 황제 폐하, 소년은 하찮은 제가 상심할까 염려하여 자신이 상처 입은 것을 숨기지 않았습니다. 기존의 질서를 깨고 자신의 우월감을 드러내려고 상황을 주도하지도 않았습니다. 한 번 스승은 영원한 스승이라는 현자의 말씀처럼, 자신의 은사에 대한 존경심이 가득했습니다. 권력의 정점이며 황제 폐하께 뭔가를 소원할 수 있는 이 자리보다 공주마마가 아프다는 말을 듣고 기꺼이 병문안 가며 미소 짓는 그는 아직 소년이옵니다. 그가 어떻게 성장할 것인가 하는 문제는 전적으로 어른들의 책임이라고 사료되옵니다. 통촉해 주시옵소서, 황제 폐하!"

엘리야스의 음성에는 제국에 대한 밝은 미래와 대륙의 미래를 우려하는 충정이 가득했다. 아리안은 양날의 검이었다. 황제의 표정은 침중했으며, 쉽게 용단을 내리지 못했다. 그때, 대공이 만면에 미소를 머금고 말했다.

"형님 폐하, 제국의 경사에 걱정할 일이 무엇입니까? 엘리야스 경의 우려는 혹시라도 있을 귀족들의 무분별한 욕심을 경계한 것입니다. 아리안의 실력은 귀족 자녀들이 아카데미에 다니고 있어서 자연스럽게 귀족들에게 알려질 것입니다."

대공의 지적에 다른 사람들도 자연스럽게 고개를 끄덕였다. 황제는 대공의 말을 들으며 눈을 살짝 찌푸렸다. 황제가 생각에 잠길 때의 표정이었다.

"요즘처럼 영지전이 잦은 시기에 아리안의 소식은 확실한 힘이 될 테니 그를 회유하려고 들 테고, 여의치 않으면 상대에게 회유될까 두려워서 비열한 술수도 서슴지 않겠죠. 이럴 때 형님 폐하께선 간간이 그를 초대하시어 공주와 함께 식사를 하시고 둘만의 시간을 허락하시면 됩니다. 그렇게 하면 귀족들도 그를 함부로 대하지 못할 것입니다."

대공의 말에 모두 크게 고개를 끄덕이며 동의했다. 황제의 표정도 조금은 풀어지는 듯싶었다.

"권력이 별다른 게 있나요? 누가 형님 폐하와 자주 접촉하느냐가 바로 권력의 행방이 아니겠습니까? 그래도 마음이 놓이지 않으시면 아리안의 아버지가 이끈다는 레온 상단이 있는 엘레노 성 성주에게 넌지시 명하여 형님 폐하의 관심을 보이라고 하시지요. 그럼 성주가 알아서 상단의 안전과 발전에 신경 쓸 것입니다."

황제의 용안은 대공의 말이 길어질수록 조금씩 펴지기 시작했다.

"게다가 권력이나 여자, 그리고 황금의 위력을 모르는 아리안에게 어설픈 특혜와 의무는 오히려 부담으로 작용할 게 틀림없습니다."

"흠, 대공의 말은 물질보다 정으로 울타리를 만드는 게 현명하다는 뜻이군."

"당연합니다, 형님 폐하. 우리 세린느는 귀엽고 예쁘긴 한데, 제 엄마 탓인지 귀족 성향이 매우 강해 고분고분하지 않은 아리안과는 본질적으로 부딪치게 되지만, 마르티네스는 어릴 때부터 약해서인지 남자라면 보호 본능이 절로 일어나지 않습니까. 아직은 어리지만 나이가 들고 접촉하는 기회가 늘어나면 자연스러운 관계가 될 게 분명합니다."

"흠흠! 대공은 그렇게 생각하는군. 흠흠!"

황제의 용안이 확연히 밝아지자 접견실의 분위기는 갑자기 봄기운이 넘실거렸다.

"황제 폐하, 아리안과 함께 마차를 타고 오는 중에 들었는데, 요즘 검술 수련보다 독서삼매에 빠지는 때가 더 많은 듯했사옵니다. 아리안에게 황궁 도서관을 열람할 수 있도록 윤허하신다면 폐하의 은총에 감격할 것이오며, 귀족들도 그가 특별한 신분임을 인식할 것으로 사료되옵니다."

펠리즈 백작이 공손히 자신의 의견을 말하자 황제의 용안은 더욱 밝아졌다.

"흠, 그렇지. 황궁 도서관은 황자만이 들어갈 수 있는 곳이라 법을 어겨가면서까지 귀족 작위를 수여하지 않아도 특별한 신분임을 인정하는 셈이로군. 역시 펠리즈 백작이야. 백작, 하지만 백작도 아리안의 주위를 살펴서 불미스러운 일이 생기지 않도록 미연에 방지하도록 하라."

"명심하여 폐하의 명령을 이루겠사옵니다, 황제 폐하."

"인비에르노 교수, 교수도 아카데미에서 각별히 신경을 써야 할 게야. 더구나 대륙 제일의 검사가 스승으로 모시는 분이니까."

황제를 잊지 않고 인비에르노 교수에게도 언질을 내렸다.

밖에서는 추위가 서서히 기승을 부렸으나, 그때부터 접견실 분위기는 화창한 봄날이 됐다.

"하하하! 허허허!"

* * *

마르티네스 공주는 회상 속에 잠겼다.

여섯 살인 마르티네스는 책을 덮고 장미궁의 정원을 내려다보고 있었다. 아름답게 가꿔진 정원에는 온갖 꽃이 저마다 아름다움을 자랑했으나, 유독 흰색 꽃은 보이지 않았다. 백합보다 더 흰 공주의 건강을 갈망하는 황제 폐하의 심려 어린 배려였다.

"아, 우리 공주님은 너무 아름다우셔!"

"그래도 여덟 살 생일은 맞이할 수 없다고 했어. 난 아름다운 것도 좋지만 건강한 게 얼마나 감사한지 몰라."

"애, 조용해라. 공주님께서 들으실라."

시녀들은 황급히 주위를 둘러보고 목소리를 낮췄다.

"알았어. 저렇게 아름답고 총명하신 공주님이 일곱 살까지밖에 못 산다니 정말 안타까워."

"그러게. 세 살에 글자를 깨우치고 황궁 도서관의 책도 상당히 많이 읽으셨다지?"

"그렇다나 봐. 현자님이 공주님을 가르치실 때 깜짝깜짝 놀라신다니까."

"그래도 몸이 얼음처럼 차서 현자님도 떨어져서 가르치신대. 그리고 조금만 움직여도 기운이 없어서 기절한다니 어찌 산 사람이라 할 수 있겠어?"

그때, 공주가 창문을 닫았다. 그 광경을 본 시녀들이 깜짝 놀라서 재빨리 자리를 피했다.

"어머, 어머. 어떡하지? 공주님이 들으셨나 봐."

"어서 가서 우리 할 일이나 하자."

공주는 다시 책상에 앉아서 책을 펼쳤지만, 글자는 눈에 들어오지 않았다. 하염없이 흐르는 눈물이 책을 적시는 것마저 깨닫지 못했다. 공주는 무릎을 꿇고 보이지 않는 하늘을 바라보며 앙증맞은 두 손을 모았다.

'주신 지나님, 저도 다른 아이들처럼 밖에서 뛰어놀고 싶어요. 나 때문에 슬픔에 잠긴 모후와 부황에게 웃음을 드리고 싶답니다. 제가 너무 큰 것을 바라나요? 예, 지나님?'

그때부터 공주는 지나 신에게 기도했다. 기도의 형식이야 몰라도 좋았다. 부황에게 말하듯이, 모후에게 떼쓰듯이 매일 세 번씩 그렇게 기도했다. 자신의 간절함을 전하기 위해 시간을 정해놓고 무릎을 꿇고 두 손을 모았다.

황궁 예지자의 말대로 마르티네스가 여덟 살이 되기 전에 죽을 것을 믿지 않는 사람은 황궁 내에 아무도 없었다. 하지만 공주는 마지막 순간까지 희망을 버리지 않았다.

공주가 여덟 살이 되기 바로 전날, 황궁에는 누구의 말소리도 들리지 않았다. 모후는 한 시간 동안 공주의 머리를 손수 빗기고, 두 시간 동안 이 옷 저 옷을 갈아입히다가 더는 견디지 못하고 수건으로 얼굴을 가리고 태후궁으로 돌아갔다.

황제 폐하도 숙부인 대공과 함께 아침부터 술을 드시는 듯했다.

이날은 중신들의 조례도 없었다. 신하들과 시종, 시녀의 이목은 온통 장미궁을 향했다. 그렇게 시간은 흘러갔다. 어느덧 해가 지고 있었다. 어두워지는 날씨처럼 공주의 생명이 꺼져가는 것은 확실했다.

모든 고통과 아픔을 승화시키는 어둠도 오늘만은 제 역할을 못하는 듯했다. 장미궁으로 이목을 돌린 사람들의 가슴은 점점 미어졌다. 그리고 밤이 지나고 어스름이 찾아왔다.

사람들은 마음속으로 공주의 명복을 빌었다.

'아름다운 공주님, 부디 좋은 곳으로 가시옵소서! 흑흑!'

갑자기 장미궁으로 소란스런 발걸음 소리가 가까워졌다. 장미궁 주위에 있던 사람들이 너나없이 무릎을 꿇었다. 황제 폐하와 대공이었다. 황제 폐하의 입궁을 알리는 시종장의 음성도 없었다.

벌컥!

장미궁의 시녀가 문을 열기 전에 황제 폐하가 직접 문을 열었다. 이런 일은 기필코 단 한 번도 없던 일이다. 안은 불이 켜지지 않아서인지 아직은 희미했다. 황제는 먼저 공주의 침상을 살폈다. 침상은 깨끗이 정리된 상태라 공주는 지난밤에 아예 침대로 들어가지 않은 듯했다.

"형님 폐하!"

황제는 대공이 부르는 소리에 고개를 돌려 그가 가리키는 곳을 봤다. 창문 앞 어스름 속에 작은 형체가 보였다. 대공의 목소리에 놀란 형체가 고개를 들었다.

"부황?"

"허걱! 살아 있었구나. 살아 있었어. 아이고, 내 새끼야. 그리도 연약한 네가 죽음을 이겨냈어. 꺼억! 어제 네 얼굴을 보지 못해서 얼마나 후회했는지 아느냐? 어디, 내 새끼 얼굴 좀 보자."

"엉엉! 부황! 무서웠어. 무서웠단 말이야. 엉엉!"

공주의 울음은 아파서 눈물을 흘리는 소리가 아니라, 도저히 감당하기 힘든 외로움의 절규였다. 육체의 통증이 아니라 영혼의 아픔을 부르짖는 통곡이었다.

황제의 가슴은 미어지는 듯했다.

"그래, 그래. 내가 잘못했다, 잘못했어. 너 하나를 지키지 못하면서 어찌 제국을 지킨다고 말할 수 있겠냐. 다시는 너 혼자 무서움에 떨지 않게 하마."

"엉엉! 부황~! 엉엉~!"

"크흥!"

대공은 공연히 코를 크흥거리며 형님과 조카를 바로 보지 못하고 고개를 돌렸다. 남자로 태어나서 남아의 길을 걷는다고 일컬어진 억센 사나이의 눈물이 앞섶을 적셨다.

"젠장, 어디서 연기를 피우나?"

장미궁 밖의 시종과 시녀, 그리고 신하들은 모두 눈물을 흘렸다. 모든 사람의 사랑을 받던 공주가 살아 있어서 눈물을 흘렸고, 인간적인, 너무나 인간적인 황제 폐하의 부정(父情)에 눈물을 흘렸다. 거목의 뿌리처럼 자리 잡은 궁중 예절마저 뛰어넘은 황제 폐하의 인간성에 목숨을 바쳐도 좋다는 생각이 눈물을 멈추게 하질 않았다.

'아~! 황제 폐하!'

어느 현자가 말했던가?

인간이 자신의 부족함을 당당히 인정하는 것은 흉이 아니라 덕이라고.

그 현자가 갈파했다.

인간은 스스로 부족하기에 무리지어 살고, 스스로 모자람을 자각하기에 그 점을 감추려고 무던히 노력하며, 스스로 부족함을 당당히 드러내는 자에게 오히려 깊은 동질감을 형성한다고.

인간적인, 너무나 인간적인 아름다움을 드러낸 황제의 발밑에 어느새 현자가 와서 무릎을 꿇었다.

"공주마마는 대륙의 위난을 구원할 원동력이 될 것입니다. 상신(上神) 중의 상신 지나님의 말씀입니다."

신비한 아름다움을 지니고 태어난 소녀에 대한 신의 저주는 모든 것을 다 가질 수 없다는 우주의 섭리였고, 시한부 인생이었다. 하지만 죽음의 두려움을 꿈과 희망으로 승화시킨 승리자의 월계관은 위대한 삶이었다.

마르티네스 공주 8세 생일은 제국 경축일이 됐다.

"제국 내 모든 죄인 중에 살인죄를 범한 자 외에는 모두 방면하라!"

"지나 신의 이름으로 생활이 어려운 자를 위하여 긍휼미 십만 석을 풀어라!"

경축 축제로 시민들 앞에 나선 황제는 그렇게 소리쳤다. 전국이 만백성의 환호성으로 뒤덮였다.

"황제 폐하 만세!"

"공주마마 천세!"

"오, 지나 신이시여! 굶어 죽을 수밖에 없는 저희에게 이처럼 양식을 주셔서 감사합니다. 저의 기도를 이렇게 이루어주시는군요. 평생 저의 서약을 지키겠나이다."

마르티네스는 백성의 환호가 마치 환청처럼 들렸지만, 모후와 부황이 기뻐하는 모습을 보는 것만으로 삶의 보람을 느꼈다.

"얘야, 환호하는 백성에게 손을 흔들어주어라!"

용안에 활짝 핀 용소화를 보고 공주는 모후를 바라봤다. 모후도 잔잔한 미소를 띠며 공주에게 눈으로 백성을 가리켰다. 공주는 한껏 미소를 지으며 귀여운 손을 흔들었다.

"캬악! 공주마마가 나를 보고 웃으셨어!"

"세상에, 저렇게 아름다울 수가……!"

"오, 여신인들 저렇게 아름다울 수는 없어!"

"당신, 그 방정맞은 입 좀 닥치지 못해! 또다시 신의 저주를 받으실라."

어느 부부의 가벼운 다툼은 주위 사람들을 미소 짓게 할 뿐이었다.

"괜히 나한테만 야단이야."

"뭐? 야단?"

"그래, 야단이라고 했다. 어쩔래?"

여자가 더 세게 나오자 남자는 갑자기 우물쭈물했다.

"아니, 난 그저 낮이라 야단보다는 주단이 맞지 않나 싶어서……."

"시끄러워요!"

마르티네스에게는 모든 일이 꿈만 같았다. 사소한 부부싸움도 천상의 음악 같았으며, 행운의 여신은 자신에게만 미소를 짓는 듯했다.

그렇게 환상에 들뜬 날은 지나갔다. 며칠 후, 모후가 장미궁으로 왔다. 그 뒤에 많은 상자가 장미궁에 쌓였다.

"마르티네스, 지내기는 괜찮니?"

"예, 모후."

"부황이 쥬비스 제국 황태자의 청혼을 받아들이셨지."

"쥬비스 제국 황태자요?"

"그래. 그리고 저 상자들은 황태자의 약혼 선물이란다. 물론 당장 결혼하는 것은 아니고, 네가 열여덟 살이 되면 그가 올 것이다."

마르티네스는 모후가 말하고 부황이 결정하였다면 그저 그런 것이라고 여겼다. 제국 황태자와 약혼은 했다지만 달라진 것은 하나도 없었다.

다음날에는 세린느가 찾아왔다.

"마르티네스, 잘 있었어?"

"세린느구나. 어서 와."

"와, 저게 모두 황태자가 보낸 선물이야? 나보다 먼저 죽을 줄 알았던 네가 오히려 한 발 빠르게 '응응' 하면서 애기 갖겠네."

사촌이고 동갑인 세린느가 와서 선물을 보고 부러워도 하고 놀리기도 했지만, 마르티네스는 그게 놀리는 것인지도 몰랐다. 마르티네스는 아직 평범한 소녀보다 더욱 경험이 없는 소녀에 불과했다.

세린느는 마르티네스가 사촌이고 공주이긴 하지만 이성 문제는 전혀 백치여서 그걸로 놀리는 게 너무나 재미있었다.

학문이나 다른 분야에선 도저히 대화가 안 될 정도로 마르티네스의 지식은 깊고 광범위했다. 하지만 인간관계에 관해선

지식만으로 보충될 수 없는 부분이 많기에 백치에 가까웠다. 마르티네스는 세린느에게 조금씩 이성에 대해 배웠다.

그리고 열다섯 살이 되자 세린느와 함께 아카데미에 입학하겠다고 청했다. 모후는 찬성했고, 부황은 잠시 생각하다가 고개를 끄덕였다.

그리고 천둥신의 번개 창에 관통된 듯한 운명과 마주쳤다.

"아~!"

운명은 가녀린 공주가 감당하기 어려운 전기 쇼크를 줬고, 뇌가 하얗게 변할 정도의 백광을 휘둘렀다. 공주는 운명에 사로잡힌 가냘픈 포로였다. 운명이 이끄는 대로 망망대해 광풍 폭우 속의 일엽편주일 수밖에 없었다.

한데, 한데……!

"마르티네스, 들었어? 마스터 그룹 회장 아리안이 비어 있는 교수 전용 기숙사로 온대."

세린느의 수다는 이미 달인의 경지에 이른 바 있어서 마르티네스는 언제나 미소를 지을 뿐 결코 반응하지 않는 게 비결이란 점을 깨우쳤다. 그러나 오늘 가지고 온 소식은 너무나 놀라운 것이었다. 마르티네스는 마음과 달리 몸이 먼저 부르르 떨리는 것을 느꼈다. 그녀는 보던 책을 덮고 세린느를 쳐다볼 수밖에 없었다.

"그래?"

세린느는 마르티네스의 기대하지 않은 놀라운 반응에 신이 났다.

"그럼. 그리고 있지, 그것도 바로 우리 옆방이야. 어때? 신나지? 호호! 만약 우리 과 애들이 이 사실을 알면 우리와 동시대에 태어난 것 자체를 저주할지도 몰라. 호호호! 그리고 비어 있는 회장의 주방 찬장에 주방 기기와 식품들을 채워놓으면 아리안도 감격해서 어쩔 줄 모를걸. 아, 걱정 마. 벌써 다 준비해 놨어. 식사 때마다 우리 세 사람이 함께 식사를 하는 거야."

세린느는 이미 자기 얘기에 취해서 공주는 돌아보지도 않았다.

"아리안님, 이것 좀 드세요. 아리안님, 저것도 좀 들어보세요. 제가 직접 정성껏 만든 거랍니다. 그리고 이것은 북방 만년설에서 채취한……."

경지에 이른 세린느의 수다는 결코 주저함이나 멈출 줄 몰랐고, 마르티네스는 지나 신에게 감사기도 중이었다.

며칠 후 드디어 그렇게 기대하던 아리안이 바로 옆방으로 왔다. 시끄러운 것을 보니 임원들이 그의 짐을 옮기는 듯했다.

"마르티네스, 가보자!"

똑똑!

두 소녀는 함께 방으로 들어갔으나, 태도는 완전히 상반됐다. 마르티네스는 조용히 시선을 어디 둬야 좋을지 몰랐지만, 세린느는 신이 나서 하녀들을 지휘했다.

"모든 주방 기구는 우리 방과 똑같이 진열해야 한다. 조용하고 신속히 해라. 황궁 시녀의 품위를 손상하면 안 된다."

"일이 끝났으면 재빨리 식사 준비를 해야지. 의자가 두 개밖에 없잖아. 어서 하나 더 가지고 와. 우리가 식사를 시작하면 아카데미 관리처에 가서 의자 두 개를 더 가져다가 양쪽 방 모두 세 개씩 갖춰라. 수프를 먼저 가져오면 어떡해? 식은 수프를 먹으라는 거야? 어서 다시 데워와."

문을 열어주자마자 들어간 세린느는 마치 전장에 나간 장수처럼 시녀들을 지휘하여 벌써 준비했다는 주방 기구를 그의 방에 빈 곳마다 차곡차곡 채웠다.

아리안은 어리벙벙한 표정이었으나, 세린느는 개의치 않았다. 시녀들이 두 시간 동안 준비한 음식을 식탁에 식탁보를 깔고 보기 좋게 차렸다. 그리고 포크와 나이프에다 수저가 세 벌씩 가지런히 놓였다. 겨우 준비가 끝난 듯했다.

마르티네스는 마치 폭풍이 쓸고 지나간 기분이었다. 이때, 마침내 주인공이 처음으로 입을 열었다.

"여긴 우리가 있을 곳이 아닌 듯하다. 내 짐을 다시 저번 방으로 옮겨라."

"예, 마스터!"

임원 여섯 명은 가볍게 아리안의 짐을 들고 그 뒤를 따랐다. 마르티네스는 세린느를 따라 옆방에 들어온 후 눈길을 돌린 적이 없지만, 그는 자신에게 한 번도 눈길을 주지 않았다. 단 한 번도.

뭔가가 잘못돼도 크게 잘못됐다. 갑자기 세상이 하얗게 변하고 전신의 기력이 빠지면서 블랙홀이나 무저갱에 들어간 듯이 몸이 한없이 추락했다.

"아~!"

그리고 세린느가 붕어처럼 입만 뻐끔거리는 모습이 잔상처럼 남았다가 사라졌다. 이 시간을 그렇게 간절히 바라고 기대했던 마르티네스의 기억은 이윽고 끊어지고 말았다.

마르티네스는 환상지로를 한없이 걸었다. 푸른 안개가 짙은 길은 아무리 걸어도 끝이 없었고, 주변 환경도 변하지 않았으며 눈에 보이는 것은 오직 푸른 안개뿐이었다.

공주 앞에 갑자기 사람이 나타났다. 외딴 곳에서 만난 사람은 반가운 게 아니라 두려움이었다.

한데 놀라서 부르르 몸을 떠는 공주에게 등을 돌린 사람은 바로 아리안이었다. 수없이 꿈에 그리던 바로 그 사람, 그리움의 대명사이며 영혼마저 간절히 원하는 아카데미의 아리안이었다.

더할 나위 없는 반가움에 마르티네스는 힘껏 불렀다.

"아리안님~!"

그러나 아리안은 흘낏 돌아보더니 마치 모르는 사람인 양 다시 고개를 돌리고 멀어져 갔다. 공주는 그를 놓칠 수 없다는 절박감에 싸여 달려갔으나, 도저히 걸음을 뗄 수가 없었다. 아니, 발이 땅에 붙었는지 떨어지지를 않았다.

"아리안니~ 임!"

공주가 울먹이며 간절히 불렀지만, 그는 그만 사라져 버리고 말았다.

"흑흑! 아리안님!"

마르티네스는 자신의 울음소리에 놀라 정신을 차렸다. 마르티네스가 깨어난 것은 장미궁에 황궁 어의가 다녀간 뒤였다.

"아가야, 정신이 좀 드니?"

마르티네스가 갑자기 울면서 깨어나자, 침대 옆에 앉았던 황후는 수건으로 공주의 눈물을 닦았다.

"모후?"

"오냐, 내 아가. 뭐가 그리도 슬펐더란 말이냐. 사흘 만에 울면서 깨어나다니……."

마르티네스 위로 황태자와 황자가 있지만, 태어나면서부터 약한 아이가 항상 누구보다 안쓰러웠던 황후의 눈에도 어느덧 물기가 촉촉했다.

"모후~! 흑흑!"

"오냐, 오냐, 아가야. 내가 옆을 지킬 테니 좀 더 자도록 해라."

"예, 모후! 흑흑!"

마르티네스는 어머니 품에 안겨 울다가 다시 잠이 들었다. 황후는 공주를 다시 자리에 눕히고 이불을 다독거렸다.

마르티네스는 사방을 둘러봤다.

살이 타는 듯한 뜨거운 날씨, 사방 어디를 쳐다봐도 구릉 하나 보이지 않고 사평선(모래 지평선)만이 삶의 욕구마저 빼앗아가는 열사의 사막.

그 속에 홀로 버려진 마르티네스는 숨조차 쉬기 어려운 지열 때문에 손으로 코를 가렸다. 피부는 습기마저 타버려서 검게 변한 지 오래됐으며, 신은 신발 역시 뜨거워서 발을 익히는데, 갑자기 들리는 말울음에 마르티네스는 고개를 번쩍 쳐들었다.

고개를 꼿꼿이 한 오연한 자세로 말을 타고 옆을 지나는 사내는 바로 아리안이었다. 아무리 멀어서 희미하게 보여도 알아볼 수 있고, 가까이 있으면 눈에 보이지 않아도 느낄 수 있는 사람, 사랑이 뭔지 잘 몰라도 존재의 가치이자 목적인 분, 뜨겁게 타오르게도 하고 만년설보다 차갑게 만들 수도 있는 유일한 분이 그녀를 찾으려고 온 것이다.

'아, 아리안님!'

하지만 소리는 입안에서 맴돌았고, 발은 이미 녹아서 땅에 붙었는지 한 걸음도 가까이 다가갈 수가 없었다.

'오, 세상에! 이, 이럴 수가……! 안 돼~!'

아리안이 조금씩 멀어질수록 마르티네스는 피가 마르고 살이 타들어갔다. 육체의 고통은 이미 극에 달했으며, 아리안이 멀어질수록 영혼마저 메말라 갔다.

바로 그때였다. 누군가 구원의 손길이 그녀의 손을 잡았다. 마르티네스는 놀라서 눈을 번쩍 떴다.

오, 지나 신이시여! 바로 그였다. 생명의 근원이며 영혼의 주인인 아리안이 걱정스러운 표정으로 자신의 손을 잡고 있었다.

"아리안님~!"

못다 한 수많은 언어가, 갈급한 영혼의 바람이 아리안이라는 한마디에 순화되고 정제되어 가슴 저미는 사연을 품은 채 떨리는 음성으로 터져 나왔다.

"마르티네스 공주님!"

그가 공주의 이름을 불렀다. 기어이 그가 마르티네스라는 이름을 부름으로써 공주는 존재의 가치를 인정받았다.

그녀의 벅차오른 감격이, 터질 듯한 희열이, 영원한 순종을 의미하는 영혼의 맹세가 하나의 언어로 함축되어 세상에 탄생했다.

"아리안님!"

아리안이 뭐라고 하는 듯했지만, 그런 것은 아무래도 좋았다. 그가 곁에 있는 것만으로 세상 모든 축복이 자신에게만 쏟아지는 듯했다. 그가 손을 놓자, 갑자기 손을 어디에 두어야 할지를 몰라 당황했다.

마르티네스는 아리안이 단지 손을 가볍게 잡았다가 놓았을 뿐인데 왜 가슴이 이토록 허전해지는지를 몰랐다.

아리안이 뭐라고 하면서 마르티네스의 눈을 감겨주었다. 그녀의 눈꺼풀이 갑자기 무거워졌다. 그녀는 그가 다시 와서 자신의 꿈을 깨워주기 바라면서 정말 오랜만에 꿈도 꾸지 않고 숙면에 들었다.

* * *

아리안은 이불을 마르티네스의 어깨까지 덮어주고 방을 나섰다.

아리안이 접견실로 들어서자, 안에 있던 여섯 사람은 말없이 그의 얼굴을 쳐다봤다. 아리안이 얼굴을 붉히며 말했다.

"공주님은 잠들었습니다."

황제는 빙그레 미소를 지으며 아리안에게 물었다.

"아리안, 짐은 아리안이 당분간 황궁에서 지내면서 공주의 말동무가 됐으면 하는데, 자네 생각은 어떤가?"

"황제 폐하, 소신에게 세 가지 청이 있사옵니다."

아리안이 황제에게 청이 있다는 말을 듣고 다른 사람의 시선이 집중됐다. 소원은 그 사람의 성품을 너무 잘 나타내기 때문이다. 더군다나 세 가지씩이라니…….

"오, 그래? 어서 말해보라!"

"소신의 첫 번째 소원은 방학할 때까지 아카데미에서 생활하고 싶습니다."

아리안의 말을 들은 대공은 속으로 '역시' 하는 마음으로 크게 고개를 끄덕였다. 다른 사람들의 표정도 믿음을 배신하지 않았다는 느낌인지 밝아졌다.

"흠, 사흘 후에 황궁으로 오겠다, 이거군. 그래, 두 번째는?"

"황궁에는 일주일만 있다가 집으로 가고 싶사옵니다."

"흠, 일주일이라……. 음, 그렇다 치고, 세 번째 소원은 무엇인가?"

"황제 폐하, 공주마마는 소신과 대화를 하는 것도 좋겠지만, 숙면을 취하는 것도 소중합니다. 공주마마께서 주무시는 동안은 황궁 도서관에서 책을 읽을 수 있도록 윤허해 주시기를 바랍니다."

"으하하하! 첫 번째 소원은 자신의 신분을 잊지 않음이요, 두 번째 소원은 황궁의 귀함과 부모의 소중함을 함께 드러냈으며, 세 번째는 자신이 성장할 기회를 놓치지 않음이라. 그렇게 하라. 그리하도록 하라. 짐이 허락하지 않을 명분이 전혀 없지 않은가. 하지만 개학하기 일주일 전에 황궁으로 와서 공주도 보고 도서관에서 수양도 계속해야 한다. 알겠는가?"

"명심하겠사옵니다, 황제 폐하."

황제 폐하와 아리안의 대화를 들은 사람은 모두 밝은 표정이 됐으며, 그런 분위기는 식사 시간 때까지 계속 이어졌다.

한데, 대공의 표정이 뭔가 아리안에게 할 말이 있는 듯했다.

Chapter 04
무서운 아이들

LEGEND OF
SWORD
EMPEROR

대공이 옆에서 아리안에게 물었다.

"아리안, 내 영지에 병사나 기사로 감당하기 어려운 마계 마수 등이 나타나 많은 사람이 피해를 입는데, 자네가 방학 동안에 한번 들러서 도움을 주지 않겠나?"

대공의 표정은 매우 진지했고, 옆에 있던 제국 제일의 검사 엘리야스 경도 무척 기대에 찬 모습이었다. 아리안은 거절하기가 매우 어려워졌다.

'젠장, 그렇게 되면 이번 방학은 쉴 틈이 전혀 없어지겠군. 하지만 대공의 직위로 강요하지 않고 청하는 데는 대책이 없잖아. 에고, 어쩔 수 없지. 실전 훈련하는 셈 치는 수밖에.'

"대공 전하, 대의라는 명분을 세우면서도 그런 표정을 지으시면 제가 어떻게 올바른 판단을 내리겠습니까? 제발 그만 하십시오. 아카데미에 돌아가서 의논하고 말씀드리겠습니다."

"으하하하! 과연 대공일세. 짐이 청할 때는 조건을 세우던 아리안도 대공에게는 무조건 항복이군. 대공은 벌써 아리안을 모두 파악했어. 그러니까 영리한 대공은 골치 아픈 황제 자리를 이 우직한 형에게 맡기고 자신은 유유자적하는 거겠지."

"하하하! 형님 폐하도, 이제야 깨달으셨군요. 그래도 늦지 않았습니다. 깨달았다는 게 중요하니까요."

"뭐, 뭐라고? 깨달은 게 중요하지 시기가 중요한 것은 아니라고? 그렇게 절묘하고 심오한 표현도 있었군. 으하하하!"

"크크! 푸훗! 하하!"

황제와 대공의 격의없는 대화는 접견실의 분위기를 갖가지 꽃이 만발한 낙원으로 바꿨다.

아리안이 교수와 함께 마차로 돌아간 아카데미에는 졸업식 예행연습이 한창이었다. 교수가 아리안의 어깨를 두드렸다.

"아리안, 네 덕분에 아카데미 위상이 한층 올라갔구나. 황궁의 시선도 그렇고, 이번 검술학과 졸업생들도 그 어느 해보다 실력이 일취월장한 게 모두 학원 분위기를 수련하는 아카데미로 만든 네 덕분이라는 것을 잘 안다. 대공 전하의 영지에 가면 부디 건강에 유의해라. 이제 네 일은 단순히 너 한 사람의 일이 아니라 아카데미의 문제고 나아가서 제국의 일이 되고 말았단다."

아리안은 교수의 말씀을 심각한 표정으로 들었다.
"예, 교수님. 어쩐지 어깨가 무거워지는 느낌입니다."
아리안은 교수와 헤어져서 임원들을 호출했다.
"주군, 황궁엔 잘 다녀오셨습니까?"
임원들이 검술 수련관으로 들어오며 인사를 하는데, 아리안보다 그들의 어깨가 더 으쓱거렸다.
"그래, 너희들 어깨가 왜 그렇게 굳었냐?"
"헤헤, 주군의 위상이 점점 올라가니 학생들이 저희를 보는 눈도 점차 달라지던데요."
디네로가 신이 나서 이야기하고, 다른 임원들의 얼굴은 싱글벙글했다.
"그래? 어쨌든 간에 좀 앉아라. 할 말이 있다."
"예, 주군."
임원들이 아리안의 둘레에 동그랗게 앉았다.
"아브라잔 대공 전하의 영지에 병사나 기사가 감당하기 어려운 마수 괴물들이 등장했다."
"아니, 주군, 마수 괴물이라면 어떤 놈들이 나타났습니까?"
임원들이 마수 괴물이라는 말을 듣고도 크게 놀라지 않자, 아리안은 뿌듯한 기분이 들었다.
"고블린, 오크는 너희도 상대해 봤으니 알겠지만, 고블린보다 다섯 배 정도 강하다는 홉고블린과 오거, 트롤 등도 흔하고, 가고일, 그리폰, 스켈레톤도 발견된 모양이다."
"주군, 대단하군요. 이번에 저희도 실전 연습 차 데려가시는 거죠?"

임원들은 눈을 반짝이며 아리안을 쳐다봤다. 이때, 안티야스가 조심스럽게 입을 열었다.

"주군, 1기 수련생도 원하는 자는 데려가는 게 어떻겠습니까?"

"수련생까지?"

"그렇습니다, 주군. 팀장과 부팀장을 데리고 가서 강하게 키우는 게 좋을 듯싶습니다."

안티야스 옆에 앉은 엔테로도 그의 말에 찬성했다.

"주군, 안티야스의 말이 맞습니다. 각 팀에서 두 명씩 차출하고, 주군과 저희가 각기 두 명씩의 안전과 수련을 책임지는 것입니다. 그렇게 하면 그들이 자신의 팀을 능동적으로 이끌지 않겠습니까?"

그때, 가만히 듣고 있던 마데라가 아리안을 쳐다보며 물었다.

"주군, 대공 전하의 영지에는 언제 가는 것입니까? 1기, 2기 수련생들의 훈련과 겹쳐서는 안 될 테니까요."

"2기 수련생 심사는 어떻게 끝났나?"

"참으로 뽑는 게 어려웠습니다만, 주군의 말씀이 있었기에 44명을 선발했습니다, 주군."

아리안은 마데라를 보면서 고개를 끄덕였다. 그리고 임원들을 둘러보며 물었다.

"흠, 그래? 고생들 했군. 교육 일정은 누가 짰나?"

"제가 짰습니다, 주군."

안티야스가 옆에 놓아둔 종이를 들고 아리안을 쳐다봤다.

"일단 1기를 중점적으로 새롭게 강훈련하고, 2기는 1기가 했던 수련 과정을 거치는 게 좋을 듯싶습니다. 하지만 이번엔 대공 전하의 영지에도 가야 하니 수련 시기를 조절해야겠군요."

"수련 시기를 조절하기 전에 하나 알아야 할 게 있다. 내가 황제 폐하의 명에 따라 방학하자마자 일주일과 개학하기 전 일주일을 황궁에 들어가야만 한다. 훈련은 두 달로 잡되 개학 일주일 전에 끝나야만 한다."

아리안이 말을 끝내자 안티야스는 종이에 뭔가를 적더니 자신의 계산을 말했다.

"주군, 방학은 석 달입니다. 두 달 훈련하고 보름 황궁에 가시면 남는 시간은 보름입니다. 더구나 대공 전하의 영지는 이곳에서 사흘거립니다. 그렇다면 괴물 퇴치에 최소 일주일만 잡는다고 해도 주군은 전혀 쉴 틈이 없게 됩니다. 그래도 정말 괜찮겠습니까?"

"흠, 어차피 이번 방학에는 집에 가지 못하겠군. 어쩔 수 없는 일이지. 그렇게 계획을 짜서 발표하고, 영지에 가는 팀장과 부팀장에게는 하루나 이틀 정도 먼저 불러서 너희가 보법을 가르쳐라. 물론 다른 1기 수련생들에게는 훈련 과정으로 포함시켜야겠지. 참, 그러고 보니 너희도 방학 동안에 집에서 쉴 시간이 별로 없겠구나."

아리안이 안됐다는 표정을 짓자, 임원들은 단호한 표정으로 고개를 저었다.

"괜찮습니다, 주군. 저도 집에 가서 부모님 얼굴만 뵙고 돌아와야겠습니다."

그들의 대답에 아리안은 선뜻 그들의 뜻을 받아들였다.

"그런데 출출하군. 누가 돈 있으면 매점에 좀 다녀와라."

"예, 주군. 제가 다녀오겠습니다."

"나하고 같이 가자."

아버지가 상단주라는 마데라가 벌떡 일어나자, 옆에 앉았던 디네로도 따라 일어났다.

*　　*　　*

학년말 아카데미 대미를 장식하는 검술대회가 시작되면서 아카데미 정문이 활짝 열렸다. 학부형들이 몰려들어 관전하고 아카데미 각 그룹 학생들이 그룹의 특성을 살린 세공품을 만들어 팔거나 간단한 먹을거리를 만들어 운동장에서 학부형들에게 '그룹의 무한한 발전을 바라는 기금(?)'을 노렸다.

영세 상인들도 보따리를 가지고 나타났지만, 운동장에 들어갈 수 없기에 정문 양쪽 길을 따라 가지고 온 상품들을 늘어놨다. 아리안은 그 광경을 보고 문득 카르네프 상단주의 말이 떠올랐다.

"큰일을 하려면 작은 일을 돌아볼 수 있어야 하고, 백성을 두려워할 줄 아는 군주가 성군이며, 백성이 있는 곳은 그 어디에나 상인이 있다네. 그것이 사람이 살아가는 모습이고, 상인은 삶의 수레바퀴를 원활하게 돌리는 윤활유지."

검술대회는 시간이 지날수록 점차 격렬해지고 그들의 실력을 확인하려는 황궁 기사단장의 눈길은 지상의 토끼를 노리는 독수리의 눈이었다.

"단장님, 졸업생들의 실력이 상당합니다. 기본이 단단히 잡혔고 검과 몸이 하나가 된 느낌입니다."

"그렇군. 인비에르노 교수님이 제대로 가르친 듯해."

"이번엔 각 귀족가의 기사단장들도 상당수 모인 걸 보아 이번 졸업생 실력이 좋다고 소문이라도 난 모양입니다."

"한데 출전한 재학생 모습은 보이지 않는 것 같군."

"아, 단장님께서 모르고 계셨군요. 2년차 아리안 군의 실력이 제국 검이신 엘리야스 경과 비슷하다는 소문입니다. 그가 졸업생 파티에 출전을 거부하자, 4년차의 뛰어난 실력자들도 그의 의견을 존중해서 참가를 포기했답니다."

기사단장에게 설명하는 부관의 말은 의문을 불러일으킨 듯했다.

"그래? 등수에만 들면 다음 연차 등록금이 면제되는 혜택이 있지 않았나?"

"물론 있습니다만, 아카데미에서 아리안의 행보는 가장 중요한 사건이고, 연차를 떠나서 모두 그를 존경한다더군요. 아카데미 총학생장도 중요한 학교 행사는 그에게 자문을 구할 정도라나요. 제 아들놈이 4년차인데, 아리안 이야기만 나오면 신들린 듯이 말하고, 연년생인 딸내미는 눈마저 몽롱해진답니다. 그거 참, 그때는 아빠 엄마도 눈에 없다니까요."

"그래? 황궁 기사들 중에서 실력있는 자들만 뽑는 근위기사도 아리안 이야기만 나오면 고개를 잘래잘래 젓더군."

"근위기사들 말에 의하면, 제국 검으로 일컬어지는 엘리야스 경과 아리안의 결투를 본 다음부터 분위기가 완전히 달라졌다고 합니다."

"흐음, 아리안이라……."

황궁 제1기사단장의 목소리는 착 가라앉았고, 입을 악문 채 깊은 생각에 잠기느라 졸업생들의 검술도 눈에 들어오지 않는 듯했다.

그 모습을 슬쩍 바라본 황궁 제1기사단 부단장의 입꼬리가 살짝 올라갔다가 내려왔다.

"충!"

"충!"

마스터 그룹 정회원 두 명이 아리안을 발견하고 부동자세로 예를 갖추자, 답례를 한 아리안은 번거로움을 피해 노블리아 상단을 향해 시내로 갔다.

상단 별관에 들어가자 어떻게 알았는지 기다렸다는 듯이 카르네프 상단수가 들어왔다.

"아리안, 왔나?"

"어? 기다리셨어요? 제가 오자마자 들어오시네요."

"오늘은 올 것이라고 여겼지."

"상단주님도 대단하시네요. 혹시 예지력이 있으신 건 아닌가요?"

아리안이 미소를 지으면서 물어보자, 상단주는 기분 좋은 웃음을 선사했다.

"하하, 사실은 자네가 올 거라고 얘기한 사람이 있었지. 자네에게 소개하려는 사람일세. 포르피리오, 들어오게."

"예, 상단주님."

포르피리오는 20대 초반으로 보이는 청년이었다. 청년은 아리안을 유심히 쳐다봤다.

"아리안, 상단주님께 말씀 많이 들었어. 만나서 반갑다. 난 포르피리오야."

아리안은 포르피리오의 눈에서 깊은 지혜의 바다를 느꼈다. 하지만 그가 쉽게 마음을 열지 않는 사람이라는 느낌이 강하게 들었다. 그는 곧 자리에서 일어나 정중히 인사했다.

"포르피리오님, 저야말로 만나게 되어 반갑습니다."

두 사람이 서로 겸양하며 반가이 예를 갖추는 모습에 상단주는 속으로 놀랐다.

'허허, 제대로 소개조차 하지 않았는데, 인물은 인물을 알아본다는 건가? 정말 놀라운 사람들이군. 전에 데려왔던 사람은

몇 마디 하지 않고 쫓아버리더니…….'

"포르피리오님, 제가 듣기로 오늘 제가 올 것이라고 말씀하신 듯한데, 혹시 예지력이 있으신가요?"

"아리안, 우리 서로 말을 놓기로 하는 게 어떨까? 내가 몇 살 많은 듯하지만, 사회에 나오면 십 년까지는 벗이란 말도 있으니까."

아리안은 빙그레 미소를 지었다. 포르피리오의 꾹 다문 입술은 그가 한 번 마음을 주면 목숨도 아끼지 않지만, 쉽게 마음을 허락하는 사람이 아니고 자존심만은 그 누구보다 강하다고 말해주고 있었다.

"좋아, 네가 그걸 원한다면 그렇게 하지. 오랜만에 괜찮은 녀석을 만났는데, 그 정도 청도 들어주지 못할까."

"뭐, 뭐야? 우리가 서로 말을 놓는 게 내가 간청해서 들어준다는 거야?"

"허허, 속에 있는 말을 어찌 함부로 드러내겠니. 그저 그런가 보다 하면서 넘어가야 하는 것도 있는 법이니까."

"에고, 스승님은 내게 일가를 이룰 것이라며 감탄을 금치 못하셨는데, 넌 나보다 한술 더 뜨는구나."

아리안과 카르네프는 빙그레 미소만 지었다. 포르피리오는 자세를 바꿔 진중한 태도로 말문을 뗐다.

"아리안, 난 예지력을 가진 초인이 아냐. 단지 사물의 흐름을 유심히 관찰할 뿐이지. 나는 짝숫날보다는 홀숫날에 집중력이 강해지고 운이 좋은 경향이 있더군. 또한 인간은 생활의

리듬이 있어서 점차 기운이나 운세가 좋아지고 나빠지는 데 일정한 흐름이 있다는 것을 발견했어. 자연 현상에도 그런 점이 있더라고. 태양의 흑점 수와 크기에 따라서 날씨와 기후 변동이 심하다는 것도 알게 됐고. 태양의 흑점이 커지거나 수가 늘어나면 대륙의 기후는 상당한 이변을 일으키는 것을 직접 관찰했어. 3월 초의 바닷물 온도 역시 농작물 작황에 밀접한 영향을 끼쳐."

아리안은 포르피리오가 대단한 선각자임을 알았다. 그가 아리안이 간절히 바라는 전략전술에 어떤 기책을 발휘할지는 모르지만, 일단 상당한 도움이 될 것은 자명했다.

"그럼 내가 오리라는 것은 어떤 점을 보고 판단한 거야?"

"아리안이 황궁에서 기사와 결투한 일은 소문이 자자해. 또한 대공 전하는 황도에 오시면 오래 버티지 못하고 하루나 이틀 후에는 영지로 가시는데, 아직 황궁에 머무신다는 것은 아리안에게 어떤 확답을 들어야 한다고 판단한 거야. 그렇다면 내일이 방학이니 오늘쯤은 이곳에 들러서 상단주님과 상의할 것으로 봤지. 아무래도 황금마차를 타고 오가는 도중에 들른다면 너무 노출될 게 분명하니까."

"그래? 포르피리오, 그 정도 정보로 내가 오늘 이곳에 올 거라고 판단했다면, 놀랍기는 하지만 조금은 합리적으로 이해하기 어려운 점이 있지 않을까?"

옆에 있던 카르네프 상단주는 아리안의 반문 역시 상당 부분 일리가 있다고 여겨서 두 사람의 대화를 조용히 들었다.

"역시 넌 보통 사람이 아니군. 하지만 정보는 아주 사소한 것을 취합하여 놀라운 결론에 도달해. 어느 집에서나 구입하는 쌀의 양을 보면 그 집 식구 수를 알 수 있지. 국가에서 구매하는 쌀의 양은 전쟁 준비를 하는지 국가 재정의 파탄을 의미하는지 알려주듯이 말이야. 그 집에서 버리는 쓰레기를 조사하면 그 가정의 생활 패턴을 추측할 수 있음은 당연한 거 아니겠어? 이처럼 가장 단순한 것과 자연현상, 그리고 약간의 비기를 사용하면 거의 정확한 결론에 도달해. 동의하기 어려워, 아리안?"

"지금 네가 말한 비기가 무엇인지 설명해 줄 수 있겠니?"

"좋아, 아리안. 널 만난 기념으로 내 숨겨진 보따리를 풀어놓지. 난 사람이 살아가는 모습과 자연 현상을 종합하여 하나의 흐름을 예측하는 방법을 만들었어."

"그래서?"

포르피리오는 계속 말을 이으라고 암시하는 아리안을 다시 한 번 유심히 보다가 결심했는지 입을 열었다.

"좋아, 아리안. 카르네프님의 초청을 받고 그 방법으로 나를 풀어봤더니 놀라운 내용이 나오더라."

포르피리오가 잠시 말을 끊었지만, 아리안과 상단주는 조용히 그의 뒷말을 기다렸다.

"천기를 누설하는 게 되겠지만 말하지 않을 도리가 없군. 대륙의 커다란 어려움을 이겨내고 새로운 조화와 질서의 천 년 초석을 닦을 대업의 주인을 만나서 일익을 담당하리라는 내용이 나왔다. 됐니? 나는 내 갈망과 공부가 헛되지 않을 것임을 깨닫고 목욕하고 한 벌뿐인 옷을 빨아 입은 후 상단주님을 찾아뵈었지. 물론 난 널 만나기 전까지는 카르네프님이 그 내용의 주인으로 여겼어. 그런데 그분마저 극찬을 아끼지 않는 사람을 마침내 만나게 됐는데, 안타깝게도 널 보는 순간 내가 3년 먼저 세상에 나왔음을 알았지."

너무 파격적인 이야기를 들은 아리안은 할 말을 잃었고, 상단주는 아리안을 택한 선견지명에 스스로 만족하여 생각에 잠겼으며, 포르피리오는 흠모와 존경의 눈빛으로 미래의 위대한 주재자를 말없이 지켜봤다.

아리안이 침묵을 깼다.

"좋아, 포르피리오. 만약 그 일이 내가 해야 할 일이라면 결코 사양하거나 물러서지 않을 것이며, 천기를 누설한 죄는 내가 감당하지."

"그런 말 하지 마, 아리안. 그 죄는 천 년을 이어갈 자손들을 위해 내가 짊어져야 할 짐이야."

"포르피리오, 큰일에는 큰 대가를 지불하는 법이야. 인간은 시련과 고통을 통해서 성장과 성숙을 이룩하는 게 아닐까? 앞에 선 자가 편안하길 바란다면 이미 죽어가는 조짐이겠지."

포르피리오는 단호한 아리안의 태도에 더는 말을 잇지 못했다. 만약 한마디 더 하면 아리안은 더 강한 결의를 보일 것이고, 그것은 더 심한 아픔을 예약하는 셈이 될 뿐이었다.

말의 씨앗은 반드시 열매를 맺는 법이었으니까.

포르피리오는 더는 그 문제를 언급하지 않고 말을 바꿨다.

"아리안, 이렇게 놀라운 사람과 친구가 되어 반갑다. 앞으로 잘 지내보자. 그리고 내가 필요하면 언제든지 말만 해."

"어? 너, 말하는 것을 들으니 내 옆에 있지 않고 어디 가려는 거야?"

"그래. 난 어머니가 계시거든. 네가 기지개를 켤 때까지는 일을 해서 어머니를 모셔야지."

이야기를 들은 카르네프 상단주가 한 가지 제안을 했다.

"포르피리오, 그러지 말고 자네가 아리안의 집무실을 관리하고, 아리안이 필요로 하는 것은 나와 의논하는 게 어떤가? 물론 적당한 보수는 내가 주겠네."

"고맙습니다, 카르네프님. 하지만 그렇게 되면 친구 관계가 깨지고 훗날 아리안이 나에 대한 정확한 판단을 하기 어려워집니다."

아리안이 일어나서 그의 어깨를 잡았다.

"상단주님의 말씀대로 해, 포르피리오. 우린 여전히 친구야. 내가 공부하는 동안 너도 이곳에서 공부도 하고 내게 연락하는 사람들의 구심점도 되어줘. 그리고 나에 대해 실망하면 언제든지 떠나면 되잖아."

아리안은 삼국지를 재미있게 탐독한 기억이 있었다. 그래서 포르피리오가 마치 삼국지에 나오는 제갈공명의 환생이 아닐까 하는 생각마저 들 정도였다. 물론 삼고초려는 없었지만, 이렇게 해서 포르피리오는 아리안의 옆에 자리를 잡았다.

카르네프는 대륙을 아우르는 생명수가 될 어린 묘목이 이처럼 자라는 모습을 보며 감격스러웠다.

세 사람은 자리를 함께하며 시간 가는 줄도 모르고 이야기를 나눴다.

"아리안, 대공 전하의 영지로 가면 시간을 내서 둘러봤으면 하는 곳이 있어."

"그래? 어느 곳이지?"

"마수 괴물이 나온다면 그곳 어디인가 존재한다고 전해진 유사인종 역시 괴롭힘을 당할 우려가 크지 않을까?"

"아니, 그곳에 드워프나 엘프 마을이 있단 말인가?"

카르네프 상단주가 놀란 음성으로 반문했다. 놀라기는 아리안도 마찬가지였다.

'세상에, 신비스런 미모, 헌신적인 사랑, 진실과 거짓을 직시하는 신의 눈을 가졌다는 엘프가 진짜 존재한다는 말인가? 그리고 신의 손이라고 일컬어지는 공예의 장인 드워프도 어디선가 망치를 두드린다니, 내가 정말 이계에서 환생한 게 맞긴 맞는 모양이군. 그렇다면 마계 마수가 등장해도 이상할 게 없겠어. 아니, 그들에 대한 대책도 수립해야겠지.'

아리안은 눈을 가늘게 뜨고 이곳이 이계를 현실에 다시 한번 빠져들려 했다. 포르피리오가 그런 그를 단번에 끄집어냈다.

"아리안, 뜻을 이루려면 힘을 가져야 하고, 힘의 원천인 조직을 키우려면 엄청난 자금이 필요해. 상단의 이익은 15%를 넘지 않는 법이야. 운영 자금, 기타 부수 비용도 결코 만만치가 않으니까. 그렇지 않은 조직은 대개가 음성 사업을 하겠지."

"그럼 지금 이 상황에서 우리가 장악할 수 있는 사업이 뭐라고 생각해?"

"크게 세 가지로 요약할 수 있어. 첫째는, 밤의 조직을 장악하는 것."

"밤의 조직을?"

아리안이 의외의 대답에 눈을 크게 떴다.

"그럼, 아리안. 그들은 사라지지 않아. 조직이 붕괴한다고 해도 범죄자는 사라지지 않으니까. 오히려 그들을 장악해서 생활하도록 돕고, 일정한 질서를 잡아주는 게 좋을 거야. 또한 상당한 정보가 그들에게 흘러들어 가고 새어 나온다고 봐야겠지. 두 번째는, 드워프와 계약하는 거야. 그들이 만든 물건은 하나하나가 예술 작품 아닌 게 없어. 누구나 소유하고 싶다는 욕망만 있을 뿐 그들의 제품에는 값이 없거든. 세 번째는, 쉽진 않으나 독점품목이 될 수 있는 발명품."

현대 과학 문명을 누리고 그에 대한 기억을 지닌 아리안은 세 번째 방법의 가능성을 예감했다.

"포르피리오, 내가 대공 영지에 가면 네가 말한 점을 상기하지. 첫째 방법도 이해가 가니 방법을 찾아보자."

"알았어, 아리안."

포르피리오는 그 뒤로도 몇 시간이고 아리안과 이야기를 하며 계획은 세운 뒤 돌아갔다.

아리안은 늦은 저녁을 먹고, 고대인의 서적을 탐독하고 수련한 후에 잠시 포르피리오를 생각하다가 잠이 들었다.

*　　*　　*

다음날, 아카데미 졸업식이 끝나고 방학을 시작됐다.

"형, 집에 가서 할아버지와 부모님께 잘 말씀드려 줘. 방학 동안에 황궁에도 가야 하고 아브라잔 대공 전하의 영지에도 초청을 받았는데 거절할 수가 없었어. 그리고 훈련도 해야 하거든."

"어련하실까, 마스터 그룹 회장 나리. 어머니가 많이 섭섭해 하시겠다. 잊지 마라, 아리안. 부모님께는 네가 언제까지라도 걱정스러운 어린애라는 것을."

"예, 예. 알아서 모시겠나이다. 어서 타. 마차 떠나겠다."

"에휴, 넌 기사가 경호하는 황금마차가 기다리는데 이 못난 형은 오크와 경주하는 역마차라니……. 에고, 잘난 너와의 차이를 실감하겠구나."

"실감이든 떫은 감이든 간에 얼른 타."

"알았다, 아리안. 몸조심해야 한다."

"그래, 형! 잘 가!"

방학이 되자 아리안은 빙그레 웃으며 마차에 타는 형을 혼자 집에 보내고 황금마차에 올라탔다.

마차에서 내려 황궁 내성으로 들어가는데, 내성의 근위기사들이 그를 알아보고 경례를 했다.

"충!"

"충!"

고개를 숙여 답례하는 아리안은 이 상황이 불편하기 짝이 없었으나, 근위기사들에게 아리안은 그들이 바라보는 목표였다. 제국 기사들 중 훈련이 가장 힘들고 실력이 제일 뛰어나다는 그들의 표정에는 진정이 가득했다.

"아리안님, 이쪽으로 오십시오. 황제 폐하와 대공 전하께서 기다리십니다."

"예, 부탁드립니다."

황제의 태도는 시종장의 얼굴에서 나타난다고 했던가? 시종장이 아리안을 대하는 자세는 진중하기 그지없었다.

"황제 폐하, 옥체 평강하시옵니까?"

"어서 오게, 아리안. 대공이 공주보다 더 학수고대하더군."

소접견실에서 대공과 차를 마시던 황제는 만면에 미소를 띠며 아리안을 반겼다.

"그래, 아리안. 어떻게 결정했나?"

대공은 영지의 마수가 걱정되는지 더는 기다리지 못하고 아리안에게 물었다.

"대공 전하, 저를 포함한 스물한 명이 일주일 후에 대공 전하의 영지로 출발할까 합니다. 기간은 오가는 시간까지 이주일간입니다. 괜찮으시겠습니까?"

"자네가 오는 것은 대환영이지만, 다른 스무 명은 너무 어리지 않을까?"

"어리긴 합니다만, 오크 정도는 쉽게 처리할 실력입니다."

"아리안이 그렇다고 하면 믿어야겠지만, 몬스터가 아닌 마수마물들이라 위험하지 않을까 모르겠네."

"위험하리라 여겨지긴 합니다. 하지만 그 위험을 뛰어넘지 않으면 한계를 극복하기 어려울 듯싶습니다. 일단 세 명을 한 조로 짰고, 대공 전하께서 말씀하신 홉고블린, 오거, 트롤 등은 걱정하지 않습니다만, 가고일, 그리폰, 스켈레톤 등은 마물의 공격 방법과 힘을 가늠하여 대처하고자 합니다."

"흠, 알겠네. 엘리야스 경에게 마차를 준비하라고 이르지."

아리안은 대공 전하의 표정이 편하지 않은 것을 보고 자신이 잘못 생각하지 않았나 하는 느낌이 들었다.

"대공 전하, 어쩐지 편치 않으신 듯합니다. 학생들은 오지 말라고 할까요?"

대공은 아리안의 말을 듣고 그가 단순한 성격도 아니며 생각하는 게 어리지도 않다는 느낌이 들었다.

'흠, 아리안의 성격은 강직한 편이군. 그리고 권위와 권력에 대한 인식이 없는 듯해. 참으로 다루기가 쉽지 않겠어. 아직 어려서 그런 것일까? 어쨌든 가에 유심히 관찰할 필요가 있겠군. 공연한 일로 틈을 만들 필요는 없겠지. 만약 사고가 나서 누가 죽기라도 한다면 한 풀 꺾이게 될 테니 오히려 잘된 일일지도 모르고, 학생들이 위협을 느껴서 사냥에 나서지 않는다면 자신이 한 말이 있으니 내게도 큰소리치지 못할 게 아닌가.

뭐 그것도 괜찮은 일이지.'

겉으로는 사람 좋아 보이는 대공이지만, 그도 한 명의 정치인이었다. 한 가지 수에 여러 가지 포석을 깔아두는 것은 당연한 일이었다.

"아닐세. 자네도 명색이 그룹 회장인데, 한번 말한 건 지켜야 하네. 만약 정 위험하다 싶으면 자네만 나서도 되는 일이니까."

"알겠습니다, 대공 전하."

둘의 이야기가 끝날 조짐이 보이자 황제가 끼어들었다.

"자, 자, 이야기가 끝났으면 아리안은 그만 공주에게 보내주게."

"크크, 예, 형님 폐하."

황제 폐하의 말에 대공은 웃으면서 대답했다. 아리안은 두 분에게 예를 표하고 시종장을 따라갔다.

오늘은 아리안님이 오시는 날이다.

공주는 아침 일찍부터 서둘렀다. 정원에서 지저귀는 새들도 자신을 부러워하는 듯했다. 아침은 침만 삼키는 정도로 끝내고, 두 시간 동안 목욕하고 화장하는 데 한 시간이 걸렸다.

"아니야. 다른 옷을 가져와 봐. 그 색은 너무 칙칙해."

"공주마마, 하늘색이 살짝 가미된 이 보라색 옷은 너무 아름다운데요?"

"아니야. 얼굴이 희니까 환자로 보일 수도 있어. 밝은 계통

이어야 해. 아리안님을 모시러 갈 마차는 출발했는지 알아봐."

"예, 공주마마."

장미궁의 시녀들은 모두 분주히 움직였다. 어제까지는 그렇게 꼼짝하지 않던 시간이 오늘은 한 것도 없는데 벌써 점심때가 가까워졌다. 졸업식이 끝날 때가 됐다. 식이 끝나면 곧 방학이고, 아리안님은 마차를 타고 오실 것이다.

"공주마마! 공주마마! 황금마차가 도착했사옵니다!"

"공주마마, 아리안님이 황제 폐하께서 계시는 소접견실로 들어갔습니다."

마르티네스는 아리안이 도착한 순간부터 더 정신이 없었다. 마음에 드는 옷을 고르지도 못한 채 어쩔 수 없이 시녀들이 입혀주는 보라색 옷을 입었다.

아리안이 정원으로 들어섰다. 겨울 정원에는 사철수목 사이로 동백꽃, 설중매, 수선화, 매화 등이 쌀쌀한 날씨에도 저마다 아름다움을 자랑했다.

"공주마마 계신가?"

"들어오시지요. 기다리고 계십니다."

시녀의 안내로 안으로 들어간 아리안은 화장한 공주를 얼핏 알아보지 못하고 고개를 돌렸다.

"안 계신 모양이군. 오늘은 바쁘신 듯하니 내일 오겠다고 전해 드리게."

"……."

마르티네스 공주는 한마디도 할 수가 없었다. 얼마나 그리워하며 일각이 여삼추가 되도록 기다렸는데 자신을 힐끔 쳐다보고 그대로 몸을 돌리시다니, 이럴 수는 없었다. 진정 이럴 수는 없었다.

하지만 한갓 자존심 때문에 자신의 사랑을 포기할 수는 더더욱 없었다.

"아리안님!"

그녀는 자신을 버리고 아리안을 선택했다. 공주가 부르는 소리는 영혼의 절규였다. 다시는 고독에 절여지고 가슴이 찢어지는 고통을 벗 삼고 싶지 않다는 오직 하나의 갈망이었다.

공주는 단지 한 마디만 내뱉은 채 숨을 할딱거렸다. 혹시나 듣지 못할까 싶어서, 행여나 말이 되어 나오지 않을까 싶어서, 온몸으로 부르다 보니 단 한 마디만 했는데도 숨이 턱까지 차올랐다. 공주는 그 자리에 주저앉았다. 걸어 나가던 아리안의 모습이 멈췄다. 그가 돌아섰다.

"마르티네스 공주님?"

그녀가 고개를 들고 손을 올린 채 입을 열었으나, 말이 되어 나오지는 않았다. 가쁜 숨소리만이 그녀의 절박한 심정을 대변했다.

아리안은 공주에게서 전해지는 생소한 기운이 낯설었다. 하지만 웬일인지 거부해서는 안 될 듯한 느낌이 들었다. 아리안이 그녀의 손을 잡았다. 그러나 손에는 전혀 힘이 들어 있지 않았다.

그녀의 커다란 눈에서 흐른 눈물이 힘들게 화장한 얼굴에 검은 선을 그었다. 아리안이 무릎을 꿇고 그녀와 눈높이를 맞췄다. 그녀는 뭔가 할 말이 있거나 서러움이 북받쳤는지 입술 주위가 움찔거렸다.

아리안이 손수건을 꺼내서 그녀의 눈물을 닦았다. 공주의 얼굴은 점점 검은색이 번져서 마치 야간 침투 병사의 얼굴처럼 변해갔다. 아리안이 놀라서 닦아내려 할수록 더욱 넓게 퍼졌다. 공주가 자신의 얼굴을 닦는 아리안의 손을 잡아 살포시 뺨에 댔다. 아리안은 그제야 공주의 마음을 이해했다.

'그랬구나. 그랬던 거였어.'

하지만 한편으로 아리안은 더욱 난감해졌다. 공주가 지금 자신의 얼굴이 어떻게 변했는지 안다면 과연 어떻게 반응할지 상상할 수도 없었다. 그렇다고 대뜸 거울을 보여줄 수도 없었다.

아리안은 공주의 얼굴에 묻은 검댕을 손가락으로 찍어 자신의 얼굴에 발랐다. 턱수염을 그리고 눈 밑에 점점이 찍어 눈물을 그렸다.

아리안이 뭐하나 싶어 바라보던 공주는 도저히 참을 수 없었던지 웃음을 마구 터뜨렸다. 아리안도 같이 웃었다.

"호호호! 하하하!"

하지만 그녀의 입은 웃고 눈에선 눈물이 흘렀다. 그들의 웃음은 그동안 공주를 괴롭히던 고통을 날려 버렸다.

공주도 자신의 상태를 깨달은 듯했다. 그녀는 두 손으로 얼굴을 가린 채 방에서 나갔다. 아리안은 자신의 얼굴을 닦지도 않은 채 공주를 기다렸다.

잠시 후, 화장할 시간과 마음도 없는 공주가 얼굴만 씻고 들어와서 아리안의 얼굴을 닦아주었다. 오직 그 일만이 생의 보람이라는 듯이 정성스럽게 닦았다.

공주에게 얼굴을 맡긴 아리안은 심혈을 기울이는 듯한 소녀의 얼굴을 바로 코앞에서 자세히 봤다. 공주가 이렇게 아름다웠나 싶을 정도로 신비스러운 아름다움이었고 참으로 맑았다. 하지만 아직은 너무나 어렸다.

'키잡? 에고, 지금 내가 무슨 생각을 하는 거지? 정신 차리자, 아리안. 제길, 예쁘기는 엄청 예쁘네.'

현재 아리안은 열여섯 살이고, 마르티네스는 열다섯 살이다. 한 살 차이이긴 하지만, 열아홉에 죽은 전생의 기억을 가지고 있는 아리안에게 있어서 마르티네스는 차라리 딸뻘에 가까웠다. 그러니 아무리 예쁘더라도 선뜻 부담감과 거부감이 드는 것이 사실이었다.

그래도 '눈물의 화선지' 사건 이후 두 사람의 간격은 확연히 좁혀졌다.

"아리안님, 저 부탁이 있어요. 꼭 들어주세요, 예?"

아리안은 공주가 내게 부탁할 일이 뭐가 있을까 싶어서 어리둥절한 표정으로 그녀를 봤다. 그러나 공주의 표정은 너무 애절하고 간절하여 그만 허락하고 말았다.

"말씀하세요, 공주님. 제가 할 수 있는 일이라면 들어드리죠."

"아리안님, 저를 공주라고 부르지 말고 동생처럼 이름을 불러주세요. 그리고 제게 존댓말을 하면 너무 거리감이 느껴져서 슬퍼져요. 예? 제발!"

"그건 안 됩니다. 공주님!"

마르티네스 공주는 아리안의 말을 듣는 순간, 표정 잃은 얼굴에서 눈물을 주르륵 흘렸다. 아리안은 그녀를 바라보며 갑자기 디베르소 산맥에 묻힌 듯한 고통과 자신이 어머니를 두고 죽어야 했던 전생의 슬픔이 몰려들었다.

아리안은 도저히 거부할 수 없는 운명의 거미줄에 걸린 것을 깨달았다.

"알았어, 마르티네스! 그 대신 우리 둘만 있을 때뿐이다."

"좋아요, 오빠. 그 정도는 감수하지요."

처연한 표정 위에 활짝 미소를 짓는 공주는 참으로 아름다웠다.

다시 한 번 씻고 나온 공주는 마냥 즐거운 듯싶었다.

"오빠, 저 밤새 좀 봐요. 너무 귀엽죠?"

"저게 밤새야?"

"배가 볼록한 데다 밤색인 게 꼭 밤 같지 않아요? 아니면 그 마이고요."

"뭐, 뭐라고?"

"하하하! 호호호!"

장미궁에는 웃음꽃이 난무했다. 시한부 인생인 비운의 공주님을 모시던 시녀들은 두 사람을 훔쳐보며 눈물을 흘렸다.

'공주님, 부디 건강하시고 오래오래 행복하세요.'

"아리안 오빠, 어제 오빠가 도서관에 가신 후에 저도 책을 봤어요."

"왜? 잠자겠다고 하지 않았나?"

"오빠는 독서하는 것을 무엇보다 즐기시잖아요. 저도 잠이 올 듯했는데, 눈이 더욱 말똥말똥해졌어요. 그대로 있자니 행복에 겨운 마르티네스의 가슴이 터질 것만 같았죠. 그래서 책을 봤는데, 바닷물이 짜대요. 오빠, 바닷물이 왜 짠지 아세요?"

"글쎄, 수많은 사람의 바람이 모여 그것을 잊지 않으려고 짠 게 아닐까?"

"와우, 역시 오빠는 대단해요. 아주 심오하고 현묘한 뜻이 포함된 것 같네요."

"책에서는 뭐라고 그랬는데?"

"현자님은 눈물겨운 수많은 사연들이 모여서 짜다고 그랬어요. 현자님은 현실을 봤지만, 오빠는 오늘의 갈등을 넘어선 꿈과 희망의 내일을 본 거네요. 그 현자님은 책의 결론으로 이렇게 말했어요."

행복이란 역경과 고난 위에 피는 꽃이다. 그러기에 현재가 힘들다면 행복이 싹틀 준비가 된 상태이니 기뻐하라. 그리고 희망이란 씨앗을 심어라.

"오빠, 정말 존경해요. 소녀가 오빠와 함께 있으니 행복의 여신은 제 안에 있다는 말을 알 것만 같아요."

아리안은 마르티네스가 그동안 느꼈을 아픔이 알알이 가슴에 스며들었다. 눈물이 나올 것 같아 고개를 치켜들었다. 하늘도 금방이라도 파란 눈물을 흘릴 듯이 푸르기만 했다. 아리안이 공주의 한 손을 가만히 잡았다.

"마르티네스의 현명함과 영특함은 어느 현자에 못지않군. 그리고 더더욱 사랑스럽기도 하고."

마르티네스는 자신의 손을 잡은 아리안의 손등을 다른 손으로 덮으며 그의 얼굴을 쳐다보고 속삭였다.

"오빠, 제가 오빠의 사랑을 받을 만큼 똑똑한 건 사실이죠?"

"뭐, 뭐라고?"

"하하하! 호호호!"

두 사람의 웃음은 사심이 전혀 없이 맑고 밝았기에 널리 퍼졌다. 장미궁을 감돌아 시녀들의 콧잔등을 뜨겁게 하고, 다시 그녀들의 마음을 어루만진 후에 궁의 담장을 넘어갔다.

때마침 장미궁을 찾은 태후마마가 그 소리를 들었다. 잠시 그 자리에 서서 담 넘어 들리는 소리를 좀 더 듣다가 눈시울을 붉히며 급히 발걸음을 돌렸다.

아리안은 황궁에 있는 동안에도 새벽과 밤중에는 근위기사 수련장에서 기본 검술을 연습했다. 이 모습을 우연히 발견한 근위기사가 동료에게 전했다.

"뭐야? 아리안님이 새벽과 늦은 밤중에 기본 검술을 연습하신다고?"

"그렇다니까. 아무도 없을 거라고 여겼던 수련장에서 검풍이 이는 것을 보고 놀라서 가 봤더니 아리안님이시잖아, 글쎄."

"세상에, 기본 검술 연습만은 평생 해야 한다는 말씀이 사실이었군."

"이럴 때가 아니다. 나도 연습해야지."

근위기사 수련장의 열기는 새벽부터 밤중까지 뜨겁기만 했다.

아리안은 황궁 도서관에 들어갈 수 있는 권한을 받았으나 제대로 활용할 수가 없었다. 마르티네스가 잠시라도 그와 떨어져 있으려 하질 않았기 때문이다.

이런저런 우여곡절과 함께 일주일이 순식간에 흘러갔다. 그렁그렁한 눈을 도저히 쳐다볼 자신이 없는 아리안이 고개를 돌린 채 말했다.

"마르티네스, 건강해야 아카데미에 다시 갈 수 있고, 귀여운 네 얼굴을 다시 볼 수 있겠지? 방학이 아닌데도 날 황궁으로 자주 부른다면 그것은 날 돕는 게 아니라 내 성장을 막는 일이 될 거야. 마르티네스는 내가 꿈을 이뤄나가는 것을 막고 싶은 것은 아니겠지?"

"아니에요, 아리안 오빠. 소녀는 오빠가 꿈을 이루시는 모습을 옆에서 지켜보고 싶어요."

마르티네스는 아리안이 조용한 음성으로 말하자 몹시 놀

랐다.

그녀는 다시는 못 보게 되지 않을까 싶은 불안감이 들어 급히 대답했다. 다리는 이미 힘이 풀려서 그 자리에 주저앉고 말았다.

아리안은 그녀를 급히 일으켜 의자에 앉히고 어깨를 다독거렸다. 조숙한 열여섯 살 아리안과 일편단심 해바라기의 사랑을 간직한 마르티네스는 그렇게 서로 바라만 봤다.

마치 시간이 멈춘 듯했고, 반짝이는 그윽한 눈길을 따라 영혼의 교감이 일어나는 듯했다.

"마르티네스~!"

"아리안님~!"

아리안이 떨리는 음성으로 그녀의 이름을 불렀다. 그녀가 앙모하는 심정으로 그의 이름을 읊조렸다. 그들이 부른 것은 상대의 이름이 아니라, 자신의 부족함을 채우려는 근원적인 갈망이었고, 내일에 대한 바람이었다.

아리안이 공주의 손을 살포시 잡자 아름다운 소녀는 몸을 부르르 떨었다. 차가운 소녀에게 전해진 소년의 따듯한 온기는 얼어붙었던 소녀의 내일을 조금씩 녹였다.

아리안이 가냘픈 소녀의 손을 아주 살짝 힘을 줘 잡았다가 놓으면서 자리에서 일어났다.

공주는 창가에 서서 정원을 걸어 나가는 그의 뒷모습을 하염없이 바라봤다.

아리안은 장미궁을 나섰고, 그는 이제 공주의 눈에서 사라졌다. 정원이 작은 것이 처음으로 안타까웠다. 그녀의 텅 비어 버린 가슴에서 일어난 한줄기 황량한 바람이 그가 떠난 정원에 회오리를 일으킨 후 사라졌다. 그녀의 눈에서 흐른 눈물이 다시 찾아온 외로움에 부르르 떨며 옷섶을 적셨다.

* * *

아리안이 아카데미에 들어서자, 이번에 아리안과 임원들을 따라갈 정회원 1기생 중에서 차출한 자들 열네 명이 양 팀으로 갈려 격렬하게 싸우는 광경이 눈에 들어왔다. 그들은 벌써 보법을 어느 정도 익혀서 눈이 현란할 정도로 움직이며 싸웠다.

"동작 그만! 소대 차렷! 마스터께 경례!"

"충성!"

시간이 순간적으로 멈춘 듯 동작을 중지하는 모습이, 그들의 결투가 험악해 보여도 전력을 다한 게 아님을 알 수 있었다.

"충성! 보법이 상당히 익숙해졌군. 좋다. 오늘은 그만 씻고 내일 출정할 준비를 갖춰라. 너희가 어리다고 대공 전하의 걱정이 상당하시더라. 너희는 어린가?"

"아닙니다, 마스터!"

그들은 악을 쓰듯이 대답했다. 그들은 어리다는 말을 무엇보다 듣기 싫어했다. 그들은 어금니를 악물었다.

"너희가 어리지 않다는 것은 행동으로 보여라. 내가 너희 때문에 부끄러움을 당하지 않았으면 좋겠다. 그렇다고 목숨을 가벼이 해서는 더더욱 안 된다. 너희는 앞으로 얼마든지 뻗어 나갈 수 있기에 자신을 소중히 여겨야 한다."

"명심하겠습니다, 마스터!"

"좋다. 모두 가서 준비하고 임원들은 모여라!"

정회원들이 물러가고 임원들이 모였다. 그들은 아리안의 표정이 심상치 않음을 알고 이번 훈련은 전과 다름을 깨달았다. 임원들의 표정도 심각해졌다.

"너희 실력을 믿는다. 몬스터 중에 강하다고 알려진 오거나 트롤 등은 정회원도 경험만 쌓이면 충분하리라 본다. 문제는 처음 겪는 마계 마수마물로 알려진 녀석들이다. 어떤 놈들이 얼마나 있을지 모른다. 자기가 책임진 녀석들은 항상 함께하되 처음에는 내 시야에서 벗어나지 마라."

"예, 마스터!"

"진검이 없는 자가 있나?"

"없습니다, 마스터. 하지만 대부분의 검이 얼마나 견딜지는 자신할 수 없습니다."

"그렇겠지. 예비 검을 좀 더 준비해야겠군. 나는 나가서 자고 아침에 올 것이다."

"예, 주군!"

아리안은 임원들을 돌려보내고 카르네프의 상단으로 향했다.

상단 별관으로 들어가자 포르피리오가 기다리고 있었다.

"아리안, 어서 와!"

"포르피리오, 또 천기를 짚어본 후 내가 올 줄 알고 기다리고 있었어?"

"천만에. 내일 출발하려면 오늘쯤은 들를 수도 있겠다 싶었지."

"그래? 앉아서 얘기하지."

포르피리오는 의자에 앉아서 자신이 준비한 기획안을 설명했다.

"아리안, 가장 먼저 선행해야 할 일은 근거지를 정하는 거야."

"근거지?"

"그래, 아리안. 대륙을 아우를 수 있는 본부가 필요해."

"흠, 당연히 필요하겠지만, 자금과 위치 등 생각할 게 많겠군."

"그렇지, 아리안. 아라카이브 제국에서 대륙 전체를 총괄하는 것은 어렵다는 판단인데, 어떻게 생각해?"

아리안은 포르피리오의 말을 들으면서 대륙전도를 바라봤다. 어쩐지 대륙 제일 중앙 디베르소 산맥 반대편에 있는 작은 왕국 키레로가 반짝인 듯한 느낌이 들었지만 내색하진 않았다.

"일단은 알았으니 생각해 보기로 하지."

"그리고, 네가 거느린 가신에 대해 알았으면 해. 너의 힘을 알아야 전략이든 전술이든 세울 수 있을 테니까."

"포르피리오, 카르네프 상단주님이 전적으로 후원해 주시기는 하나 지금 내가 내세울 만한 힘은 없어. 3년 후라면 보여줄 수 있을 거야. 내가 친히 선봉에 서는 것은 아카데미를 졸업하는 3년 후가 되겠지. 네가 그 3년을 어떻게 유용하게 활용할지 궁금해."

"음, 무슨 말인지 알겠어, 아리안."

포르피리오는 아리안의 말을 듣고 놀랐다.

'아! 지금 아리안은 나에게 서두른다고 탓하고 있으며, 자신을 이끌려 한다는 간접적인 견책이 아닌가. 내가 순간적으로 아리안을 가르치려 한 것은 아닐까? 내가 평범한 사람처럼 상대를 나이로 판단했던 모양이군. 정작 아리안에게 허락받아야 할 것은 고하지도 못했잖아. 음, 움직이려면 사람이 필요하니 우선 상단주님과 의논해야겠다.'

포르피리오는 아리안이 총관을 만난 후에 아카데미로 돌아가자 상단주를 찾아갔다.

"상단주님, 우선 정보 조직을 만들어야 할 텐데, 자금 지원을 해주실 수 있겠습니까?"

"그렇게 하게. 필요한 금액을 총관에게 말만 하면 되네. 물론 아리안이 허락한 이야기겠지?"

"아닙니다, 상단주님. 아직 말하지 못했습니다."

그 말을 들은 카르네프는 포르피리오의 얼굴을 한동안 물끄러미 쳐다보다가 조용한 음성으로 말했다.

"자네는 아직 아리안을 정확히 모르는군. 그는 보통 사람과 다르다네. 아무리 어렵고 힘든 일도 그가 나서면 쉬운 일로 바뀌고, 누구나 행하는 일상사도 그가 하면 더는 평범한 게 아니라 비범하고 신비로운 일이 되고 말지. 그가 원한다면 상단은 물론이고 내 목숨도 아깝지 않으나, 그가 원하지 않는 것은 그 무엇도 불필요한 일이라네."

카르네프 상단주는 잠시 말을 끊었다가 자신의 생각을 말했다.

"자네가 잊지 말아야 할 것은 그를 자네의 잣대로 평가했다가는 그의 대업을 돕는 게 아니라 망치는 일이 된다는 점일세. 그는 하늘과 같은 사람이라 평범하고 엉성한 듯 보이나 그가 마음먹으면 누구도 그의 손에서 벗어나지 못하고, 그가 움직이면 그 일이 바로 하늘의 뜻이 되고 말지. 자네는 그를 위해 큰일을 도모하려고 애쓰지 말고 우선 그를 이해하는 게 급선무야."

포르피리오는 상단주에게 신앙과 같은 믿음을 준 나이 어린 친구에 대해 깊은 생각에 빠져들었다.

다음날 아침, 아리안은 말을 타고 엘리야스가 인솔하는 마차 네 대와 함께 대공의 영지 사바타 성을 향했다. 물론 마차 세 대에는 학생들이 탔고 나머지 한 마차에는 다른 짐들이 실렸다. 대공 전하의 기사 네 명이 마차 행렬 앞에서 길을 열었고, 마차 뒤에도 기사 네 명이 따랐으며, 아리안은 엘리야스와 말을 나란히 한 채 행렬 중간에 위치했다.

"아리안, 이번 일정이 보름이라고 들었네. 그런가?"

"예, 엘리야스님."

"방학은 삼 개월인데, 보름이면 너무 짧지 않은가?"

"그런 생각도 들지만 학생의 신분이라 별수 있겠습니까? 더구나 학생들의 두 달간 특별 수련이 이미 예정되어 있어서죠."

"아카데미 검술학과 학생들인가?"

"그렇습니다, 엘리야스님!"

첫날의 마차 여행은 별다른 이변 없이 해가 졌다. 그들은 마차를 세우고 야영을 했다. 학생들은 기사들을 돕고 싶었으나, 야영에 대해 경험이 없어서 기사들이 명하는 샘물을 찾아서 나르거나 마른 나무를 주워오는 정도밖에 할 게 없었다.

"우리 대장님은 왜 저런 어린애들을 경호까지 하면서 호송하시는 거지?"

"누가 알겠나. 한데 대장님께서 저 말 탄 소년에게 상당히 부드러운 투로 이야기하던데, 혹시 누군지 알아?"

"글쎄, 내가 어떻게 알아. 그래도 애들이 의외로 힘은 좋군. 저 커다란 물통을 혼자 들고 오는 것 좀 봐."

기사들은 임원들을 보면서 이해가 안 된다는 표정이 역력했다. 그들은 명을 받았을 뿐, 자신들이 호송하는 이들이 어떤 이들인지 전혀 알지 못했다.

"검술학과 학생들인 모양이지? 모두 진검을 차고 있어."

"그래도 애들이지. 오크라도 나타나면 모두 숨고 말 테지."

"그러면 다행이야. 검을 좀 만져 봤다고 만약 겁없이 덤비다가 다치거나 죽으면 우리만 곤란해질 텐데."

기사들이 이것저것 넣어 끓인 영양탕을 야외에서 먹는 맛은 별미였다. 점심을 건량으로 때운 학생들은 잘도 먹었다.

"와, 정말 꿀맛이다."

"맞아. 입안에서 단맛이 돌고 그냥 술술 넘어가잖아."

"그래도 적당히 먹어라. 밤에라도 몬스터가 습격하면 싸우기가 힘들어진다. 마스터에게 약한 꼴을 보일래?"

수련생들은 안티야스의 말에 식기를 내려놨다. 하지만 아직 모닥불 위에서 김을 모락모락 뿜어내는 구수한 영양탕을 아쉬운 듯이 돌아봤다.

무사히 아침을 맞이한 학생들은 다시 한 번 영양탕의 진미를 확인한 후 출발했다. 점심때가 조금 지나서 말린 육포를 씹자니 영양탕이 더욱 그리웠다.

"에고, 그 영양탕 생각이 간절하군."

"그러게. 이게 육폰지 오크 가죽인지 구분이 안 가."

"조용해라. 뭔가 심상치가 않다."

학생들이 주고받는 이야기를 듣던 임원 마하비라가 조용한 음성으로 주의를 줬다.

"마차를 세워서 원을 만들고, 말을 풀어서 눈을 가린 후 안쪽에 매라."

"학생들은 절대 마차에서 밖으로 나오지 마라!"

바로 그때, 기사들이 큰 소리로 외치면서 방어할 준비를 했다. 심상치 않은 것이 몬스터라도 나타난 듯싶었다. 아리안은 곧장 분위기를 파악하고 소리쳤다.

"모두 하차해서 집합해라!"

"예, 마스터!"

아리안의 목소리가 들리자, 스무 명의 학생이 일제히 마차에서 내려 정렬했다. 그들의 행동은 일사불란했으며, 몬스터를 두려워하는 기색은 그 누구에게도 없었다.

"어? 어? 지금 저애들, 뭐하는 거야?"

"마차 안에 있어도 신경 쓰일 판국에 죽으려고 환장했나?"

"놔둬. 대장님이 한번 고개를 돌려 보셨으니 알고 계실 거야."

기사들은 학생들에게서 고개를 돌려 버렸고, 마부들은 마차 안으로 들어가서 숨었다. 기사들은 검을 뽑아 들고 엘리야스 경 뒤에 말을 탄 채 일렬로 섰다.

"아니, 오크들이잖아? 오크는 말 탄 기사는 공격하지 않는데, 수가 많다고 공격하는 건가?"

이때, 엘리야스 경이 뒤를 돌아보며 주의를 줬다.

"오크가 아니라 오크 전사들이다. 또한 수가 상당히 많다. 주의하지 않으면 당할 수도 있으니 각자 조심해라."

"예, 대장님!"

엘리야스 경은 아리안을 쳐다봤다. 그의 뜻을 짐작한 아리안이 고개를 끄덕였다. 엘리야스 경은 부하 기사들과 함께 말을 타고 오크 전사들을 향해 달려갔다.

"자, 공격!"

숲에서 나온 오크 전사들은 먼지구름을 일으키며 달려오다가 둘로 갈라졌다. 당당히 말을 탄 기사들에게 달려드는 오크는 없다. 당연히 그들은 오크 전사들이었고, 일반 오크보다 월등한 힘과 체격을 지녔으며 무기도 뛰어났다.

오줌싸개에서 일약 영웅으로 변신한 파라미는 달려오는 오크 전사들을 바라보다가 문득 떠오르는 생각이 있어서 자신이 좋아하는 임원 마하비라의 발을 봤다. 오른발이 보일 듯 말 듯 까딱거렸다. 파라미는 속으로 웃으며 용기백배했다.

'크크, 상대할 가치도 없지만 명령이라 따른다는 뜻이군. 에고, 불쌍한 오크 전사들이 오늘 완전히 날 잡았어. 전날 주군께서 임원 여섯 분과 1기 수련생 77명의 집단 격투를 명하실 때도 마하비라님의 오른발은 미미하게 까딱거렸었지. 임원들의 옷자락을 건들지도 못하고 우리 전체가 쓰러지는 데는 5분도 채 안 걸렸으니까. 정말이지, 임원들은 사람도 아냐. 물론 주군은 신이고. 히히!'

파라미의 얼굴에 미소가 번지는데, 주군의 명령이 떨어졌다.

"공격!"

"야!"

검을 뽑아 들고 앞으로 달려가는 파라미의 검에 일렁이는 마나가 아직 분명한 오라블레이드를 형성하진 못했어도 꽤나 선명했다.

"처음 마주친 놈을 쓰러뜨린 후에는 보법을 사용해라!"

"예, 마스터!"

여섯 명의 임원이 앞장서서 달려드는 오크 전사들을 덮쳤고, 뒤질세라 파라미를 비롯한 열네 명이 뒤를 받쳤다. 자신들보다 훨씬 덩치가 큰 오크 전사들이었으나, 임원과 수련생들도 이미 1년 전에 오크를 상대한 적이 있었다.

또한 2년 동안 오직 검 하나만을 바라보며 씨름하지 않았던가. 누가 시키지 않아도 새벽 4시에 일어나서 단전 수련을 하고, 6시부터 밤 10시까지 체력 단련과 검술 수련을 했으며, 다시 12시까지 단전호흡으로 신체를 변화시켰던 그들은 이미 오크 전사의 수준을 뛰어넘었다.

임원들과 정회원들은 겁없이 덤비는 오크 전사를 단칼에 베어버렸다.

"치익! 어린 놈, 맛있다. 커억!"

"치익! 어린 놈 아니다. 전사다. 치익! 컥!"

수련생들이 세 배에 달하는 오크 전사를 물리치는 데는 그리 많은 시간을 필요로 하지 않았다. 그들은 이미 오거의 힘에 육박하는 거력을 소유했으며, 대륙 어느 기사도 따르기 힘든 검법을 배웠고, 자신들의 실력을 십분 발휘하고 상대를 혼란케 하는 보법을 자유자재로 사용했다.

단지 마스터의 상징이라는 오라블레이드만을 아직 형성하지 못할 뿐이었다. 바로 그때였다. 마하비라가 오크 전사의 검을 쳐내고 자신의 검을 검집에 넣었다. 그리고 어깨치기로 오크를 밀어붙였다.

오크 전사가 자신이 밀려서 화가 났는지 주먹을 휘둘렀다. 마하비라는 피하지 않고 왼손으로 막고 오른발로 옆구리를 가격했다. 그는 오크 전사의 팔을 막은 왼손에서 퍼지는 짜릿한 느낌에 전율했다.

그 광경을 본 다른 임원들도 오크 전사 한 놈을 잡고 맨손드잡이를 시작했다. 파라미도 오크 전사 한 놈의 검을 쳐내고 오크의 주먹을 손으로 막았다가 뒤로 세 바퀴나 구르며 넘어졌다. 화가 난 파라미는 다시 검을 꺼내 달려드는 오크의 목을 날려 버리고 임원들의 맨손 격투기를 유심히 살폈다.

훨씬 적은 수의 오크 전사와 싸우는 기사들은 형편이 달랐다. 오크 전사의 수가 적다고 하지만 기사들보다는 세 배가 넘었기에 엘리야스 경이 착실히 오크 전사의 수를 줄이고는 있었으나 기사들은 고전을 면치 못했다.

이미 다섯 명의 기사는 자신의 애마가 죽어서 오크 전사 두셋과 힘겹게 버티는 정도였다. 오크 전사들은 자신이 상처 입는 것을 두려워하지 않고 기사들을 압박했다.

"앗! 아카바가 당했다! 그를 보호해라!"

"예, 대장님!"

그때, 이 광경을 본 아리안이 임원들이 싸우는 데 방해가 되는 죽은 오크들을 한곳으로 그러모으는 수련생들에게 명했다.

"가서 오크들을 끝내줘라!"

"예, 마스터!"

수련생들은 기사들이 싸우는 곳으로 달려갔다. 그들이 달리는 모습은 말 그대로 질풍과 같았다.

"죽여라!"

"와아!"

오크 전사들은 그들이 달려오는 것을 보고 막으려고 덤볐으나, 단지 몸을 돌리다가 죽어갈 뿐이었다. 수련생들이 달려들자 오크 전사들은 해일에 강타당한 나무들처럼 그대로 쓰러졌다. 수련생들의 검을 한 번이라도 막아내는 오크마저 없었다. 기사들은 짐이라고 여겼던 학생들의 실력에 할 말을 잃었다.

"세상에, 저럴 수가……!"

"저들의 날랜 몸놀림이나 검술 실력은 오라블레이드가 없어도 마스터 이상이 아닌가."

"아, 저들은 기사가 아니라 전사 훈련을 받았어."

"맞아. 짐이라고 여겼는데 오히려 구원을 받다니……."

수련생들은 엘리야스 경이 마지막 오크의 목을 베는 모습을 확인하고 마차로 돌아갔다. 엘리야스 경과 기사들은 상처 입은 자를 추스르고 마차로 돌아왔다가 깜짝 놀랐다.

여섯 명의 학생이 오크와 맨손으로 격투를 하고 있었다. 더우 기가 찬 것은 다른 아이들은 겁없이 주위에 앉아서 구경을 하고 있었기 때문이다.

엘리야스 경은 아리안을 쳐다봤다. 그도 묵묵히 바라만 보는 것을 보고 다시 눈을 돌려 그들이 싸우는 광경을 유심히 지켜봤다. 학생들은 힘과 힘으로 겨루고 육체와 육체로 부딪쳤다.

시간이 흐를수록 그들의 전신에는 자신감이 넘쳤고 여유가 흘렀으며 속도는 더욱 빨라졌다. 오히려 오크 전사들이 정신이 없는 듯했다.

'아, 정말 무서운 아이들이구나. 아리안이나 그가 가르쳤다는 놈들이나 완전 괴물이야.'

"야, 이놈 좀 봐. 완전 배 째라네. 일어나지도 않네."

"그만하고, 그놈들은 보내줘라!"

"예, 마스터!"

임원들이 대련 상대였던 오크의 엉덩이를 차서 가라는 손짓을 했다. 살아남은 오크 전사들은 임원들을 한 번 쳐다보고 몸을 부르르 떤 다음 각기 오크 전사 시체 하나씩을 들고 천천히 사라졌다.

남은 오크의 시체를 모아 태우는 등 뒷정리를 하다가 기사와 학생의 눈이 마주치면 학생은 가볍게 목례를 하고 기사는 화급히 답례한 후 먼저 눈을 돌렸다.

'저놈들은 어린 소년을 가장했다가 언제 속내를 드러낼지 모르는 괴물들이야.'

Chapter 05

이어지는 인연

엘리야스는 묵묵히 말을 몰고 가는 아리안의 등을 물끄러미 쳐다봤다.

'얼굴은 소년이고 체격은 청소년이며 실력은 전사를 방불케 하는 녀석들을 가르친 아리안은 도대체 어떤 사람이지? 나도 기사들을 열심히 지도했고, 저들도 스스로 놀랄 정도로 뼈빠지게 검을 휘둘렀는데 아리안이 2년 가르친 애들의 수준과는 비교조차 안 되니, 젠장, 이걸 어떻게 해석해야 되는 거야?'

엘리야스는 갑자기 제국 검이니, 제국 제일의 검사라는 허울 좋은 이름에 갇혀서 세상이 어떻게 변하는지도 모르고 있었다는 자책감이 심하게 들었다.

엘리야스는 부끄럽기도 하고 가슴이 아프기도 했으며 서럽

기까지 했다. 그는 진심으로 아리안에게 경외심마저 일어난 것을 느꼈고, 그에게 배우는 임원들이 오히려 부러웠다.

이런저런 우여곡절 끝에 마차가 아브라잔 대공의 영지에 들어섰다.

“여기서부터가 아브라잔 대공 전하의 영지야. 하지만 대공궁전이 있는 사바타 성까지는 좀 더 가야만 하지.”

“어떻게 들판에서 농부의 모습을 발견할 수가 없군요.”

“대공 전하께서 성 밖으로 나가는 것을 금하셨지. 그러나 꼭 나가야 할 경우는 기사와 병사들이 함께 나가기도 하지만, 추수가 끝난 후에는 그마저 사라졌어.”

아리안이 길가 나무 사이로 얼핏 오크 서너 마리를 발견했지만, 말 탄 기사들을 보고 덤벼들지는 않았다.

싸늘한 회오리바람이 들판을 휩쓸고 하늘 위로 사라지자, 을씨년스러운 기분이 들어서 동장군이 성큼 다가선 듯했다.

“생각보다 마수마물로 인한 피해가 큰 모양입니다.”

아리안이 말 등에서 주위를 살피며 말하자, 엘리야스 경이 고개를 끄덕여서 긍정했다.

“그렇다네. 오죽했으면 대공 전하께서 자네에게 도움을 청하셨을까. 사실 조금 깊은 숲에는 들어가지도 못하는 실정이라네. 도무지 상상도 안 가는 마수들이 나오고, 부단장이 인솔하고 숲으로 들어간 기사들은 결국 돌아오지 못했다네. 그 후론 성 밖 백성들을 모두 성안으로 불러들이고 성문 밖으로 몬스터를 토벌하러 나가보지도 못했지.”

이야기를 하는 동안 앞에 커다란 성이 보였다.

"저기가 사바타 성일세."

"혹시 저 옆쪽의 숲이 디베르소 산맥입니까?"

"그렇다네. 내가 알기로는 디베르소 산맥에 가까운 성은 모두 몬스터 때문에 골치를 앓는다더군. 근래에 부쩍 더 심해졌어."

어느덧 성문에 도착했다. 성문 위에 있던 병사가 소리쳤다.

"누구냐? 신분… 악!"

쿵!

"이 미친놈아! 넌 기사단장님도 모르냐? 기사단장님이 오셨다! 빨리 성문을 열어라!"

성문 수비대장이 부하의 머리를 쥐어박고 급히 성문을 열라고 소리쳤다. 성안에는 성 밖과 달리 상당히 북적거렸다. 뜻밖에 많은 용병들도 눈에 띄었다.

학생들은 기사단 숙소 한 동을 배정받고 자신의 짐을 정리했다.

"식사 집합! 모두 기사 식당으로 갑시다."

수련생들이 식사하러 나가자, 아리안이 숙소로 들어와서 마나 강압진을 설치했다.

경천마법에서 발견한 이 마나 강압진은 신비한 성능이 있었다. 마법진을 설치하고 나면 복잡한 수식 계산과 상당량의 마나량을 필요로 하기에, 웬만한 마법사로도 크게 지치게 마련이다.

하지만 고대 거인족의 마법은 거의 드래곤의 언령 수준으로, 복잡한 수식은커녕 마나 소모량마저 극히 미미했다.

"시동!"

딱!

아리안이 숙소를 나가면서 시동을 외치고 손가락 두 개로 소리를 내자, 숙소에는 갑자기 순수한 마나가 쏟아져 들어왔다. 마나 강압진이 부드럽게 돌아가는 모습을 뿌듯하게 보고 있던 그에게 기사 하나가 다가왔다.

"아리안님, 대공 전하께서 함께 식사하시자고 기다리십니다."

"그렇습니까? 안내를 부탁합니다."

대공 궁전은 황궁과 비할 바가 아니었다. 황궁이 화려하다면 대공 궁전은 담백한 모습이었다. 아리안이 고개를 끄덕이며 식당으로 들어가자 대공 전하가 반겼다. 식당에는 아브라잔 대공과 엘리야스 기사단장만 보였다.

"아리안, 어서 오게. 데리고 온 학생들의 실력이 놀랍다고 엘리야스 경의 입에 침이 마르더군. 이번에 기대가 크네. 어서 앉게."

"감사합니다, 대공 전하. 최선을 다하겠습니다."

대공은 식사하다가 생각났다는 듯이 아리안에게 물었다.

"이번 사냥을 위해서 용병 3,000명을 고용했네. 내일부터 몬스터 사냥을 할 텐데, 같이 합류하겠나?"

아리안은 대공 전하의 말을 듣고 놀랐다. 용병 3,000명이라면 전쟁 수준이 아닌가. 대공 전하가 이번 일을 얼마나 중요시하는지 느끼게 하는 대목이었다.

"예, 그러겠습니다, 대공 전하."

아리안의 음성도 상당히 진중했다. 식사가 끝나자 대공은 자리를 집무실로 옮겨서 총관에게 마법사와 용병단장, 그리고 수비대장을 부르라고 명했다. 총관은 얇은 입술과 깊은 눈을 가진 40대 초반의 사나이였고, 수비대장 역시 40대 중반으로 칼날을 연상케 하는 날카로운 사내였다. 용병단장은 키가 190cm가 넘고 얼굴에 털이 많았다. 로브를 입은 마법사의 나이는 50대로 보였다.

"전하, 부르셨습니까?"

"어서 오게, 발보아 단장. 내일부터 사냥을 시작할 예정이라네. 그대가 힘을 좀 써야겠어."

"염려 마십시오, 대공 전하. 저희가 대공 전하의 마음속의 근심을 도려낼 것입니다."

"그래 주게. 농부들이 흙으로 돌아갈 수 있도록 말이야. 검을 든 자의 본분은 그런 자들을 보호하기 위함이 아니겠나. 자, 총관, 시작하게."

농부를 생각하는 대공 전하의 말을 들은 발보아 단장은 잠시 눈빛을 빛냈다. 총관은 일어나서 벽에 걸린 지도를 가리켰다.

"몬스터의 습격은 어제오늘의 일이 아닙니다. 항상 있는 추수 때의 습격은 인간만이 아니라 곡식마저 빼앗아가서 그들의 식품이 됩니다. 또한 식량이 떨어진 몬스터는 먹이사슬 하층 종족의 수를 줄여주기에 전체 몬스터의 수를 조절하는 역할도 해왔습니다. 하지만 올해의 습격은 예전과 사뭇 다릅니다. 고블린, 오크, 오거, 트롤 등이 서로 싸우지 않고 함께 인간을 공격했습니다. 이 점은 몬스터 뒤에 흑마법사가 있거나 마계 고위 마물의 등장을 의미합니다."

총관이 말을 끊고 마법사를 쳐다보자, 그가 대공을 바라보며 입을 열었다.

"대공 전하, 이번 몬스터의 습격에서 어떤 흑마법의 흔적이나 특별한 마나의 유동을 발견하지 못했습니다."

"음~!"

대공 전하는 깊은 신음을 내뱉었고, 총관은 설명을 이어갔다.

"이번에 대공 전하의 기사단 부단장이 기사 20명과 500명의 병사를 이끌고 들어갔다가 사라진 곳은 바로 신비스러운 숲으로 이어지는 입구인 죽음의 계곡입니다. 바로 이 계곡에서 많은 핏자국만 남기고 사라졌습니다. 기사나 병사는 물론이고 말의 시체마저 가져간 것으로 보아 먹이로 삼으려 함이 틀림없습니다."

총관은 말을 해놓고 보니 목이 타는지 말을 중단하고 컵의 물을 마신 후에 지도를 가리켰다.

"대공 전하의 명령에 따라 이번 작전은 인근 몬스터 섬멸 작전이 되겠습니다. 일단 A급 용병과 특급 용병, 기사 120명과 상병 3,000명은 바로 성의 뒷산을 넘어 신비의 숲 입구인 죽음의 계곡까지 진입하여 상황에 대처하며, 대공 전하께서 직접 지휘하십니다. B급 용병 이하와 병사 5,000명은 수비대장님이 지휘하여 뒷산 몬스터를 청소하되, 힘들다고 여겨지는 의외의 마물이 보일 때는 공격하기 전에 동행하는 마법사를 통해 대공 전하의 명령을 받기 바랍니다. 점심은 마른 육포가 지급되며 작전 종료는 대공 전하의 명령에 따릅니다. 이상입니다."

총관이 말을 끝내고 자리에 앉자, 대공이 용병대장에게 물었다.

"발보아 단장, A급과 특급 용병은 얼마나 되나?"

"특급 용병은 저까지 네 명이고, A급 용병은 80명 정도입니다."

"그렇다면 특급 용병은 양쪽으로 두 명씩 나누는 게 어떻겠나?"

"예, 대공 전하. 아무래도 그렇게 하는 게 지휘와 안전을 위해서 좋을 듯싶습니다."

발보아의 대답에 고개를 끄덕인 대공은 아리안을 돌아봤다.

"아리안, 자넨 나와 같이 갔으면 좋겠지만, 학생들의 안전을 위해서 수비대장과 함께하는 게 어떻겠나? 만약 감당하기 어려운 마물이 나오면 서로 연락하기로 하고."

아리안이 대공 전하의 배려에 따르는 게 좋겠다고 대답하려는 순간, 엘리야스 경이 먼저 입을 열었다.

"주군, 아리안이 지도한 학생들의 수준은 기사들의 실력을 웃돌고 있습니다. 오는 도중에 백여 마리가 넘는 오크 전사의 습격을 받았습니다."

발보아는 오크 전사의 습격을 받았다는 말에 나가려다가 돌아서서 귀를 기울였다. 군장까지 갖춘 오크 전사라면 A급 용병 실력은 있어야 이길 수 있겠지만, 그래도 결코 쉬운 상대는 아니기 때문이다.

"저와 기사 여덟 명으로 오십여 마리가 넘는 오크 전사는 분명 부담스러웠습니다. 결국 싸움이 붙었고, 기사들의 패색이 짙은 순간 어리다고 여겼던 학생들이 마치 훈련이라도 하듯이 오크 전사를 가지고 놀았습니다. 나중에 돌아보니, 그중 여섯 명은 마지막 남은 오크 여섯 마리를 상대로 맨손 격투를 연습 중이었고, 다른 학생들은 주위에서 당연하다는 듯이 검까지 검집에 꽂고 구경하는 광경을 보자 기사들은 상당히 놀랄 수밖에 없었습니다. 그들은 오라블레이드를 형성하지는 않았지만, 이미 기사의 수준을 넘어 전사의 경지를 바라보고 있습니다."

기사의 수준을 뛰어넘는 전사의 경지.

기사들은 개인 전투에서 뛰어난 실력을 과시하지만, 집단 결투가 되는 전장에선 어이없게 죽는 수가 많다는 게 일반적인 평가였다.

기사들은 오직 검만을 고집했다. 하지만 전사는 활과 방패, 그리고 창을 기본으로 갖춘 채 전장의 사신으로 군림했다.

그들의 앞을 막을 만한 존재는 역시 전사들뿐이었다. 그들은 전신이 무기였고, 어떤 무기든 가리지 않았으며, 하루 종일 싸울 수도 있었다.

도끼로 장작 패듯이 투구를 갈랐고, 창으로 적의 대장을 꿰어 한 손으로 들고 달린 적도 있었다고 했다. 그들 앞에 이를 악문 채 검을 들고 선 자도 그들이 지나간 후에는 대지에 엎드렸다.

전사의 전설은 아라카이브 제국 건국 시절 처음 나타나, 그 후 다시는 탄생하지 않았다.

오크 전사와 맨손 격투를 즐기는 학생들이라? 대륙 한쪽에서 전사의 신화를 이어가는 자들이 있다는 이야기를 들은 사람들은 모두 넋을 놓았다.

아~! 전사의 전설이 다시 시작될 것인가?

*　　*　　*

다음날 아침, 아리안은 학생들을 죽 둘러봤다. 두려워하거나 들뜬 모습은 찾아볼 수 없었다.

"우리는 대공 전하와 함께 좀 더 깊은 숲으로 들어간다. 처음 보는 몬스터와 마수마물은 검이 들어가지 않을 수도 있다. 그러나 놀라지 말고 치명상을 입힐 수 있는 곳을 찾아야 할 것이다. 일반적으로는 눈, 코, 귀, 입, 겨드랑이, 항문 등이나 흰 반점 등이 치명적인 약점이 되기도 한다. 자신을 믿고 동료를 믿어라. 너희가 못하면 누구도 할 수 없다. 만약 너희 능력을 뛰어넘는 마물을 보게 되면 보법으로 피하고 나에게 알려라. 세 사람으로 이루어진 팀을 이탈하지 말고, 서로 동료의 안전을 책임져야 한다."

"예, 마스터!"

임원들은 각기 두 명의 정회원을 팀원으로 삼았으며, 아리안의 곁에도 두 명이 왔는데 둘 다 여자 회원이었다.

"디오사입니다, 마스터."

"마스터님, 후아나입니다."

"디오사, 후아나. 음, 이름이 예쁘군. 전투는 예쁘게 하지 않아도 괜찮다."

"예, 마스터."

디오사와 후아나는 얼굴을 붉히며 대답했다. 모두 아리안의 말을 듣고 미소를 지었다. 마음이 편안해졌다. 수련생들은 육포 주머니와 수통 하나씩을 검을 차지 않은 오른쪽 허리에 매달았다.

안티야스가 짧은 끈 여덟 개씩을 나눠 줬다.

"그 끈으로 발목과 손목, 그리고 팔뚝과 허벅지를 묶어라. 너무 꽉 매서 피가 통하지 않으면 안 된다. 너희 훈련복이 나뭇가지에 걸리는 것을 막아줄 것이다."

수련생들은 갑옷을 입지 않았다. 평소처럼 무릎과 팔꿈치에 가죽을 댄 검은 훈련복을 입었는데, 스무 명이 그런 복장을 하자 오히려 훈련복이 단체복처럼 보이기도 했다.

"모두 검을 뽑아 들고 내 앞에 서서 눈을 감아라!"

임원과 수련생들이 검을 뽑아 들고 아리안 앞에서 눈을 감자 그는 마법을 걸었다.

"너희 검과 신체는 평소보다 세 배는 강해질 것이다. 강화 마법!"

아리안의 손에서 뻗어 나간 마나가 학생들의 검과 전신을 감쌌다가 스며들었다.

"눈을 떠도 된다. 그리고 하나 알아둘 것은 너희 수통의 물은 마나수다. 한 번에 많이 마신다고 더욱 효과 있는 것은 아니다. 여덟 번 정도 나눠 마시는 게 좋을 것이다."

"예, 마스터!"

그때, 기사 한 명이 들어와서 예를 취하고 말했다.

"아리안님, 대공 전하께서 출발하십니다."

"알았습니다. 곧 가죠. 취소!"

딱!

아리안은 손가락을 부딪쳐서 숙소의 마법을 지운 후 수련생들과 밖으로 나왔다. 기사들마저 모두 빠져나가 숙소에는 아무도 남지 않았다.

밖은 의외로 조용했다. 내성 문을 나서자 기사들이 도열해 있었다. 제일 앞에는 대공 전하가 엘리야스 경, 대마법사와 함께 말을 탄 채 기다리고 있었다.

"어서 오게, 아리안! 왜 말을 타지 않았나?"

"대공 전하, 출발하시지요. 저는 이게 편합니다."

대공은 아리안의 뒤를 따르는 수련생들을 한 번 쳐다본 후 고개를 끄덕이고 엘리야스 경을 보았다.

"출발!"

엘리야스 경이 소리치며 손을 들었다가 앞을 가리키고 힘차게 내렸다.

"자, 가자!"

A급 용병들이 출발했고, 그 뒤를 이어 강병들이 보무도 당당히 외성 문을 나섰다. 대공 전하가 당겼던 말의 고삐를 느슨히 풀었다. 아리안이 기사들을 돌아보자 먼저 출발하라는 듯이 길을 비켜섰다. 아리안이 고개를 살짝 숙인 후 출발했다. 기사 120명이 그 뒤를 이어 외성 문을 나섰다.

짝짝짝!

"우리 영주님! 만세!"

"괴물들을 모두 쫓아주세요, 영주님!"

많은 백성이 길에 나와서 병사들의 용기를 북돋았다.

들녘에는 싸늘한 바람이 불었다. B급 용병 3천여 명과 병사 5,000여 명은 이미 여러 갈래로 나눠 천천히 산속으로 진입하고 있었다. 강병들이 곧장 숲으로 들어가며 대공 일행의 길을 텄다. 몬스터도 놀랐는지 눈에 잘 띄지 않았지만, 숲 깊숙이 들어가자 드디어 몬스터들의 꼬리가 밟히기 시작했다.

"앗, 오거다!"

"여섯 마리나 되잖아!"

"죽여라! 활을 쏴라!"

획획! 툭툭!

"젠장, 화살이 튕기잖아. 저놈 가죽 벗겨서 갑옷 만들어도 되겠다."

"미련한 놈들! 가죽에 흠집도 내지 못하는 화살을 쏘고 검이나 창을 들면 뭐하나? 그물을 사용해라!"

"예, 백인장님!"

병사들은 지휘관의 명에 따라 그물을 던졌다. 그물은 의외로 효과적이었다. 3미터에 달하는 오거의 기동력을 떨어뜨리고 발을 묶은 후 어렵지 않게 죽였다. 간간이 눈에 띄는 몬스터는 강병 십인장이나 백인장이 부하를 지휘하여 물리친 후 다시 전열에 합류했다.

선두는 꾸준히 앞으로 나갔다. 점차 정찰병의 활동과 보고가 빈번해졌다. 그들이 이끄는 대로 몇 번의 전투를 거친 뒤, 드디어 별다른 사고 없이 신비의 숲으로 잇는 죽음의 계곡 입구에 도착했다.

"이곳에 진지를 구축해라!"

"예, 대장님!"

강병을 지휘하는 돌격대장의 지휘로 병사들은 신속히 계곡 입구 광장에 나무를 베어 울타리를 만들고 천막을 쳤다. 지휘막사도 금방 설치됐다. 그 사이 용병단장은 A급 용병들에게 정찰을 지시해 진지 주변을 경계하게 했다.

용병들이 정찰 중에 한쪽에서 진지 구축을 마스터 그룹 수련생들을 발견했다.

"저 꼬맹이들은 뭐야?"

"귀족 자제들인 모양이지. 현장 실습 중인가?"

"젠장. 마수마물들이 나온다는데, 귀찮게 됐군."

"신경 쓸 필요 없어. 이번 의뢰에 꼬맹이 보호는 없으니까."

우락부락한 A급 용병과 강병들은 수련생들을 힐끗거리며 어이없다는 표정을 지었다. 수련생들은 자신들을 비웃는 소리가 들렸지만 개의치 않았다. 그래도 얼굴이 붉어지긴 했는데, 워낙 검게 탄 얼굴은 표가 나지 않았다.

진지가 구축되자 대공 전하는 다시 지휘관들을 소집했다. 엘리야스 경, 대마법사, 용병대장, 돌격대장, 그리고 아리안이 모였다. 총관이 엉성하게 작성한 지도를 가리키며 말했다.

"현재 진지를 구축한 '지옥의 계곡' 입구 광장의 이상은 지금까지 알려지지 않은 상태입니다. 바로 이곳입니다."

총관이 지적한 곳은 붉은 점으로 표시가 됐다.

"다른 곳은 이번 정찰병의 보고를 듣고 그린 것입니다. 우리가 먼저 병력을 보내 안전을 확보해야 할 곳은 다른 곳에서 사냥을 시작한 용병과 병사들의 배후가 될 만한 동쪽 산입니다. 돌격대장님은 백인장 다섯 명을 보내 동쪽 산을 장악해 주십시오. 해가 지면 경비병을 남기지 말고 돌아오시면 됩니다. 다섯 명의 백인장이 공격하는 동안 몬스터가 후퇴하거나 새로운 마수마물이 나타날 것으로 예상되는 지점은 바로 이곳입니다."

총관이 가리킨 곳은 신비의 숲 왼쪽이었다.

"A급 용병 전체와 기사 40명, 백인장 5명이 이곳을 장악하십시오. 정찰병 5명이 이쪽으로 갔다가 연락이 두절됐음을 상기해야 합니다."

이때, 대공이 아리안을 보면서 이야기했다.

"아리안, 자네가 기사들을 지휘해 주지 않겠나? 이번에는 순탄하지 않을 듯하네."

"알겠습니다, 대공 전하."

경험이 풍부한 A급 용병들이 발보아의 지휘를 받으며 먼저 출발했다.

"어떤 일이 생겨도 경거망동하지 마라. 우리는 몸이 재산이다. 알겠나?"

"예, 대장님!"

"철저히 정찰해야 한다. 자, 출발!"

아리안은 자신이 지휘권을 넘겨받은 기사들을 쳐다봤다. 웬일인지 수련생들보다 더 어설퍼 보였다. 아리안은 말없이 용병들의 뒤를 천천히 걸어갔다. 그 뒤를 수련생과 기사들이 따랐다. 용병 정찰대가 신속히 앞으로 뛰어가는 모습이 보였다.

숲이 무성해서 시야 확보가 어려웠다. 한 아름이 넘는 나무 뒤에 뭐가 숨어 있을지 알 수가 없었다. 해는 보이지도 않았다. 몬스터가 만든 길은 풀이 무성해서 빨리 달리기는 어려울 듯했다. 강병 정찰병이 행렬 옆으로 신속히 움직이는 모습도 보였다.

검은 구름이 몰려들고 하늘이 점차 어두워졌다. 갑자기 앞

쪽에서 소란스런 소리가 들렸다. 어두컴컴했던 시야 한쪽이 불쑥 솟아올랐다. 어둠이 일어섰다고 정찰대가 생각한 순간, 그것은 무시무시한 속도로 달려왔다.

"고, 골렘이다!"

어둠이 아니라 바로 돌로 이루어진 골렘이었다.

아악! 허걱!

용병들이 뛰어가고 발보아의 호통도 들렸다.

"모두 침착해라! 골렘은 정면으로 맞서 싸우면 안 된다! 거인, 기회를 봐서 네가 부수고, 콘셉시온이 그 순간 심장석을 부숴라!"

"예, 단장님!"

"알았어, 발보아!"

발보아의 명령에 거인이라 불리는 판초가 손에 든 도끼를 힘주어 잡았고, 특급 용병인 콘셉시온이 발보아에게 머리를 끄덕였다.

"좋아, 준비됐으면 밧줄을 던져라!"

쿵쿵!

돌로 만들어진 3m의 거체 골렘은 한 번 움직일 때마다 땅이 크게 울렸다. 사방에서 용병이 밧줄을 들고 던질 때를 노렸다. 골렘이 팔을 한 번 휘두르면 한 아름이 넘는 거목이 뚝뚝 부러졌다. 엄청난 힘이었다. 숲으로 피신했다가 쓰러지는 나무에 상처 입는 자도 생겼다.

"됐다! 잡아당겨라!"

"잡아당기자! 힘내!"

한 용병이 밧줄 올가미를 들고 기회를 노리다가 골렘이 들어 올린 발에 곧바로 걸고 동료에게 외쳤다. 용병 다섯 명이 밧줄을 힘껏 당겼다. 그때, 아리안이 도착했다. 아리안이 본 것은 밧줄에 걸려 넘어진 골렘이 아니라, 밧줄을 잡고 끌려 다니는 용병들의 위태로운 모습이었다.

"야, 이 새끼들아! 빨리 밧줄을 놓고 피신해! 어서!"

활도 소용없고 창도 들어가지 않았으며, 검으로 상처를 낼 수도 없는 골렘은 그놈 하나만 있는 게 아니었다.

쿵쿵!

지축을 흔들면서 한 놈도 감당하기 어려운 대책 불가의 골렘 두 기가 더 나타났다.

"앗, 골렘이 더 있다!"

"아악! 내 다리!"

새로 나타난 골렘 두 기가 쓰러진 나무를 들고 휘둘렀다. 여기저기서 비명이 터져 나왔다.

"어서 뒤로 물러서라! 어서!"

"젠장, 공성병기나 있어야 싸울 수 있겠군."

뒤이어 나타난 돌격대장도 암담한 표정이었다. 마침내 더는 용병에게만 맡겨놓을 수 없다고 판단한 아리안이 검을 뽑아 들었다.

"받아라!"

지지징! 꽈르릉! 꽈르릉!

아리안이 하늘로 쳐든 검에서 떨리는 소리가 나더니 빛무리가 쏟아져 나와 하늘로 치솟았다. 검은 구름 사이에서 우레 치는 소리가 울렸다. 갑자기 천둥이 울리자 모두 놀라서 하늘을 쳐다봤는데, 번개 세 줄기가 땅으로 내리꽂혔다.

번쩍번쩍! 꽈꽝! 꽝! 꽝!

번개가 자신들에게 내리치자 용병들과 기사, 그리고 강병들은 몸을 숙였다. 잠시 후, 자신이 무사하다는 것을 안 그들은 천천히 고개를 들어 주위를 살폈다.

지금까지 사신처럼 보이던 골렘이 쓰러진 모습이 보였다. 번개는 석재 골렘의 왼쪽 가슴을 산산이 부숴 버렸다. 용병 한 명이 다가가서 발로 골렘을 살짝 건드리자 돌가루로 변해 부서졌다.

"와, 골렘이 죽었다!"

"어? 진짜네. 인간은 흙에서 태어나 흙으로 돌아간다더니, 골렘은 돌에서 태어나 돌로 돌아가는군."

용병과 강병들은 어린아이처럼 기뻐했다. 그들은 마치 사냥이 성공적으로 끝난 듯이 환호했지만, 어려움은 이제 시작일 뿐이었다. 발보아는 아리안을 쳐다봤다. 그는 언제 자신이 검을 뽑았냐는 듯이 무심한 태도였다. 발보아는 이 일을 가슴에 담아두었다.

먹구름은 걷히는 게 아니라 점차 더욱 짙어졌다.

"음~!"

아리안은 심상치 않음을 느꼈지만 앞으로 나서지는 않았다.

그때, 발보아와 돌격대장이 그의 곁으로 다가왔다.

"아리안, 어떻게 했으면 좋겠나?"

돌격대장도 뭔가 이상한 점을 느꼈는지 조용히 아리안의 대답을 기다렸다.

"아리안, 대공 전하께서 기사 지휘권을 맡긴 것은 전장의 지휘봉을 맡긴 것과 같다네. 일이 심상치 않은 듯하니 자네가 결정을 내리게."

돌격대장도 발보아의 말에 고개를 끄덕여 긍정을 나타냈다.

"그렇습니다. 저도 알 수 없는 어두운 그림자가 가까워짐을 알겠습니다. 그러나 우리가 여기서 물러난다면 저쪽 산으로 들어간 병사와 용병들이 큰 타격을 입을지도 모릅니다. 발보아님은 용병 중에서 절반을 정찰 보내고, 돌격대장님은 부하들의 속도를 좀 더 올려야겠습니다."

"아리안, 저쪽 산으로 들어간 용병과 병사들에게 오늘 사냥은 좀 더 일찍 마치고 귀성하라고 알리는 게 어떻겠나?"

"이미 대공 전하께 말씀드려서 허락을 받았습니다. 아마 지금쯤은 천천히 하산하는 중일 것입니다."

발보아는 놀란 음성으로 물었다.

"뭐라고? 대공 전하께 말씀드려서 벌써 하산하는 중이라고? 혹시 자네는 마검사인가?"

"마법을 할 줄 아느냐고 물어보시는 것이라면 그렇습니다."

"혹시 골렘을 없앤 것은 라이트닝 계열 마법이었나?"

"정확하진 않지만 비슷합니다."

발보아는 고개를 갸우뚱했지만 더는 묻지 않았다.

"자, 더는 지체할 시간이 없습니다. 신속히 몬스터의 뒤를 쳐서 시선을 이쪽으로 끈 후에 우리도 물러나야만 합니다. 돌격대장님은 우리가 돌아갈 길을 확보해 주셨으면 합니다."

"어서 정찰을 떠나라! 몬스터를 만나면 싸우려 하지 말고 재빨리 전해라! 출발!"

아리안은 발보아와 함께 숲으로 들어갔다. 수련생들은 세 사람씩 팀이 되어 그 뒤를 따랐다. 돌격대장이 명령하는 소리가 점점 멀어졌다.

"제14, 15 백인대장은 몸을 은신한 채 이곳에서 진지까지의 길을 지켜라! 제12, 13 백인대장은 이곳에서부터 경계 지역 전부에 병사들을 배치하면서 좇아와라!"

숲은 한낮인데도 싸늘했다. 고개를 들어보면 겨울인데도 울창한 나무밖에 보이지 않았다. 나뭇가지 사이로 보이는 공간이 마치 몬스터의 눈인 듯싶어서 앞사람만 보고 따라갔다.

"앗! 오거의 습격이다!"

"악! 젠장, 옆구리를 찔렸네."

"다친 자는 물러나고 옆에서 도와라!"

챙챙챙!

오거 육십여 마리가 달려들었다. 처음 부딪친 세 명은 죽고, 다른 용병들은 검으로 막으며 뒤로 물러났다.

"11백인대장, 공격해라!"

"예, 대장님! 모두 포위해서 창으로 공격!"

"야아!"

그들은 역시 강병이었다. 오거의 내려치는 검을 두려워하지 않고 그대로 밀고 들어가서 창으로 찌른 후 신속히 물러섰다.

쓰러지는 병사도 생겼지만, 병사에게 칼을 내려치는 오거에겐 창 두세 개가 깊숙이 박혔다. 검도 잘 들어가지 않는다는 오거의 가죽을 뚫는 강병들이 평소에 얼마나 열심히 훈련했는지 잘 보여줬다. 오거 무리는 차츰 대열이 무너지고 쓰러져 갔다.

"와, 다 죽였다!"

"죽은 자를 한쪽으로 옮기고 상처 입은 자를 보살펴서 진지로 데려가라! 오거의 시체는 옆으로 치워놓으면 그들이 가져간다! 다른 자들은 다시 앞으로 나가라!"

3m에 이르는 오거는 보통 몬스터가 아니었다. 하지만 용병과 병사들 역시 보통 인간이 아니었다. 그래도 용병 여섯 명이 죽고 강병 여섯 명이 세상을 하직했다. 얼마나 죽였느냐가 문제가 아니라 몇 명이 죽었는지가 문제였다.

그러나 일은 끝나지 않았다. 용병들은 다시 길을 트면서 앞장섰다. 아리안은 뒤를 따르면서 주위 기운을 살폈다.

'음, 수상한 기운이 점점 이쪽으로 몰려오잖아. 그래도 우리가 피해 버리면 저 산을 공격하는 일반 용병과 병사들의 피해가 크겠어. 일단 전체 상황을 살필 수 있는 공터가 있으면 좋겠는데…….'

재빨리 주변을 관찰하던 그의 기감에 생소한 느낌이 잡혔다.

'어? 이 신비로운 기운은 또 뭐지? 분명 마계의 기운은 아닌데…….'

마계의 기운이 깔려 있는 주변과 확연히 다른 느낌이 전해졌다. 정확한 위치를 확인할 수는 없었지만, 분명 이질감이 있었다.

'시간이 나면 확인해야겠군.'

지금은 그것보다 몰려오는 몬스터들이 더욱 문제다.

아리안은 돌격대장을 돌아봤다.

"돌격대장님, 빨리 세 개의 백인대를 이쪽으로 불러주시죠."

돌격대장은 아무것도 느끼지 못했지만, 아리안을 물끄러미 바라보다가 곧 전령에게 명령했다.

"최후방 두 개 백인대를 제외하고 모두 이곳으로 집결시켜라!"

"예, 대장님!"

전령이 떠나자마자 정찰을 나간 용병의 보고가 들렸다.

"발보아 단장님, 여기 상당히 넓은 공터가 있습니다."

숲을 벗어나자 넓은 초지가 그들을 맞이했다. 바로 뒤쪽은 20m에 달하는 직벽이 있었다. 이곳은 사바타 성 뒷산으로 가는 직벽 왼쪽 길과 지옥의 계곡으로 향하는 직벽 오른쪽 길이 있었으며, 정면은 디베르소 산맥 깊은 곳에서 나오는 갈림길인 듯했다.

"흠, 잘됐군. 여길 막으면 저쪽 병력이 몬스터에게 뒤통수를 맞는 일은 없겠어. 그렇지 않겠나, 아리안?"

발보아 용병단장이 산세를 둘러보며 아리안에게 말했다. 산맥 쪽에서 지축을 울리는 소리가 들렸다. 대규모 몬스터가 몰려오는 듯했다.

"산맥 쪽에서 상당수의 괴물들이 몰려듭니다. 맞을 준비를 하는 게 좋을 듯합니다."

아리안의 말을 들은 발보아 용병단장은 용병들을 배치했고, 돌격대장 역시 방금 도착한 300명의 강병들에게 적을 막을 준비를 시켰다.

"빨리 나무를 잘라서 방책을 세워라! 일단 괴물이 달려드는 기세만은 막아야 한다! 서둘러라!"

용병들도 병사들과 함께 서둘러 나무를 뾰족하게 깎아서 방책을 세웠다. 방책 앞에는 강병들이 창을 들고 섰으며, 그 뒤에는 용병들이 방책을 넘어온 괴물을 상대하려고 준비했다.

용병 뒤에는 수련생들이 기사들과 함께 검을 뽑아 들고 섰다. 그들의 얼굴에도 긴장감이 감돌았다. 임원 마하비라가 자기 팀원을 둘러보고 미소를 지었다.

"나도 두렵다. 하지만 마스터께서 내 행동에 실망하실까 봐 그게 더 두렵다. 우리는 할 수 있지?"

"예, 할 수 있습니다!"

"마스터께서 실망하신다면 살아도 산 게 아니다. 그렇지 않나?"

"맞습니다! 마스터를 실망시킬 수는 없습니다!"

이번에는 수련생 모두가 악을 썼다. 그들의 눈은 반짝반짝 빛나기 시작했다. 병사들과 용병들이 뒤를 돌아보며 미소를 지었다.

"허, 대단한데. 이제 보니 아직도 돌아가지 않았군. 무섭다고 오줌을 싸는 게 아니라 스스로 용기를 북돋우잖아."

"정말 놀라워. 저 아이들만은 살아서 돌아가도록 지켜줘야겠어."

"맞아. 그러고 보니 우리 두려움까지 사라졌네."

그때, 정찰을 나갔던 용병이 직벽 왼쪽 길에서 나오며 소리쳤다.

"뒷산에서 쫓긴 몬스터가 대거 몰려옵니다!"

그 소리를 들은 돌격대장이 제일 먼저 반응했다.

"제11백인대는 즉시 자리를 이동하여 몬스터를 막을 준비하고, 제12, 13백인대는 정면을 방어해라!"

"예, 대장님!"

아리안은 제11백인대 병사가 재빨리 방어 자세를 갖추는 것을 보고 임원에게 말했다.

"안티야스, 엔테로, 마하비라, 팀과 함께 자리를 이동해서 방어 준비해라!"

"예, 마스터!"

세 명의 임원이 팀원과 함께 신속히 자리를 이동했다.

"기사도 절반은 위치를 바꿔서 준비하도록!"

"예, 아리안님!"

기사들도 움직였다. 소란스런 소리가 숲에서 울리더니 몬스터들이 직벽 왼쪽 길에서 쏟아져 나왔다. 고블린, 오크가 많았고 오거와 트롤도 상당했다.

"치익, 여기도 인간 있다. 치익, 죽여라!"

"치익! 뚫고 나간다. 치익!"

꽈광! 꽝! 꽝!

어느 틈에 몰려드는 몬스터 무리에 번개 세 방이 터졌다. 안티야스가 고개를 돌려보자 아리안이 검을 뽑아 든 모습이 보였다.

꽈광!

몬스터는 선두에 있던 오크 세 마리와 오거 한 마리가 번개에 맞아서 죽자, 주춤했다가 다시 덤벼들었다. 아리안이 내려친 번개로 선두의 폭포처럼 밀려드는 기세를 꺾어버리자 한결 싸우기가 편했다.

본격적으로 인간과 몬스터가 격돌했다. 산맥 깊은 곳에서 달려오던 정체를 알 수 없는 소리도 점차 가까워졌다.

음산한 바람이 광장을 휘감고 지나갔다. 직벽 서쪽에서 몰려온 몬스터와 싸우는 병사들은 정신이 없었지만, 정면의 적을 기다리는 용병과 병사들은 웬일인지 기온이 더욱 떨어지듯해서 몸을 부르르 떨었다.

3m에 가까운 오거가 자신의 몸이 창에 찔려 연방 상처가 나자 흉성이 크게 일어났다.

크억~!

오거가 괴성을 지르며 검에 맞거나 창에 찔리는 것을 두려워하지 않고 덤벼들었다. 갑자기 강병 전열 한쪽이 무너졌다.

"가자!"

마하비라가 먼저 팀원을 이끌고 오거에게 덤볐다. 오거가 넘어진 병사를 번쩍 쳐들었다. 오거에게 들린 병사는 밀려드는 죽음의 공포에 눈을 감아버렸다.

마하비라가 오거를 향해 몸을 날려 번쩍 쳐든 오거의 팔을 잘라 버렸다. 오거의 잘리지 않은 팔이 병사를 잡은 채 그대로 아래로 내려왔다. 마하비라의 뒤를 따르던 파라미가 공중으로 뛰어오르며 오거의 목을 베었다. 목이 떨어져 나간 오거는 잠시 그 자리에 섰다가 앞으로 쓰러졌다.

"와, 정말 대단하다!"

"세상에, 상처내기도 힘든 오거를 베어버렸어!"

"야, 우리가 지킬 짐이 아니라 가장 강력한 구원군이잖아?"

그 광경을 본 백인대장은 신이 났다.

"오거나 트롤은 악착같이 막지 말고 안쪽으로 보내 버려."

"예, 백인대장님!"

다시 오거 한 마리가 광장 안쪽으로 들어왔다. 마하비라가 덤비려고 하자, 안티야스가 한마디 했다.

"마하비라, 그만둬. 그놈은 우리 거야. 순서를 지키자, 순서를."

안티야스의 말이 끝났을 때는 벌써 그 팀이 오거에게 달려들었다가 훌쩍 물러난 뒤였다. 그들은 보법을 밟으면서 달려들었기에 잔상만 남을 정도였다. 쓰러진 오거는 머리와 팔 두 개가 보이지 않았다.

"와, 정말 대단하다. 어린 사람들의 몸이 보이지도 않았어. 최고야, 최고!"

"세상에, 오거 가죽을 무처럼 잘라 버리는 게 가능이나 한 거야?"

삐이~!

병사들이 수련생들에게 놀랄 때 이상한 소리가 들렸다. 그 소리가 신호라도 되듯이 갑자기 숲에서 오거 스무 마리가 뛰어나왔다. 그놈들은 놀라는 병사들을 아랑곳하지 않고 수련생들에게 덤볐다. 그 광경을 보고 아리안이 명령했다.

"마데라, 디네로, 히엘로, 가서 도와라!"

"예, 마스터!"

마데라 등이 뛰어가는 모습을 보고 아리안은 옆에 선 디오사와 후아나에게도 말했다.

"너희도 가서 수련해라!"

"예, 마스터!"

기사들은 아리안 가까운 곳에 서 있다가 그 대화를 모두 들었다. 오거를 데리고 수련하라는 아리안의 말을 듣고 할 말을 잃었는데, 그런 말을 듣고도 신이 나서 쫓아가는 수련생들을 보며 고개를 잘래잘래 흔들 수밖에 없었다.

그때부터 싸움은 일대일의 상황이 됐다.

챙챙! 챙챙!

파라미는 오거의 칼과 부딪치자 작렬하는 전율이 전신으로 퍼지는 것을 느꼈다. 그는 검을 두 손으로 잡고 마나를 집어넣었다. 검에서 일어나는 잔물결이 떨림이 되어 팔을 타고 들어와 기분 좋은 느낌으로 변하여 머리끝에서 발끝까지 퍼졌다.

"야! 받아라!"

파라미가 두 손으로 내려친 검을 받은 오거는 오히려 자신의 힘을 능가한 인간 꼬맹이의 괴력에 두세 걸음 비칠거리며 물러나게 되자 흉성이 폭발했다.

꾸악!

오거는 소리를 지르면서 파라미에게 달려들어 두 손으로 칼을 내려쳤다. 이번에는 파라미도 검으로 흘리지 않고 정면으로 맞섰다.

꽝!

파라미의 검과 오거의 도가 부딪치자 굉음이 일어났다. 파라미는 거기서 그치지 않고 한 걸음 더 달려들어 어깨로 오거의 옆구리를 강하게 들이받았다.

퍽! 헉!

파라미는 오거가 예상치 못한 공격에 비틀거리자, 떨어지면서 오른발로 오거의 손을 찼다. 오거의 칼이 날아갔다.

그때부터 파라미의 현란한 발차기가 세상에 선을 보였다. 올려치기, 내리찍기, 돌려차기, 상단, 중단, 하단을 오가는 '치기신공' 은 보법을 곁들였기에 눈에 잘 보이지도 않았다.

오거는 샌드백 역할을 착실히 수행했다. 파라미의 발이 오거를 가격하는 소리만이 단조롭게 들렸다. 그때는 이미 다른 수련생들도 발차기신공 연습에 돌입했다. 때 아닌 광장에는 수련생들의 '난타' 와 오거들의 '비명환상곡' 이 판타스틱한 음의 조화를 이루었다.

"그만 끝내라!"

"예, 마스터!"

수련생들은 아리안의 명령을 듣고 검을 들어 일검에 끝내거나 발에 마나를 주입하여 오거의 목을 찼다. 수련생의 발에 맞고 쓰러진 오거를 살피던 용병이 놀라서 말했다.

"세상에, 발에 맞아서 오거의 목이 부러졌어. 이럴 수가!"

"에고, 정말 무서운 아이들이네."

"그러게 말이야. 세상에, 오거를 수련 상대로 삼는 애들이 있을 줄이야."

나이가 든 용병들은 전율을 느끼며 소년 전사들을 바라봤다.

"여보게, 내가 혹시라도 애들에게 큰소리치면 옆에서 결사적으로 말려주게."

"저애들을 자세히 보게. 가슴에 푸른 물결과 붉은 물결이 서로 엇갈려 있지?"

"아하, 그렇구나. 저 표식이 저애들 소속을 나타내는 거로군."

용병과 병사들은 수련생들의 가슴에 수놓은 태극 마크를 머리에 그렸다. 그때부터 수련생들은 더욱 적극적으로 오거나 트롤 등을 찾아나섰다. 수련생들이 덤벼들면 병사들은 뒤로 물러났다. 수련생들은 검을 두 번 휘두르지 않았다. 수련생 여섯 개 조의 적극적인 가담으로 직벽 왼쪽에서 몰려온 몬스터는 빠르게 정리됐다.

수련생들이 뒷정리를 병사들에게 맡기고 아리안에게 다가와 부동자세로 섰다. 안티야스가 한 발 앞으로 나섰다.

"마스터, 명령을 완수했습니다."

"수고했다. 물을 두 모금씩 마셔라. 마수마물들이 곧 몰려올 것이다."

"예, 마스터."

수련생들은 수통의 마나수를 두 모금씩 마시고 그 자리에 가부좌 자세로 앉아서 몸속의 마나를 돌렸다. 옆에 섰던 기사들은 그런 격전을 치른 수련생들의 호흡이 잔잔한 호수처럼 고요한 것을 보고 그만 할 말을 잃었다.

앞을 주시하던 아리안이 갑자기 발보아 단장과 돌격대장을 불렀다.

"발보아 단장님! 돌격대장님! 급히 병력을 후퇴시키십시오! 반대쪽 병력이 안전지대로 물러났다고 합니다!"

"예, 아리안님!"

"그래? 그러지. 모두 질서정연하게 신속히 진지로 돌아간다!"

"13, 12, 11백인대 순으로 신속히 후퇴해라!"

"예, 대장님!"

용병과 병사들은 썰물 빠지듯이 광장에서 물러났다. 아리안과 수련생들이 그 뒤에 섰다. 돌격대장과 용병대장은 아리안의 처사를 묵묵히 바라본 다음 물러갔다.

아리안 일행이 진지로 돌아오자 대공과 엘리야스 경이 입구에서 기다리고 있었다.

"아리안, 참으로 수고 많았어. 자네가 아니었다면 상당한 피해를 볼 뻔했어."

"감사합니다, 대공 전하. 돌격대장님과 용병단장님의 힘이 컸습니다."

"자, 모두들 들어가세. 아마도 일이 끝난 것 같지 않아."

"예, 대공 전하."

"그리고 식사 준비가 끝난 듯하니 조금 이르지만 모두 식사를 하고 전투 준비를 해야 할 거야. 오늘 밤은 길어질 듯해."

"예, 대공 전하!"

"예, 영주님!"

엘리야스 경과 돌격대장, 그리고 용병단장은 부하들에게 식사하라고 명령한 후 지휘관 막사로 들어갔다. 아리안이 수련생들에게 지시했다.

"너희도 식사한 후 야간 전투를 준비해라!"

"예, 마스터!"

수련생들이 아리안의 말에 대답하고 배식하는 곳으로 가려하자, 기사 한 명이 다가왔다.

"여러분은 이쪽으로 오시오."

수련생들이 기사를 따라가자 그곳은 기사들이 식사하는 곳이었다. 그곳에는 어느새 준비했는지 김이 모락모락 오르는 20명분의 식사가 수련생들을 기다렸다.

"어? 이게 우리 식산가? 어느 틈에 차려져 있네?"

"어서들 들게. 자네들이 없었다면 맛있는 식사보다 동료를 잃은 아픔을 겪고 있었을 거야."

기사들은 모두 수련생들에게 우호적이었다. 그들 나이가 어리다고 결코 깔보거나 무시하지 않았다.

'침묵의 마하비라' 라고 불리는 마하비라는 음식을 앞에 놓고 눈에 물기가 어려 수저를 들지 못했다.

아카데미 입학 당시만 해도 그의 꿈은 기사단의 기사가 되는 것이었다. 하지만 장담할 순 없었다. 상위 10%에 들어 졸업하든지 졸업 검술대회에서 상위 입상해야 하는 조건을 어찌 쉽다고 할 수 있을까.

그러나 주군 아리안을 만난 이후로 그 걱정은 모두 사라졌다. 2년 간의 훈련을 받은 끝에 그의 실력은 이미 기사를 뛰어넘었고, 이처럼 기사들이 오히려 호의적으로 자신에게 다가오려 했다.

게다가 전투를 겪으며 점검한 결과, 어쩌면 3년이 되기 전에 오라블레이드마저 만들어낼 수 있을 것 같았다.

감격스런 마음에 그는 식사를 하려다가 말고 눈물이 나올 것 같았다.

'세상에, 내가 마스터가 된다니……. 아버지, 마스터가 꿈만이 아니랍니다. 어머니, 이제 걱정하지 않아도 돼요. 젠장, 이렇게 기분 좋은 날 눈물은 왜 나오고 지랄이야. 젠장!'

산속의 진영은 식사가 끝나기가 무섭게 마치 기다렸다는 듯이 일시에 어두워졌다. 마법등 수십 개가 밝혀졌고, 모닥불도 수를 헤아리기 어려울 정도로 많았다.

싸늘한 13월의 기온은 점차 내려갔다. 어두운 구름은 점점 몰려들었지만, 어차피 밤이어서 누구도 알지 못했다.

회오리바람이 모닥불 불씨를 날리고 사라졌다. 경계병들은 나뭇가지가 서로 부딪치는 소리가 마치 귀신 옷자락이 스치는 듯해서 등골이 오싹해졌다.

몸을 부르르 떤 경계병이 자신의 부대 막사를 한 번 쳐다보고 눈을 숲으로 돌렸다. 나무 사이에 마치 발광체인 양 어둠 속에서 반짝이는 눈과 마주쳤다. 눈은 점차 많아졌다.

"아악! 몬스터다!"

경계병의 고함에 놀란 병사들이 막사에서 튀어나왔다.

"몬스터가 나타났다고?"

"어디! 어디?"

병사들이 경계병사가 선 방책 쪽으로 다가갔다. 마법등 불빛도 침범하지 못하는 나무 사이에 여전히 반짝이는 수없이 많은 눈들이 보였다.

"몬스터가 습격했다! 몬스터가 습격했어!"

"전투 준비! 전투 준비! 전투 진영으로 집합!"

백인장이 고함치고, 십인장의 발걸음이 분주했다. 지휘관 막사에 있던 대공 전하가 광장에 소란이 일자 회의를 중단하고 밖으로 나왔다.

"무슨 일인가?"

백인장 한 명이 급히 보고했다.

"대공 전하, 몬스터들이 나타났는데, 그 수를 헤아릴 길이 없습니다."

"그래? 그럼 가서 봐야지."

대공은 병사들과 용병들의 전투 준비 상황을 둘러보고 방책으로 다가서며 말하자, 돌격대장이 놀라서 말렸다.

"대공 전하, 방책 가까이 가시면 위험합니다."

"엘리야스 경과 돌격대장이 있는데 내가 걱정할 게 있나?"

돌격대장은 어쩔 수 없이 뒤로 물러섰다. 대공 전하의 양쪽 앞에는 돌격대장과 엘리야스 경이 검을 뽑아 들었으며, 대공의 양쪽 뒤에는 아리안과 마법사가 따랐다. 용병대장 발보아는 아리안의 뒤에 섰다. 수련생들이 그 뒤를 따랐으며, 기사들도 주위를 경계했다.

아브라잔 대공이 경계 초소로 다가가서 방책 밖의 숲을 보자, 어둠이 자신의 영역임을 주장하는 나무 뒤로 반짝이는 수많은 눈을 발견했다.

"저게 어떤 몬스터의 눈인지 누가 확인하겠나?"

대공이 주위를 둘러봤지만, 누구도 선뜻 방책을 넘어가려 하지 않았다. 돌격대장이 백인장을 둘러봤으나, 누구도 눈을 마주치려 하지 않았다.

이때 아리안이 뒤를 돌아보고 말했다.

"확인하고 와라!"

"예, 마스터!"

스무 명이 거의 동시에 대답하고 한 걸음 나서자, 주위의 병사들과 용병들이 놀란 눈으로 쳐다봤다.

"마하비라가 다녀와라!"

"예, 마스터!"

마하비라는 아리안에게 군례를 올리고 검을 뽑아 든 뒤 한 손으로 방책을 잡고 가볍게 뛰어넘었다. 방책과 나무 사이는 열 걸음 정도 됐다. 마하비라는 성큼성큼 걸어갔다. 모든 사람의 시선이 집중됐고, 보는 사람이 마하비라보다 더욱 긴장했다.

누구도 가장 어린 소년을 앞장세웠다는 생각을 하지 않았다. 어쩜 그 소년은 이곳에 모인 사람들 중에서 다섯 손가락 안에 들어가는 진정한 실력자일지도 몰랐기 때문이다.

그가 나무 있는 곳까지 갔지만 아무런 일도 일어나지 않았다. 그때, 바람이 불어서 나뭇가지가 비명을 울렸다. 그 소리가 몹시 을씨년스러워 바라보는 사람들을 부르르 떨리게 했다.

휘익!

갑자기 검은 물체가 숲으로 들어가려는 마하비라에게 달려들었다.

"앗!"

방책 안에서 비명이 일제히 터졌다.

획! 툭!

마하비라가 반사적으로 검을 휘둘렀고, 뭔가가 잘려서 땅으로 떨어졌다.

"어? 저게 뭐지?"

"글쎄, 박쥐도 아니고 새도 아닌데……. 마계 괴조인 모양이야."

용병들이 신기하다는 듯이 말하는데, 갑자기 숲에서 괴소가 들리고 떨어졌던 괴조가 먼지로 변해 사라졌다.

"끽끽! 가소로운 인간 나부랭이들이 마계 귀족인 레오나드님의 귀여운 몰리를 소멸시켜? 크크!"

숲에서 괴소를 흘리며 네 발로 천천히 걸어 나온 것은 수염이 길게 늘어졌고 뿔이 세 개 달렸으며, 손에는 마법 지팡이를 든 거대한 숫염소였다. 혹시나 하는 생각은 있었지만, 결코 바라지 않던 마계 마족의 갑작스런 등장에 공황에 빠진 병사들의 고함이 이어졌다.

"앗, 마족 레오나드다! 이럴 수가……!"

"그놈의 쥐새끼가 입이 짧아!"

악~!

레오나드가 지팡이로 방금 '레오나드'라고 말한 용병을 가리키자, 검은 빛이 쏘아져서 용병을 감쌌다. 그 용병은 즉시 비명과 함께 녹아버렸다.

검은 빛, 암흑은 빛이 차단된 그림자가 아니었다. 빛이 어둠 속에서 자신의 길을 밝힌다면, 어둠은 빛 속에서도 자신의 존재를 증명했다. 암흑은 빛과 함께 또 하나의 법과 질서를 가진 세계였다. 그 법을 연구하고 그러한 세계 질서의 체계를 찾는 학문을 흑마법이라 일컬었다.

"앗! 흑마법이다, 흑마법이야! 흑마법의 총감독관 레오나드가 분명하다!"

특급 용병 콘셉시온이 놀라서 검을 뽑아 들었다.

"크크! 아직도 이몸을 기억하는 인간이 있었군. 그런데 아이야, 아직 도망가지 않고 있었냐? 설마 도망도 못 가고 바지를 따뜻하게 적신 것은 아니겠지? 기특해서 고통도 느끼지 못하게 해주마."

콘셉시온의 만용을 비웃던 레오나드가 숲 근처에서 아직 한 발짝도 움직이지 않는 마하비라에게 경고했다. 그러나 오히려 마하비라는 대소성을 터뜨렸다.

"하하! 나보다 강하다면 기꺼이 목숨을 주마. 그렇지만 대보지도 않고 이름만 듣고서 도망가는 것은 아직 배우지 못했다. 자, 받아라!"

모든 병사와 용병, 그리고 특급 용병 콘셉시온까지 두려움에 떨었다. 마하비라도 두렵기는 했으나 아리안의 명령이 없었기에 검을 들고 마계 귀족 레오나드에게 덤벼들었다.

"이런 쥐새끼가 감히 이몸에게 검을 겨눠? 고블린 새끼가 오거 무서운 줄 모르는 격이군."

"힘만 자랑하는 오거라고 겁주는 모양인데, 오거는 내 수련 상대도 못 되지."

레오나드는 지팡이로 마하비라를 겨눴으나, 정면으로 달려들던 그는 보법을 밟으며 어느새 레오나드의 왼쪽 목을 노렸다.

"어? 블링크를 사용해? 재미있군, 재미있어. 어린놈이 제법이야."

레오나드는 지팡이를 검처럼 휘둘렀다. 지팡이가 공간을 가르는 소리와 함께 번개가 사방으로 퍼져 나갔다.

지지직! 번쩍번쩍!

"염소 뿔도 녹용과 같은 효력이 있을까?"

마하비라는 한마디를 던지며 오른쪽에서 목을 노렸다. 그러다 번개가 무작위로 사방에 퍼지자, 공중으로 뛰어올라 검을 내려쳐 레오나드의 뿔을 갈랐다.

휙! 서걱!

"앗! 이런 망할 자식이!"

뿔은 극히 일부분만 잘렸지만 레오나드의 자존심은 심히 다쳤다. 그는 몹시 화를 내면서 앞발을 들었다. 그가 뒷발로만 서자 5m 정도의 높이가 됐다. 바로 쳐다보지 못하고 목이 아플 정도로 고개를 쳐들어야 얼굴이 보였다. 방책 안에서도 마찬가지였다.

"홀드! 다크 존!"

"앗!"

레오나드가 마하비라를 내려다보고 지팡이를 흔들며 마법 시동어를 외쳤다. 마하비라가 순간적으로 움직이지를 못했는데, 갑자기 암흑 기운이 지팡이에서 쏟아져 나와 마하비라를 감쌌다.

"앗! 마하비라!"

"경거망동하지 마라!"

마하비라가 암흑 기운에 휩싸인 것을 보고 수련생들이 방책을 넘어가려 하자 아리안이 주의를 줬다.

점점 강해지는 주위의 압력에 마하비라의 몸이 조여지고 코에서 피가 흘렀다. 마하비라를 가둔 공간에 어둠의 기운이 더욱 짙어졌다. 마하비라는 버티려고 악을 썼지만 무릎이 굽혀졌다. 마하비라는 고개를 들어 아리안을 쳐다봤다. 아리안은 마하비라를 묵묵히 쳐다보다가 작은 음성으로 말했다.

"만상일변!"

마하비라는 아리안의 음성을 들을 수가 없었다. 더구나 입술 모양을 보고 소리를 알아내는 독순술을 배운 적도 없었다. 마하비라는 눈만 동그랗게 떴을 뿐이다.

안티야스는 마하비라가 주군의 말씀을 듣지 못했다고 생각했다. 안티야스는 검을 뽑아 들고 자세를 잡았다.

"세상은 하나에서 시작했으나, 그 하나는 간 곳이 없구나."

수련생들은 그제야 안티야스의 의도를 알았다. 그들도 검을 뽑아 들고 안티야스와 함께 만상일변 검로를 그렸다.

"하나는 둘, 셋이 되고 더욱 늘어나니 그 끝은 어디인가?"

마하비라는 그제야 동료들이 전하려는 주군의 뜻을 알았다.

"세상에 길은 많아도 내가 걸을 길은 오직 하나뿐이니."

마하비라는 주군을 실망시킬 수 없다는 일념으로 힘겹게 무릎을 폈다.

"만상은 만변이나 독야청청하리다."

마하비라는 마치 젤리 속에서 움직이듯이 검을 드는 것조차 힘들었다.

"세월은 셀 수 없어 세월이고."

마하비라는 힘겹게 검로를 밟았다.

"세상사는 만색이요, 만변이나."

만상일변은 수없이 연습했던 검법이 아닌가. 그는 속으로 외쳤다.

'맞아, 내가 걸을 길은 하나뿐이고, 환경은 변해도 독야청청해야 하지 않겠는가. 어떤 상황에서도 주군의 명만이 우선이고, 주군에 대한 충정만이 내 삶의 지표가 될 것이다.'

마하비라는 검로를 밟다 보니 차츰 자신의 처지를 잊었다.

"오직 일검이 있어 화답하도다."

수련생들이 만상일변 마지막 검식을 끝내고 검을 하늘로 치켜들었다. 그때였다. 마하비라의 고함이 사자후처럼 울려 퍼졌다.

"주군에 대한 뜨거운 충정을 오직 일검으로 표하리라!"

그의 음성은 웅장한 떨림을 일으켰고, 그의 검에서도 검주의 마음을 안다는 듯이 울음을 터뜨렸다.

웅~!

"앗! 검명이다!"

누가 말했는지는 몰라도 마하비라를 바라보는 모든 사람의 놀라움은 동일했다.

마하비라는 만상일변 36로의 검식을 단 일 검에 담았다. 그의 검은 멈춘 듯이 사방을 갈랐다. 검식이 팔방을 덮는 듯했지만 천공을 가르니 독야청청했다.

마계 귀족 레오나드가 자랑하는 흑마법 '다크 존'의 암흑 기운 속에 마하비라가 빛의 씨앗을 뿌렸다.

번쩍!

마하비라의 주군에 대한 목숨을 도외시한 충정은 어둠의 모태인 다크 서클 속에서도 일념을 보존할 수 있었다. 그리고 어려운 시험을 뛰어넘은 그 일념은 그의 차크라 문을 열었다. 그의 검에서 오라블레이드가 형성되며 깊고 깊은 어둠을 갈랐다.

"악! 상위 암흑 마법 다크 존이 깨지다니, 이럴 수가……. 지금은 어쩔 수 없이 역소환하지만 곧 다시 올 것이다!"

번쩍!

마계 귀족 레오나드의 마법이 깨졌다. 그는 휘청거리며 피를 뿜어내더니, 이를 악물고 빛과 함께 사라졌다. 충격을 이기지 못하고 마계로 되돌아간 것이다.

용병과 병사들은 레오나드가 사라진 것도 몰랐다. 주군에 대한 충정으로 그 어렵다는 마스터의 문을 연 전사를 감격스러운 눈빛으로 바라봤다. 많은 사람이 고개를 숙여 경의를 표했다. 대공 전하가 손뼉을 쳤다.

짝짝짝!

기사와 병사, 그리고 용병들이 자신의 무기를 두드려 존경을 드러냈다.

딱딱딱! 챙챙챙! 칙칙칙!

"와, 정말 최고다! 너무 멋있다!"

"내 생애 최고의 날이다! 마스터가 되는 과정을 지켜봤어!"

"나한테 조용히 찾아와라! 내 딸이 제국 제일 미녀야."

"조용해. 세 살 먹은 제 딸이 천상미녀로 보이지 않는 부모가 어디 있나? 2년만 있으면 대륙 악녀로 보일 게다."

"크크! 푸훗! 하하하!"

모든 사람이 열광적으로 자신의 무기를 두드리며 환호했다. 수련생들은 눈물을 흘리며 기뻐했다. 그 일은 다른 사람의 일이 아니었다. 바로 자신에게 일어날 일을 보여주는 것이었다.

"주군~!"

아리안 앞에 무릎을 꿇은 마하비라의 눈에서는 쉴 새 없이 눈물이 흘렀다.

'젠장, 마음은 기쁨이 넘쳐 터질 것만 같은데 눈물은 왜 나오고 지랄이야. 젠장, 누가 어리다고 흉을 봐서 주군이 부끄러워하시면 어떡하지?'

쓸데없는 걱정은 쓸 데 있는 일마다 따라다니나 보다.

어두운 구름이 걷히고 달빛이 너울너울 제 아름다움을 뽐

냈다.

달빛이 춤을 추는 아름다운 밤의 이야기는 '전사의 전설'로 승화했으며, 유랑시인의 단골 메뉴가 됐다.

주군께 충성하라! 그 마음이 그대를 마스터로 이끌 것이다.

수련생들은 임원들이 이미 아리안을 주군으로 삼아 가신이 된 것을 그제야 깨달았다. 그리고 부러운 눈길로 임원과 아리안을 바라봤다. 수련생들의 한결같은 마음이 아리안에게 갈급한 눈빛으로 간청했다.

'마스터, 부디 우리도 가신으로 삼아주세요. 예?'

* * *

다음날도 사냥은 계속됐다. 병사나 용병의 얼굴은 밝기만 했다. 태극 마크를 단 수련생과 함께 사냥한다는 것은 생명의 안전을 보장받는 일이었다. 태극 마크 앞에서는 오크 전사는 물론이고 오거나 트롤도 두 번 검을 휘두르지 못했으며, 누군가 위험하다 싶으면 어느새 수련생이 나타나 검을 휘둘렀다.

"세상에, 용병 생활 10년이 넘었는데도 요즘처럼 신이 나보기는 처음이군.

"그러게 말이야. 대우 좋지, 안전하지, 더 바랄 나위가 없어."

"내 나이 많은 게 요즘처럼 억울하게 느껴진 적은 없다니까."

용병들은 살벌한 마물과의 전장임을 잊을 정도로 신이 났다.

"왜? 나이가 어리면 아카데미 입학해서 아리안님에게 배움을 청하려고?"

"당연하지. 마스터! 아, 생각만 해도 온몸이 짜릿짜릿해지잖아."

용병들이나 병사들은 아리안이 나이가 어리다고 누구도 말을 가볍게 할 수가 없었다. 그는 마스터를 배출해 내는 마스터 오브 마스터인 것이다.

병사들의 존경심을 한몸에 받게 된 아리안은 그 시각쯤 지휘관인 대공에게 가서 작전 건의를 올리고 있었다.

"대공 전하, 저는 산맥의 좀 더 안쪽을 둘러봤으면 합니다."

"그렇게 하게. 하지만 어제처럼 레오나드와 같은 마계 상위 마족이 나오면 어떡하겠나?"

"우리 수련생들이 감당하기 어려운 마수마물이 나타나면 곧 돌아오겠습니다."

"알았네. 그렇게 알고 있겠네."

엘리야스 경은 같이 가고 싶은지 몇 번이고 입을 열려다가 아리안이 쳐다보지 않으니까 입을 다물었다. 발보아도 아리안의 뒤를 따르고 싶었는지 조용히 따라갔다.

"왜, 하실 말씀이 있어요?"

"아, 아니… 혼자 가면 위험하지 않을까 싶어서 경험 많은 자가 한 명쯤 뒤를 지키는 게……."

의아한 표정으로 발보아를 보며 묻는 아리안에게 발보아는 더듬거리며 말했다.

"괜찮아요, 발보아님. 지금 숲에 마수마물의 기운은 느껴지지 않아요. 몬스터의 기운뿐이죠."

"그, 그래? 그렇군. 그럼 잘 다녀와."

미련이 남는 발보아를 뒤로한 채 아리안은 디오사와 후아나도 남겨두고 혼자 숲으로 들어갔다.

멀리서 오크의 비명과 오거의 포효가 들렸다.

울창한 숲은 앞이 보이지 않을 정도로 고목들이 높이 솟았으며, 각종 생명체가 삶을 영위하는 터전이었다.

바스락바스락! 찌르찌르! 삭삭!

하나하나의 소리가 온몸으로 부르짖는 생명의 장엄한 찬가였다.

아리안은 어제 한차례 싸움을 벌였던 직벽 광장에 도착했다. 직벽은 여여한 모습으로 산맥과 마주했다. 그는 직벽 앞에 서서 산맥을 바라보았다. 멀리 내려다보이는 봉우리는 물에 뿌리를 내린 섬처럼 안개를 둘렀다. 수백, 수천의 봉우리가 그 끝을 모르게 이어진 광경은 겸허히 옷깃을 여미게 했다.

'어제 여기서 신비로운 기운을 느꼈었지.'

어제의 치열한 전투가 있기 전, 아리안은 이곳에서 마계의 기운과는 다른 신비로운 기운을 느꼈다. 그것을 기억하고 확인하기 위해 이렇게 혼자서 찾아온 것이다.

그는 숨을 가라앉히고 눈을 감았다. 조금씩 기감이 퍼져 나갔다. 신묘한 기운이 서리는 곳에 고향의 느낌이 들었다.

'음, 내게 고향이란 어떤 곳일까? 왕따를 당해도 무조건 믿어주는 부모님이 기다리는 아파트? 강아지가 뛰어놀고 애들이 옷을 홀라당 벗고 물장구치는 곳? 떠나는 순간부터 그리워하면서도 결국 돌아가지 못할 모태와 같은 곳? 아, 어머니는 내가 갑자기 죽어서 얼마나 가슴이 아프실까? 부모가 돌아가시면 선산에 묻어도 자식이 죽으면 가슴에 묻는다고 하던데… 어머니! 보고 싶어요.'

아리안은 갑자기 가슴이 미어지는 아픔에 눈시울이 뜨거워져 눈을 뜨고 말았다. 그는 천천히 걸었다. 그는 차츰 자신을 잊어갔으며, 발길이 인도하는 대로 숲을 헤맸다.

아리안은 어느덧 산을 하나 넘었지만, 전혀 인식하지 못한 상태에서 자신도 모르게 하나의 기운을 따라갔다. 그 기운은 처음 느꼈던 신묘한 기운이 아니라 레오나드의 마계 기운이었다.

쾅!

아리안은 갑자기 들리는 폭음에 놀라서 고개를 들었다. 눈앞에 3m가 넘는 거대한 목제 골렘이 바스타드 소드를 한 손으로 휘두르고 있었다.

검에 맞은 나무들이 잘리는 게 아니라 망치로 친 것처럼 부러졌다. 아리안은 보법을 밟으며 주위를 살폈다. 골렘 뒤로 커다란 동혈이 보였다. 목제 골렘은 아리안이 동굴로 들어가려는 것을 막으려는 듯했다. 아리안은 구태여 싸우려 하지 않고 보법으로 몸을 감추고 동굴 속으로 사라졌다.

휙!

동굴 입구는 작고 좁았지만 안은 의외로 높고 넓은 통로가 이어졌다. 앞에서 빛이 비쳤다. 조금 더 들어가자 동굴이 꺾였다. 빛은 그곳에서 새어 나왔다. 야광주가 통로 천장 곳곳에 박힌 걸 보아 평범한 동굴이 아닌 듯했다.

'이거 참으로 이상하군. 골렘 가디언이 있는 것도 그렇고, 이 정도 동굴을 만들려면 상당한 노력과 정성이 들었을 텐데 인기척이 전혀 없어.'

아리안은 이상한 느낌이 들었지만, 좌우를 살피며 계속 안으로 들어갔다. 한동안 들어가서야 동굴이 다시 꺾였다. 그곳은 동굴 속이라고 이해하기 어려울 정도의 넓은 장소였다.

아리안의 눈앞에 나타난 곳은 마치 누군가가 일부러 만들어 놓은 듯한 동공이었다.

'여기가 동공의 끝인가… 어, 저게 뭐지?

동공 안을 둘러보던 아리안의 눈에 바닥에 그려진 문양, 그림이 잡혔다. 아리안은 한눈에 그것이 소환진임을 파악했다.

'흑마법의 총감독관인 레오나드가 여기서 마수마물을 소환한 모양이군. 역시 레오나드야. 마나석이나 정령석의 도움을 받지 않고도 소환진을 그릴 수 있다니…….'

괜히 마계 귀족이 아닌 모양이었다. 마법 수준이 인간이 상상할 수 있는 경지를 이미 뛰어넘은 듯했다. 그렇다고 감탄만 하고 있을 수는 없었다.

'음, 일단 없애야겠는데, 잘못 건들면 폭발하겠지…….'

아리안은 눈을 감고 조상(?)이 남긴 마법서 내용을 상기했다. 잠시 후, 좋은 방법을 기억해 냈는지 미소를 머금고 눈을 떴다. 그가 손으로 수인을 그리자 주위에 마나가 서서히 몰려들었다. 그 마나는 수인을 따라 갈라졌다.

갈라진 마나는 소환진 위에 자리를 잡으며 더욱 많은 수와 모양으로 나뉘었다. 아리안은 다시 왼손을 들어 허공에 원을 그리며 주문을 외웠다.

"본반야 라 쿰카타 모 차크라……."

마나는 더욱 요동치듯이 몰려들어 이미 나뉜 마나 위에 두껍고 넓은 층을 형성했다.

"파진!"

아리안의 일갈이 터졌다. 다섯 개 작은 원의 마나 덩어리가 대마물 소환진 중앙 오망성을 향해 내리꽂히고, 64개의 마나 검이 팔괘를 조준했으며, 81개의 마나 창이 구궁을 점했다. 그뿐만이 아니었다. 361개의 작은 마나 덩어리가 소환진 수식에 의한 진법의 각 요소를 공격하자마자 그 위를 덮듯이 모였던 마나 덩어리가 소환진에 부딪쳤다.

꽝! 꽈꽝! 번쩍번쩍! 꽝! 꽝!

엄청난 폭음이 울리고 마나 폭풍이 일어났다. 아리안은 피할 새도 없이 마나 폭풍에 휩쓸려 뒤로 날아갔다.

꽝!

아리안은 동굴 벽에 강하게 부딪쳤다.

"윽!"

아리안이 손으로 머리를 만져보니 피가 묻어났다. 충격을 예상하지 못한 실책이었으나, 다행히도 크게 다치진 않았다. 그가 벽을 짚고 일어났다.

자욱했던 먼지가 차츰 사라지자, 아리안은 그만 놀라고 말았다. 동굴은 더욱 넓어졌으며 보이지 않았던 거대한 문이 나타나 있었다. 문에는 태극 문양이 선명하게 양각되어 있었다. 아리안의 가슴은 갑자기 크게 격동했다.

조상에 대한 감사함, 부패가 만연하고 만행을 일삼는 공권력에 대해 치를 떨었던 대한민국, 그래도 사랑할 수밖에 없는 조국에 대한 그리움, 부모형제와 친구에 대한 안타까움에 눈시울을 붉혔으며 가슴이 떨렸다.

아리안은 마치 자석에 끌리듯이 자리에서 일어나 문으로 가서 손으로 태극 문양을 조심스럽게 만졌다. 태극 문양에 피가 고루 묻었다.

긍~!

3m에 달하는 거대한 석문이 마치 자동문처럼 열렸다

"아~!"

아리안의 입에서는 저도 모르게 감탄이 흘러나왔다. 그곳은 동굴이라는 것을 의심할 정도로 별천지였다. 밝은 빛은 분명 인공적인 게 아닌 듯했고, 숲이 우거졌으며, 거대한 집이 보였다. 단지 하늘이 없고 높은 천장이 대신했다. 하지만 어디선가 태양빛이 비쳤다.

'혹시 여기가 고대 거인 종족의 여러 거처 중 한곳이 아닐까?'

아리안이 건물의 문을 밀자 문은 자연스럽게 열렸다. 아리안이 들어가서 사방을 살피자 안에도 커다란 문들이 보였고, 맞은편 실내에 나무 한 그루가 보였다. 아리안은 방을 보지 않고 먼저 나무를 향해 다가갔다. 나무에는 열매가 오직 하나만 달려 있었다.

꼬르륵!

"벌써 시간이 많이 흐른 모양이군. 시장기가 느껴져."

사과도 아니고 배도 아닌 열매는 먹음직스러웠다. 아리안은 속으로 중얼거리며 열매를 따서 바지에 쓱쓱 문지르고 한 입 베어 먹었다.

"……!"

아리안은 놀라움에 눈을 감고 맛을 음미했다. 시원하면서 달콤한 맛이 입안에 감도는가 싶은데, 어느새 사라지고 향기만 가득 남았다.

아리안은 입을 벌리지 못하고 눈만 번쩍 떠서 과일을 다시 들여다봤다. 그리고 다시 한 입 먹었다. 이번에는 신맛이 감돌고 머리가 맑아졌다. 베어 먹을 때마다 다섯 가지 다른 맛이 비치고 맛에 따른 신체 부위가 변화를 일으켰다.

단맛은 비장과 위장, 신맛은 간과 담, 매운맛은 폐와 대장,

쓴맛은 심장과 소장, 짠맛은 신장과 방광, 떫은맛은 뇌와 생명력에 활력을 불어넣었다.

아리안은 씨도 버리기가 아까워서 씨에 조금 붙은 과육마저 먹으려고 애를 쓰다가 그만 씨를 깨물고 말았다.

"앗!"

아리안은 저도 모르게 놀랐지만, 잠시 후에 한 번 더 놀랐다. 씨앗 속에 술이 든 듯했다. 술은 씨를 씹는 순간 목으로 넘어갔고, 갑자기 온몸이 뜨거워졌다. 열기가 전신을 태워 버릴 듯했다. 아리안이 입고 있던 옷이 타서 한 줌의 재로 변해 버렸다. 머리카락과 눈썹은 물론이고 솜털까지 타버렸다.

아리안은 자신이 고통의 단계를 넘어섰다고 여겼으나 착각이었다. 고통은 넘어야 할 산이 아니라 단지 살아 있다는 증거였다.

아리안은 억지로 마지막 정신을 모아 곧 바닥에 좌정하고 기운을 다스렸다. 그러나 아리안의 몸에 일어난 열기는 인간이 다스릴 만한 한계를 이미 지난 듯했다. 아리안은 뇌마저 타들어가는 통증에 저도 모르게 그만 입에서 신음을 흘리며 정신을 놓고 말았다.

"음~!"

이미 기절한 아리안의 몸은 제멋대로 꿈틀대고 팔과 다리는 도저히 휘어질 수 없는 각도로 돌면서 자신의 몸을 때렸다. 마치 타작마당에 도리깨로 곡식을 털 듯이, 또한 어떻게 보면 욕심 부린 자신을 탓하듯이 스스로 전신을 두드리자, 몸에서 온갖 이물질이 떨어졌다. 그 과정이 한동안 지나고 몸은 다시 축 늘어졌다.

잠시 후, 축 늘어진 아리안의 몸이 다시 뜨겁게 달궈졌고, 전신은 붉게 변했으며, 몸의 열기가 사방으로 뻗쳤다.

그의 몸이 변화를 일으켰다. 아리안의 몸의 열기가 서서히 가라앉고 몸이 정상으로 돌아오는가 싶더니, 이번에는 오히려 점차 창백하게 변하다가 얼어붙었다. 용암에 빠진 듯했다가 천년 빙하에 갇힌 듯한 모습으로 바뀌기를 반복했다.

검을 제련할 때 쇠를 뜨겁게 달궜다가 식히기를 반복하듯이, 여섯 차례 용암지옥과 빙하지옥을 오갔던 아리안의 몸은 점차 바닥에서 조금씩 떠올랐다. 아리안의 몸에서 조금씩 오라가 뿜어졌고, 기운을 이기지 못하고 옷이 사라진 나신은 백옥으로 빚은 양 아름답게 변했다. 머리카락과 눈썹 등이 자랐다. 그의 몸에서 나온 오라가 점점 강하게 퍼지더니 다시 그의 몸으로 스며들었다.

이윽고 아리안이 눈을 떴다. 모든 것을 꿰뚫어 볼 듯한 눈빛이 한차례 쏘아져 사방을 살핀 후 안으로 갈무리되었다. 그는 자리에서 일어났다.

"크으! 다시 한 계단 오른 듯하지만, 생각도 하기 싫은 지독한 고통이었어."

그의 신체가 온갖 변화를 견디는 동안, 아리안은 그 고통을 고스란히 전부 느꼈다. 그 어느 때보다 정신은 맑게 깨어 있었기에 느끼지 않으려야 않을 수가 없었다.

사지가 제대로 달려 있는지 확인하듯 전신을 주무르던 그는 옷가지도 전부 사라졌다는 사실을 깨달았다.

"이 안에 내게 맞는 옷이 없을 텐데……. 그래도 걸칠 만한 거라도 찾아봐야겠군."

아리안은 이젠 완벽한 성인의 체격을 지녔다. 워낙 발육이 빨라서 5년차 선배와 비교해도 부족함이 없었던 그가 조금 더 커버렸다. 그는 힘차게 거총 자세를 취한 자신의 물건을 보고 미소를 지으며 한 번 툭 쳐본 후 얼굴을 붉히며 사방을 둘러봤다. 복도를 따라서 양쪽으로 방이 보였다.

아리안은 첫 번째 방문 앞에 서서 머리 위쪽에 달린 문고리를 옆으로 밀자 문은 자연스럽게 열렸다.

방은 상당히 넓었으며, 많은 책이 서가에 꽂혀 있었다.

"와! 한 권 구하기가 엘프 만나기보다 힘든 고서가 이렇게 많다니……."

아리안은 책이 너무 많은 것을 보고 놀랐다. 사방을 둘러보다 보니 문 입구에 책상이 있고 그 위에 편지가 있는 듯해서 책상 위로 뛰어올라 갔다. 몸은 가볍게 솟구쳤다.

이 글을 읽는 자는 분명 지구에서 온 우리의 후손일 것이다. 왜냐하면 우리 종족의 모든 책은 보존 마법이 걸렸고, 마법으로도 우리의 글을 해석할 수 없도록 10클래스의 항마법을 걸어놓았기 때문이다.

10클래스의 항마법, 이 마법을 무효화시키려면 신이 행사한다는 11클래스의 신력이나 12클래스의 조화력을 베푸는 조화주여야 가능하기 때문이다.

신마전쟁이 중간계에 미치는 영향이 지대하여 우리는 그 전쟁에 참여했고, 결국 마황의 침범을 물리쳤다.

그러나 우리 종족의 뛰어난 능력을 불안하게 여긴 인간과 드래곤 종족의 배신으로 하나둘씩 사라져 갔다. 분노한 우리는 이곳의 인간과 드래곤 종족을 멸족시키려 했으나, 우리 종족에게는 또 다른 인연이 기다리고 있음을 깨달았다.

돌이켜 보건대, 인간이 우리에게 불안감을 느껴 배신한 것은 마치 개가 짖는 것처럼 그들의 천성이라 할 수 있다. 환인, 환웅, 단군의 자손인 신족만이 스스로 자족하여 먼저 침략하지 않고 먼저 배신하지 않으니, 후손은 부디 우리와 같은 전철을 밟지 않기를 바란다.

후손은 우리가 인간계에 남긴 마법서를 공부하고 마왕이 만든 마법진을 파괴했을 때 드러나게 만든 이곳 입구를 발견했을 것이다.

그리고 후손을 위해 만든 이곳에서 '음양오행선과'를 먹었겠지만, 그 효능을 온전히 자신의 것으로 하려면 많은 시간이 필요할 게다.

후손이 이곳에 들어왔다는 것은 마계 공작 이상의 마물이 중간계를 공격할 준비를 할 때일 것이다. 미리 준비하여 환란을 막기 바란다.

아리안은 계속 이어지는 놀라운 내용을 보면서 생각에 잠겼다.

'음, 놀라운 일이군. 우리 조상이 벌써 천 년 그 이전에 오늘을 내다보고 준비해 두었구나. 음, 오늘은 모두 나를 기다릴 테니 일단 돌아갔다가 다음에 다시 와야겠다. 한데 만약 이곳에 옷이 없으면 어떡하지? 방을 전부 둘러봐야겠구나. 음양오행선과를 남겼으니 옷이 없어질 것도 예상하지 않았을까?'

두 번째 방문을 열자 대륙 전도가 걸려 있고, 지도에는 유사 종족 표시가 보였다.

'아하, 붉은 점은 드래곤이고 황색 점은 드워프, 청색은 엘프로구나. 아! 이 행성에는 아보가도 대륙 말고도 세 개의 대륙이 더 있잖아. 흠, 이 방은 전략 본부로 사용하면 되겠어.'

아리안은 다른 방을 둘러봤지만 문도 열리지 않았고 어디에도 옷은 없었다. 아리안은 어쩔 수 없이 커튼을 뜯어서 몸에 두르고 검을 손에 들었다.

아리안이 동굴 입구까지 나왔지만 목제 골렘은 보이지 않았다. 아마 소환진이 파괴되면서 사라진 듯했다. 아리안은 동굴 입구에 진법을 설치하여 아무나 들어가는 것을 막았다. 그는 장소를 다시 확인한 후 돌아갔다.

"앗! 마스터! 여기 계셨군요."

아리안이 직벽이 있는 공터에 도착하자 안티야스가 그를 보고 놀라서 달려왔다.

"안티야스로구나."

"마스터, 어떻게 된 겁니까? 대공 전하께서도 몹시 걱정하고 계십니다."

"그래? 대공 전하께 주위를 둘러보고 오겠다고 말씀드리고 나왔는데 그게 무슨 말인가?"

"주군, 그게 언제입니까? 사흘 동안 소식이 없는데 어찌 걱정하지 않겠습니까? 오늘이 나흘째입니다."

아리안은 나흘이나 지났다는 안티야스의 말에 크게 놀랐다.

"뭐라고? 오늘이 나흘째라고?"

"예, 주군! 무슨 일이 있었습니까?"

"음, 그럴 일이 좀 있었다. 몬스터 사냥은 어떻게 됐느냐?"

"생각보다 순조로워 이제 끝낼 예정이지만, 주군이 돌아오지 않아서 사냥과 수색을 겸하고 있습니다."

"앗! 주군이시다!"

"마스터!"

안티야스와 함께 수색을 나온 다른 수련생들이 모여들었다. 길 잃은 아이가 어머니를 만난 듯이 눈시울을 붉혔으며, '주군'과 '마스터'라고 부르는 소리에는 물기가 배어 있었다.

"주군께서 좀 변하신 것 같지 않아?"

"그러게. 얼굴에서 빛이 나는 듯해."

"키도 더 크신 것 같지?"

"어, 정말이네. 그동안 기연을 만나신 모양이야."

아리안은 수련생들을 이끌고 본부로 향했다. 본부로 가는 도중 대부분의 수련생이 모였다. 본부에 도착하자 언제 연락을 받았는지 대공이 막사에서 나왔다.

"대공 전하, 걱정을 끼쳐서 죄송합니다."

"아리안, 어서 와라. 그럴 만한 일이 있었겠지. 어? 그러고 보니 안색도 많이 좋아졌고 키도 더 커서 나하고 비슷해졌군. 흠, 틀림없이 기연을 만난 모양이야. 엘리야스 경, 이제 돌아갈 준비를 하게."

"예, 대공 전하! 집합 나팔을 불어라!"

"예, 대장님!"

뿌우~! 뿌우~!

"마스터, 제가 수련복 한 벌을 예비로 가져왔습니다. 조금 적을 듯해도 입으시겠습니까?"

"그러지. 가져와라."

아리안은 임원들 중에서 가장 체격이 좋은 마하비라의 수련복을 입었지만, 그래도 조금 작아서 몸에 꽉 끼었다.

* * *

아리안은 대공 전하가 베푼 연회를 끝마치고 곧장 아카데미로 돌아왔다. 그는 돌아오자마자 운동장 한쪽에 마나 강압진이 가미된 '기압 압력진'을 설치했다.

"자, 이제 때가 됐다. 모두 이곳에 들어가서 평소 수련을 하도록 해라."

"예, 마스터!"

아리안은 들뜬 수련생들을 곧장 새로 설치한 압력진 속에 몰아넣었다.

"허걱! 세상에, 마치 진흙탕 속에 들어온 듯해. 검을 움직이는 것조차 힘들잖아."

"그래도 숨을 쉬는 것은 불편이 없으니 신기해."

수련생들은 모두 마치 진흙탕에 완전히 갇힌 듯이 허우적거렸다.

물속보다 훨씬 움직이는 게 힘들었지만, 주군의 명은 지상명령이었다. 그들은 그 안에서 기본 8검술을 연습하고 달리기를 했으며 보법을 연습했다.

마스터를 눈앞에 바라보는 그들도 압력진 안에서는 초보자보다 더 어설펐다. 두 시간 후에 나온 그들은 쉬지 않고 온종일 연습한 것처럼 축 늘어지고 말았다.

"……!"

누구 한 사람 말하는 자가 없었다. 그저 가쁜 숨만 몰아쉴 따름이었다.

"어서 수통에 남은 마나수를 마시고 자리에 앉아 단전호흡을 해라. 단전호흡의 효과가 가장 클 때는 몸에서 모든 기운이 탈진했을 때다."

수련생들은 그렇게 또 다른 지옥으로 들어갔다. 하지만 그들의 눈은 그 언제보다 반짝거렸다. 이미 마스터에 입문한 마하비라도 자신들과 약간의 차이밖에 없음을 알았기 때문이었다. 눈앞에 마스터가 보였다. 일단 작은 목표가 설정됐다.

"정상이 보인다!"

수련생들은 이를 악물고 기를 썼으며 근성을 키웠다. 어쨌든 간에 마하비라가 하는 정도까지는 해내야 했다.

마하비라도 동료들이 자신과 비교하는 것을 느끼고 더욱 열심히, 아니, 죽더라도 검을 휘두르다가 죽겠다는 각오로 임했다.

선의의 경쟁이 활화산처럼 폭발하면서 전체적인 수련 강도가 깊어졌다. 그들은 서서히 자신의 잠재능력 벽을 두드렸다. 수련생들의 뇌리로 문득 주군의 말씀이 떠올랐다.

"수련하다가 죽어라! 새 몸으로 부활할 것이다!"

마스터의 말씀은 언제나 언어 뒤에 뜻이 숨겨졌었다. 뜻을 모른다면 말씀대로 따를 뿐이었다. 길은 오직 하나였다. 안티야스는 죽기를 각오했다. 폐는 짓눌려서 숨 한 번 쉬기도 어려웠지만, 그는 숨 쉬기를 거부하는 폐마저 잊어버렸다.

"죽음의 사자야! 필요하다면 날 데려가라! 그러나 난 주군의 말씀을 따를 것이다!"

안티야스는 2년 동안 연습했던 모든 수련도 잊었다. 엄청난 압력으로 들어 올리지도 못하던 검마저 잊었다. 한가닥 빛줄기가 비쳤다. 그러나 그는 빛줄기마저 거부하는 몸짓으로 빛을 갈라 버렸다.

빛이 깨지고, 깨어진 빛은 오로라가 되어 하늘을 수놓았으며, 천상의 음악인 양 검명이 울렸다. 마침내 오라블레이드가 찬연한 빛을 토해냈다. 그의 눈에서 한없이 눈물이 흘렀지만 누구도 그를 탓하지 않았다.

웅~! 번쩍!

"아~!"

결국 첫날 수련에 임원들이 모두 마스터가 되는 기적을 창출했다. 임원 여섯 명은 감격에 겨워 끝내 잠을 이루지 못하고 밤을 꼬박 새우고 말았다.

Chapter 06
격동하는 대륙

파라미는 마치 홀드 마법에 걸린 듯이 사방에서 자신을 조여드는 압력에 미칠 지경이었다.

검을 천신만고 끝에 머리 위로 올리면 마치 그곳이 제자리라는 듯이 내려올 생각을 하지 않았다. 악을 쓰고 용을 써서 검을 내려치면 검으로 상대를 베는 게 아니라 쓰다듬었다.

기가 막혔지만, 한 가지 다행스러운 것은 자세가 안정됐다는 점이다. 파라미는 검끝을 노려봤다. 청강검의 푸른빛을 보면 이 공간에 분명 다른 물질이 없는 것은 확실했다.

뜻이 있는 곳에 길이 있다.

젠장, 젠장할, 젠장 맞을. 젠장 시리즈로 가슴을 쳐도 의지는 생각일 뿐이고 검로는 신기루였다.

뿌드득!

여기저기서 이 가는 소리가 배경음악인 듯 들렸다.

정신만 하나로 집중하면 이루지 못할 일이 없다.

크크, 유랑시인의 분별없는 표절로 대륙 현자도 사용하기를 포기한 말일 뿐이었다. 파라미는 정신 집중을 포기하고 너는 너대로, 나는 나대로 독립정신을 표방하는 자신의 검을 바라봤다. 파라미의 머리로 주군의 음성이 떠올랐다.

"사랑은 변화를 유도하는 게 아니라 지극한 관심이다."

파라미의 마음은 편안해졌다. 동료들은 검을 내려치건만 그는 바라보기만 했다.

아리안은 진 밖에서 그 광경을 보고 살짝 고개를 끄덕였다. 갑자기 파라미의 뇌리에 주군의 음성이 천둥인 양 울렸다.

"내가 마스터가 되는 게 아니라 마스터의 경지가 나를 이끌어주는 것이다."

"……!"

파라미는 저도 모르게 임원들처럼 '주군'을 부르며 하염없이 눈물을 흘렸다. 눈물이 흐르는 데 어떤 이유도 없었다. 갑자기 파라미가 소리쳤다.

"세상사는 만상만변이나 일검이 있어 화답하도다!"

파라미의 검은 자유롭게 허공에 원을 그리고 창공을 날았다. 그의 검에서 오라가 넘실거리더니 점차 오라블레이드를 형성했다.

"만상일변!"

그의 검은 너와 나의 경계를 단검에 잘라 버렸다. 공간을 갈랐으며, 지금까지 억압하던 압력을 베어버렸고, 눈앞에 닥친 한계마저 부수어 버렸다.

파라미가 하늘에 원을 그리고 점을 찍은 뒤 가슴 앞까지 그대로 잡아당겨 기수식을 취했다.

짝짝짝!

동료들이 진심을 담아 손뼉을 치며 축하했다. 얼굴을 붉히며 임원과 동료에게 고개를 숙이는 파라미의 눈은 눈물을 흘렸지만 입은 찢어질 듯했다.

"장하다, 파라미! 해냈구나!"

"주군! 엉엉!"

파라미는 아리안의 발아래 엎드려 그만 목을 놓아 울어버렸다. 자신도 모르게 아리안을 주군이라고 불렀다. 그동안의 온갖 서러움이 눈물이 되어 흘러내렸다. 아리안이 그의 어깨를 다독거린 후 일으켰다.

"파라미, 수고했다. 하지만 여기가 끝이 아니라 새로운 시작일 뿐이란다."

"예, 주군. 명심하겠습니다."

아리안은 파라미가 주군이라고 불러도 탓하질 않았다. 수련생들은 눈시울을 적시며 각오를 새롭게 했다.

며칠 후, 기존의 정회원 77명과 새로운 회원 44명이 모두 모였다. 모든 회원은 11명씩 팀을 이뤘다.

"중대 차렷! 마스터께 경례!"

"충성!"

회원들의 고함에 놀란 새들이 날갯짓을 하며 하늘로 치솟았다. 아리안이 그들을 둘러보고 답례했다.

"충성! 모두 지옥에 들어갈 준비가 됐나?"

"예, 마스터!"

얼마나 참석하고 싶은 수련회던가. 아카데미 학생 중에 전공 학과나 연차를 떠나서 이곳에 있는 자를 부러워하지 않는 학생은 단 한 명도 없을 것이다.

기대에 벅찬 수련생들의 눈빛은 갈망으로 반짝거렸다. 태극마크가 달린 수련복으로 갈아입은 신입 회원들의 가슴은 더욱 벅차기만 했다.

"좋다. 조교들의 훈련은 그야말로 매 순간 인간의 한계를 경험하게 할 것이다. 그렇다고 해서 덜 고생하려고 요령을 피우면 이곳에 온 목적이 사라진다. 이 점을 명심해라. 시간만

지난다고 절로 실력이 향상되는 게 아니다. 머리로 아는 모든 것을 몸이 기억하게 하려면 몸이 체득하게 열 번이고 백 번이고 하는 수밖에 없다. 우리는 편히 쉬려고 온 것이 아니다. 조교가 하나를 요구할 때 둘, 셋을 하겠다는 각오를 하기 바란다. 갈망으로 새벽을 열고 보람으로 어둠을 영접해야만 한다."

수련생들은 아리안의 말을 가슴에 새겼다.

갈망으로 새벽을 열고 보람으로 어둠을 영접해라.

"모든 훈련의 기본은 달리기다. 조교들! 훈련을 시작하라!"

"예, 마스터! 첫째 팀부터 줄줄이 좌로 뛰어갓!"

수련생들은 방학이 되어 빈 운동장을 달리자 그제야 수련이라는 실감이 들었다. 세 바퀴가 지나자 수련생들은 힘이 들어 땀을 흘리고 비틀거리는 자가 눈에 띄었다.

기존의 회원이라도 힘이 드는 것은 마찬가지였다.

논산훈련소의 영점 사격에서 불합격한 후 눈물고개를 기합 받으며 내려온 경험이 있는 사람은 다시 훈련하라고 하면 모를 때보다 훨씬 더 끔찍한 게 틀림없다.

영창에 다녀온 자가 '깜빵' 운운하며 큰소리쳐도, 가장 두려워하는 게 있다면 다시 교도소에 가는 것일 게다.

냉혹한 '정글의 법칙'이 존재하는 곳은 아는 자가 더 두려워하게 마련이다.

지옥문이 활짝 열렸다. 견뎌내는 오직 한 가지 방법이 있다면 몸뚱이를 조교에게 맡겨 버리는 수밖에 없다.

"이 자식들이 벌써 빌빌대. 집에 가서 기름기를 너무 채워온 모양이군. 전체, 제자리에! 취침! 좌로 굴러! 우로 굴러! 어쭈, 완전히 놀고 있군. 동작 그렇게밖에 못하나?"

마침내 몸에서 기름 빼기 작전은 물살을 타기 시작했다.

"잘할 수 있습니다."

"뭐라고? 안 들린다!"

"잘할 수 있습니다!"

"좋다, 정신을 차렸는지 알아보겠다. 기본 체조 준비! 마지막 반복 구호는 하지 않는다. 틀린 자가 있으면 배로 늘어난다. 기본 체조 20회 실시!"

모든 훈련은 힘들다고 불평할 시간조차 없었다. 진흙탕 속에서 단체전을 하고 운동장을 달렸으며 검술을 배웠다. 새로운 회원들이 기본 검술을 연마할 때는 기존 수련생들은 기압 강압진 속에서 기본 검술을 수련했다. 취침과 단전 수련을 하는 천막에는 마나 강압진이 설치됐다.

"크으, 이건 수련이 아니라 괴롭히는 것 아냐? 완전히 사람 잡는 거잖아."

"조용히 해. 선배들 좀 봐. 수련도 그렇지만 기합마저도 마치 목숨 건 사람처럼 전념하고 있어. 우리가 한 번 구를 때 선배들은 두 번, 아니, 세 번 이상 구르려고 열심히 매달리잖아."

"그렇군. 뭔가 있는 게 틀림없네. 내가 잘못 생각했어."

새로운 수련생들은 훈련 받으면서 자신들이 마스터 그룹에 뽑히려고 열심히 수련했던 것은 장난이었다는 것을 실감했다.

대륙 어느 곳에서도 이처럼 지독한 훈련을 하는 곳은 없을 듯싶었다.

조교들은 기합을 적절히 배합해서 굳은 몸을 풀어주며 수련생들을 끌어갔다.

눈은 대낮에 유성우를 관람하고, 입안은 모래가 자글자글했으며, 땀과 먼지를 신묘하게 배합한 피부 미용제의 탄생을 경험했다.

"에고, 죽이든 살리든 마음대로 하셔!"

"오냐, 너희는 매일 죽었다가 살아나는 경험을 할 것이다."

어느 수련생의 불만 어린 하소연을 당연한 듯이 받아치는 조교의 말은 틀렸다.

수련생들은 매일이 아니라 매 순간 죽음과 삶의 강을 오갔고, 파멸과 창조가 이어지는 기적을 온몸으로 체험했다.

"식사 집합!"

"와~!"

무표정하던 수련생들의 얼굴에 갑자기 생기가 넘쳐 났다. 밥과 반찬에는 꿀을 발라놓은 듯싶었다. 입에 든 음식을 씹으려고 하면 어느새 공간 이동했는지 종적이 묘연했다.

"각 팀별 훈련 집합!"

수련생들은 모래로 입가심하려고 다시 운동장에 모였다.

하루가 어떻게 흘렀는지 알 길은 없었지만 그들은 변해갔다. 길기만 했던 훈련은 몸을 조교에게 맡기고 수련에 몰두하게 되자, 하루가 의외로 짧아진 것마저 의식하지 못했다.

그렇게 한 달 여. 드디어 몬스터 체험 시간이 됐다.

"전체 집합!"

"하나!"

"…열하나! 번호 끝!"

집합에는 인원 점검이 자연스럽게 따랐다. 40일간의 강훈련은 어리광을 부려도 괜찮을 아이들에게서 제법 검사 냄새가 나게 했다.

"기존 회원들은 이곳에서 훈련하고, 새로운 회원만이 출발한다. 마하비라, 마데라, 디네로, 파라미가 각 팀 조장이다. 조장, 팀 앞으로!"

"충성!"

이름이 불린 임원과 파라미가 '충성' 구호를 외친 뒤 각 팀 앞에 섰다.

"어라, 우리 팀장만 임원이 아니네. 그렇지? 젠장, 팀 간 경쟁이 붙으면 우리만 불리한 거 아닐까?"

"마스터께서 생각이 있으시겠지."

"크크, 팀장 이름이 피라미래. 크크."

파라미가 팀장이 된 팀은 약간의 불만이 있는 듯했다. 파라미도 그 소리가 들렸지만 모른 척하고 이를 악물었다.

'이 자식들이 선배를 우습게 알아? 뭐, 피라미? 콱! 아니지.

맞는 말이잖아. 오줌싸개 피라미라고 놀림 받던 게 바로 엊그제였으니. 자식들, 하지만 그런 선배가 어떻게 변했는지 곧 알게 될 거다. 그때도 웃을 수 있는지 궁금하군.'

속마음을 숨기고 파라미는 팀원들을 이끌고 사냥터로 향했다.

"와, 공기 참 맑다."

"새소리마저 상큼한데, 땀이 금방 식어버리네."

"야호, 드디어 도착했구나."

사냥터에 도착한 일행은 마치 피크닉 온 아이들처럼 들떴지만, 파라미는 이미 완벽하게 준비하고 일행을 맞이한 사람들의 일사불란한 행동과 주군에 대한 깊은 존경심을 느끼고 감격했다.

'역시 주군이셔. 주군이 계신 것만으로 이처럼 마음이 편안하구나. 저 녀석들, 완전히 놀고 있네. 몬스터와 마주쳤을 때 바지나 적시지 않았으면 좋겠는데…….'

"자! 각 팀별로 팀장을 따라서 사냥을 해라! 출발!"

"충성!"

수련생들은 오른손 주먹으로 왼쪽 가슴을 쳐서 마스터에 대한 예를 표한 뒤에 팀장을 따라서 사냥을 떠났다. 파라미도 열 한 명을 이끌고 북쪽 길을 따라서 걸었다. 언덕을 하나 넘어서 오크의 기운을 감지한 파라미가 팀원에게 명령했다.

"세 명씩 조를 만들어 움직이고 항상 사방을 살펴야 한다."

"예, 팀장님!"

제일 앞에 있는 조가 천천히 사방을 살피며 앞으로 나갔다. 그러던 중 숲에서 숨을 죽이고 있던 오크 무리를 발견했다.

"앗! 오크다!"

"치익! 어린애, 맛있다. 치익!"

"치익! 잡아라!"

오크 세 마리가 몽둥이와 커다란 철검을 들고 달려들자, 수련생들은 놀라서 뒷걸음질을 했다.

"자, 모두 가서 오크를 잡아와라!"

"예, 팀장님!"

수련생이 대답하며 팀장을 쳐다봤는데, 파라미는 검도 꺼내지 않고 오히려 한 걸음 뒤로 물러섰다.

세 명 한 조가 오크 한 마리를 공격했다. 두 조는 오크가 힘에 버거워 겨우 수비만 하는 형국이었으나, 여자 수련생이 포함된 다른 한 조는 매우 위험했다.

"치익! 죽어라!"

휘익!

"앗!"

오크의 몽둥이에 검을 부딪쳤던 여자 수련생은 그만 힘에 눌려 검을 떨어뜨리고 뒤로 넘어졌다. 넘어진 여자 수련생은 피할 생각도 하지 못하고 그만 눈을 감고 비명을 지르며 고개를 숙여 버렸다.

같은 조의 다른 두 명도 순간 판단력을 잃어버리고 멍하니 쳐다봤다. 너무 놀라서인지 그동안 배우고 수련했던 모든 게 까맣게 생각나지 않았다.

휘익! 퍽!

"정신 차려! 죽고 싶나?"

어느새 팀장이 달려와 몸을 날리며 몽둥이를 높이 치켜든 오크의 목을 오른발로 올려차 버렸다. 오크는 그 한 방에 뒤로 벌떡 넘어졌고, 팀장의 고함에 수련생들은 정신을 차렸으며, 넘어진 자도 재빨리 몸을 일으켰다.

수련생 한 명이 일어나려는 오크의 어깨를 치자, 다른 수련생도 달려들어서 오크의 목을 내려치기로 베었다. 오크의 목에서 파란 피가 쏟아지자, 목을 내려친 자와 넘어졌던 자가 먹은 것을 토해냈다.

"우웩! 웩!"

어느새 오크 세 마리를 모두 처치한 수련생들은 대부분 그 자리에 주저앉았다. 몬스터 사냥이 이제야 실감나는 수련생들이었다.

누구도 입을 여는 자가 없었다. 수련생들은 단 한 방에 오크를 쓰러뜨린 팀장을 경외하는 눈빛으로 쳐다봤다. 팀장이 뒤로 물러난 것은 무서워서가 아니라 자신들이 해치우기를 바라서 뒤로 빠진 것임을 그제야 깨달았다.

파라미 선배는 생각보다 대단한 실력의 소유자인 듯싶었다.

"모두들 잘 싸웠다. 가장 무서운 적은 두려움이다. 검을 들고 검의 길에 들어섰으면 자신보다 강한 자에게 목숨을 내어줄 각오를 해야만 한다."

파라미는 수련생들을 천천히 둘러보며 말했다. 수련생들은 피라미의 뛰어난 실력을 본 뒤라 조용히 그의 말을 들었다.

"누구든 검을 들기만 한 상태에서 오크가 전력으로 검이나 몽둥이로 내려치는 것을 막으면 뒤로 넘어질 수밖에 없다. 같이 부딪쳐야 자신이 생각보다 약하지 않다는 것을 깨닫게 된다. 너희 선배들은 누구든지 오크와 만나면 검을 꺼내지 않고 대련하려고 덤빌 것이다."

파라미는 수련생 한 명씩 눈을 마주치면서 힘을 주어 강조했다.

"너희는 오크보다 약하지 않다. 너희가 정신만 차린다면 오크보다 세 배 강하다는 오크 전사와 비슷한 수준이거나 약간 부족할 게다. 이번 수련의 목적은 지금까지 배우고 수련한 것을 실전에 적응시켜 오크 전사와 대등하거나 우위에 서는 것이다. 너희 한 조가 오크 전사와 싸워서 진다면 두려움에 몸이 굳어 있기 때문이다. 지금 실력으로 너희 한 조가 오거와 싸운다면 비등하리라 본다. 알겠나?"

"예, 팀장님!"

"이길 수 있겠나? 좋다, 그러면 일어나서 몸을 풀어라!"

파라미는 자신감을 되찾은 후배들이 몸을 푸는 모습을 보고 고개를 끄덕였다.

"좋다, 다시 팀을 짜서 출발한다. 동료를 믿어라. 동료만이 나의 목숨을 지켜줄 것이다. 출발!"

"옛썰!"

파라미가 빙그레 미소를 짓는 모습에 팀원들은 사기를 되찾고 사방을 경계하며 앞으로 나아갔다.

그들의 전진은 오래 가지 못했다. 갑자기 사위가 조용해지자 수련생들은 바짝 긴장했다. 파라미는 강한 기운이 접근하는 것을 느꼈다.

"앗! 오거다!"

수련생들은 오거의 흉악한 얼굴과 한 배 반이 넘는 키에 그만 질리고 말았다. 더구나 한 마리도 아니고 다섯 마리씩이나 몰려왔기에 주춤거리며 물러나기에 바빴다.

"정신 차리고 자신있게 부딪쳐!"

"팀장님! 다섯 마리나 됩니다!"

"좋아, 두 마리는 내가 책임지지."

파리미는 말을 끝내자마자 맨 앞에 서서 체격이 가장 좋은 리더 격인 오거를 향해 달려들었다.

휙! 서걱!

"앗! 오라블레이드다!"

"아니, 이런 일이……! 팀장님이 소드 마스터였잖아."

"와, 굉장하다!"

파라미가 보법을 밟으며 달려나가 검을 휘두르자, 대장 격인 오거와 그 옆에 섰던 오거의 목이 그대로 땅에 떨어졌다.

"세상에, 팀장님 몸이 잘 보이지도 않았어."

"야, 정말 멋지다. 우리도 곧 저렇게 될 수 있어."

"맞다, 맞아. 오거를 죽이자."

수련생들은 파라미의 놀라운 실력에 갑자기 기가 살아나서 세 마리밖에 남지 않은 오거에 한 조씩 달려들었다.

남은 오거들은 대장 오거가 갑자기 죽는 바람에 정신이 없어서 허둥지둥하다가 수련생들의 검에 맞아 죽었다.

"와! 우리가 오거를 해치웠어! 오거를 말이야!"

"그래, 오크는 물론이고 오거도 죽였지. 그런데 정말 놀라운 것은 우리 팀장이야."

"그러게. 내가 알기로 우리보다 1년 선배잖아. 그런데 마스터에다가 몸이 보이지도 않았어."

"그 말은 우리도 시키는 대로 수련하면 1년 후엔 마스터가 될 수 있다는 말 아닌가?"

"맞았어. 우리가 줄은 최고로 잘 선 거야."

저녁에 막사로 돌아온 수련생들은 이 이야기를 조심스럽게 동료에게 말했다.

"야야, 우리 팀장이 소드 마스터였어."

"그래? 우리 팀장도 마스터더라. 오늘 얼마나 놀랐는지 몰라. 임원들은 물론이고 선배들 중에 상당수가 이미 마스터가 된 모양이야."

"1년 선배라고 맞먹으려고 했다가 큰코다칠 뻔했어."

팀장에 대한 수련생들의 태도는 더할 나위 없이 공손해졌다. 그들도 마스터가 될 수 있다는 확실한 증거를 봤기에 매사에 적극적이고 더욱 열성적이었다.

아리안은 사냥터에 있다가 팀장들이 생각보다 팀원들을 잘 이끄는 모습을 보고 고개를 끄덕였다.

'음, 생각보다 잘하는군. 더욱이 파라미가 제법이야. 이곳은 흑월에게 수련생들의 안전과 긴장을 늦추지 않도록 하는 습격을 한 번 더 당부하고 아카데미에 다녀와야겠다.'

아리안은 저녁 식사를 마치고 나서 팀장들을 불렀다.

"주군, 부르셨습니까?"

"모두 앉아라."

"예, 주군!"

"너희가 기대보다 팀원들을 잘 이끌어주어 기쁘다. 나는 먼저 출발해서 아카데미로 갈 테니 팀원들 안전에 주의하고 사냥한다고 무리하지 마라."

"예, 주군!"

아리안은 임원들이 나가자 조용한 음성으로 불렀다.

"흑월."

"예, 소주군."

흑월은 원래 그 자리에 있었다는 듯이 모습을 드러내어 무릎을 꿇었다.

"일어나세요. 그동안 실력이 더욱 향상한 듯해서 든든하군요."

"소주군께서 배려해 주신 덕분입니다."

"이 산에 위험한 몬스터는 없나요?"

"그렇습니다, 소주군. 일주일 동안 수색을 마쳤습니다. 몬스터도 월동준비를 마쳤는지 별다른 이동은 보이지 않습니다. 몬스터라고는 고블린, 오크, 오거 정도로 그 수도 소수로 움직이고 집단적인 움직임은 어디서도 보이지 않습니다."

"좋아요. 실력있는 부하들을 남겨서 최종적인 안전과 수련생들에게 마지막 일주일 동안 기습 훈련을 시켜주세요. 그리고 혹시 모르니까 마법사도 한 명 남기고, 그대는 레포르마로 돌아가서 부하들에게 정보 수집을 하게 하세요. 웬일인지 느낌이 좋지 않군요."

"예, 소주군."

아리안은 흑월이 물러가자 새벽까지 운기한 후 어스름 속에서 말을 타고 풍운이 감도는 레포르마로 향했다.

*　　*　　*

아라카이브 제국의 제일 공신이자 공작인 에레디아는 집무실에 앉아서 깊은 생각에 잠겼다. 그의 집무실은 마법으로 어찌나 실내 온도를 높였는지 겨울인데도 땀을 흘릴 정도였다. 아무래도 공작이 대륙 사우나의 원조인 듯싶었다.

"지미 알란을 불러라!"

"예, 주인님!"

보이지 않는 벽 뒤에서 음성이 들리고, 이어서 한 청년이 들어왔다. 그 청년은 아리안이 까르네프 상단에서 만났던 젊은 이였다.

“부르셨습니까, 주군.”

“그래, 알아봤느냐?”

“예, 주군. 주군께서 이끄시는 바라하 상단이 취급하는 주된 품목은 세금으로 거둬지는 제국의 특산물입니다. 주군께서 명하신 철광석과 보석 등을 확보하려면 필연적으로 노블리아 상단과 부딪칩니다. 그 과정에서 상인들의 반발로 시작 초기에서부터 벽에 부딪친 것입니다.”

“흠, 노블리아 상단이라…….”

“그렇습니다, 주군. 죄송합니다만, 바라하 상단의 상인들은 지금까지 판매만 주로 해왔기에 진정한 의미의 상인이라고 부르기에는 미흡한 실정입니다. 이미 확보한 품목을 값이 맞지 않으면 맞는 곳으로 옮겨서 팔거나 기다렸다가 파는 것만을 상술의 전부인 양 알고 있다가 수매에 들어가자 그대로 허점을 드러내게 된 것입니다.”

“그렇다면 대책은 무엇인가?”

공작은 지미 알란이란 청년을 믿는지 그에게 대책마저 물었다.

“진정한 능력과 혜안을 지닌 상단주를 영입하든지, 상단 자체를 흡수하는 게 가장 빠른 길입니다, 주군.”

“그래? 그럼 노블리아 상단을 흡수하도록 해.”

“주군, 노블리아 상단은 대륙 십대상단입니다. 쉽게 허점을 보이지 않을 것입니다.”

"허점이 없으면 만드는 게 자네 일 아닌가? 자네는 그런 일까지 일일이 설명해 줘야 일할 수 있는 사람인가?"

지미 알란은 공작의 말을 듣고 깜짝 놀랐다. 지금 공작은 자신의 머리를 보고자 하는 게 아니라 자신의 능력을 알고 싶다는 말을 하고 있었다.

첫 시험이다. 시험에 통과 못해서 다시 끼니 걱정하는 신세로 전락할 수는 없었다. 어떤 일이 있어도 무조건 해내야만 했다.

"아닙니다, 주군. 해내고 말겠습니다."

"그래야 할 거야. 그러지 못하면 입만 가지고 감히 이 몸을 농락한 게 될 테니까."

"예, 주군. 실패하면 어떤 처벌도 감수하겠습니다."

지미 알란이 이를 악물고 공작의 집무실을 나가려 하자 공작이 그를 불렀다.

"기다려라, 알란. 아무래도 혼자서는 어려울 테니 같이 하는 게 좋겠지. 카스티야, 들어와라!"

"예, 아버지!"

공작에게 아버지라 부르며 들어온 카스티야 백작은 20대 중반의 날카로운 눈매를 가진 청년이었다.

"카스티야, 내가 지미 알란에게 중요한 책임을 맡겼다. 두 사람이 힘을 합쳐 일을 성사시켜라."

"예, 아버지!"

"예, 주군!"

카스티야는 날카로운 눈매로 알란을 쳐다보았다.
"지미 알란? 나를 따라와라. 내 집무실에 가서 의논하자."
"예, 소주군."
카스티야는 알란을 데리고 공작의 방을 나섰다. 그리고 그의 집무실 불은 새벽까지 꺼지지를 않았다.

*　　*　　*

"국장님, 드디어 마르티네스 공주가 병이 완쾌되어 다시 아카데미로 가게 됐답니다."
모렐로스 왕국과 백년전쟁을 이어가는 아빌라 왕국 정보대장은 새롭게 들어온 정보를 받고 잔뜩 찌푸린 얼굴을 활짝 폈다.
"마침내 백년전쟁을 끝낼 기회가 왔구나. 정확한 정보겠지?"
"예, 국장님. 공주궁의 시녀들이 그 준비를 하느라 몹시 바쁜 모양입니다."
"알았다. 나는 국왕 전하께 보고해서 재가를 받을 테니 너는 비선 조직을 소집해서 아라카이브 제국 황도로 급히 보내라. 이번에는 무슨 일이 있어도 성사시켜야만 한다."
"충성!"
정보국장 아귈라 남작은 급히 왕궁으로 들어갔다.
"국왕 전하. 아귈라 남작, 입궁이옵니다."

"들라 해라!"

잠시 후, 아궐라 남작이 급히 들어와서 무릎을 꿇고 예를 올렸다.

"국왕 전하께 영광을!"

"그래, 내일 아침까지 기다리지 못할 중요한 일이 뭔가?"

"국왕 전하, 아라카이브 제국 공주가 다시 아카데미로 간다는 정보를 입수했습니다."

국왕은 아궐라 남작의 보고에 용안에 희색이 만연해졌다.

"오, 그래? 이번에는 실수 없겠지?"

"예, 국왕 전하. 이 일만 성공하면 우리 왕국의 승리로 전쟁의 종지부를 찍게 될 것이옵니다."

"그래야겠지. 지금까지의 피해가 너무 커. 이렇게 전쟁을 좀 더 끌게 되면 왕국은 자멸하고 말 거야."

아빌라 왕국 국왕은 용안에 자조를 띠었다가 급히 뒤를 돌아봤다.

"홀카빌리 대마법사, 그대가 이번 작전을 후원해 줘야겠어."

"명대로 하겠습니다, 국왕 전하."

회색 로브를 입은 홀카빌리의 눈에서 순간적으로 붉은 광망이 일었지만, 국왕과 국장은 발견하지 못했다.

"만사불여튼튼이요, 유비무환이라고 했으니, 그대가 간다면 일은 성사된 것과 같지. 이번 작전의 책임자는 누구인가?"

"국왕 전하, 부국장이 이미 출발했사옵니다."

"전력투구해야지. 국장이 직접 가서 지휘하는 게 좋을 거야."

"명심하겠사옵니다, 국왕 전하."

아빌라 왕국 정보국장이 직접 황도로 가게 되는 바람에 왕궁 대마법사가 함께 작전을 펼치게 되면서 작전 인원은 대폭 늘어났다.

아빌라 왕국 정보국이 술렁거리자, 전쟁 당사국인 모렐로스 왕국 정보국도 함께 들썩거렸다. 그리고 곧 아라카이브 제국 황도 레포르마는 대륙 정보전쟁의 혈전장으로 변모했다.

* * *

아리안은 모처럼 혼자 움직이게 되자 상당히 홀가분한 느낌이 들었다. 구름은 높이 떠서 여유롭고, 꼬부라진 길을 따라 양쪽으로 늘어선 들녘에는 인적조차 없었다. 말도 주인의 마음을 아는지 뚜벅뚜벅 걸었다.

작은 언덕을 몇 개인가 넘어서자 헤라클레스가 하늘을 떠받친 듯한 고산이 보였다. 해는 산 정상에 걸려 있었다.

창조의 신비를 한껏 품은 영산의 혈기에 감전된 듯 몸을 부르르 떤 아리안은 말에서 내려 야숙 준비를 했다.

말의 안장을 내리고 고삐를 풀어서 자유로이 풀을 먹을 수 있게 한 후에, 장작을 모아서 모닥불을 피우고 숙수들이 준비해 준 건량을 입에 넣어 씹었다.

사방은 어느덧 어스름이 내려앉았다. 모닥불은 한겨울의 추위를 날려 버리고 허물을 벗으려는 듯이 타닥거리며 타올랐다.

따그닥따그닥!

그때, 말발굽 소리가 들리고 젊은 사람의 음성이 들렸다.

"공자님, 마침 이곳에 노숙하는 사람이 있습니다. 여기서 하룻밤 보내시는 게 어떻겠습니까?"

"그렇게 해라."

일행은 젊은 사람이 네 명이었으며 한 명은 여자였다.

"파리하드, 젊은 청년이 혼자 있는데 위험하지 않을까요?"

"마드렌, 너는 그게 병이로구나. 세상을 그렇게 의심하면서 어떻게 숨은 쉬는지 궁금하군. 젊은 사람이 있어서 의심스럽고 여인이 혼자 있으면 그런대로 수상하니, 도대체 네가 안심할 수 있는 상황이 있기는 한지 궁금하구나."

아리안은 두 사람의 관계가 모호한 이야기를 들었지만 모른 척했다.

"치! 저는 파리하드가 염려스러워서 그런 거죠."

"그렇게 걱정할 시간에 날 따라다닐 생각 말고 마법을 수련했으면 어떤 위험한 상황에서도 벗어날 수 있었겠다."

"흥, 공자님은 날 떼어놓으려고 궁리하는 시간에 공부를 하셨으면 대륙을 통일하셨겠네요."

두 남녀가 한마디도 지지 않고 말싸움을 했지만, 남은 두 사람은 그러한 광경을 많이 봤는지 전혀 신경 쓰지 않고 말에서 내렸다. 한 사람은 젊은 공자를 경호하고 다른 한 사람은 아리안에게 다가왔다.

"젊은이, 이곳에서 함께 노숙했으면 하는데 괜찮겠나?"

"편한 대로 하시죠."

아리안은 건량을 씹으며 간단히 허락하면서 그들 일행을 살폈다.

'젊은 공자가 주인인 듯하고 경호원 두 명도 상당한 실력이야. 젊은 나이인데도 익스퍼트 중급에서 상급을 바라보고 여자도 4서클 마법사라니 더욱 놀라워. 젊은이들도 저 정도라면 상당히 촉망받는 인재일 텐데, 세 명씩 거느린 것을 보면 보통 사람은 아니로군. 흠, 어떤 신분인지 궁금한데?'

상대를 살피는 것은 아리안만이 아니고 상대 공자도 마찬가지였다.

'신분을 알 수 없는 기사가 두 명씩이나 있는데도 전혀 주눅이 든 표정이 아니잖아. 호, 역시 제국이라는 건가? 말을 고삐에 매지 않고 풀어놓은 것을 보면 명마 중의 명마란 얘긴데, 그런 명마를 탄 젊은 사람이 혼자 야숙하면서도 너무 편안한 표정이야. 검을 차긴 했지만 어떤 기운도 느낄 수 없다는 것은 대단한 실력자란 뜻이잖아.'

공자는 아리안을 바라보며 생각이 길어졌다. 보면 볼수록 알듯 말 듯싶었다.

'나이를 봐서는 그것이 아닌 것 같기도 하고. 모르겠군. 정말 모르겠어. 궁에서 날 가르친 스승들은 하나같이 내 총명을 칭찬하더니 내 머리가 아니라 신분을 칭찬한 거였군. 크크, 모르면 물어보면 되는 것을 왜 이렇게 고민하지?

파리하드는 주저하지 않고 아리안에게 다가가서 물었다.

"아직 잘 시간은 아닌 듯한데, 우리 젊은 사람끼리 이야기를 나누는 것은 어떻겠나? 난 파리하드라고 하네."

아리안은 고위 귀족이나 왕족으로 보이는 청년의 말을 듣고 눈을 빛냈다.

"집 떠나면 모두 친구라 했으니 그럴까? 난 아리안이야."

"아니, 이분이 누군지 알고 감히……."

기사 한 명이 아리안의 말을 듣고 검을 뽑아 겨누며 화를 냈다.

"그것참… 모르니 그러는 게 아닌가. 누구신가? 왕자라도 되시나?"

"목숨을 부지하고 싶으면 당장 무릎 꿇고 빌어라! 이분은……."

부하의 호통을 들은 젊은이가 어이없다는 듯이 눈썹을 찌푸렸다.

"그만두고 물러나지 못할까? 명령하기 전에는 결코 나서지 말라고 했거늘……."

"파리하드, 부하들이 자네 말을 잘 안 듣는 모양인데, 내가 교육을 좀 시켜주지."

아리안은 파리하드를 향해 웃으며 자리에서 일어났다.

"파리하드, 잘 보게. 혀가 짧은 자, 머리가 굳은 자, 허리가 뻣뻣한 자, 그리고 쉽게 검을 뽑는 자는 몽둥이로 때려서 부드럽게 만들어야 하는 법일세."

아리안은 다시 어정쩡한 모습으로 선 기사를 향해 돌아섰다.

"그리고 난 내게 검을 겨눈 자를 용서할 만큼 포용력이 크질 못해. 검을 뽑았으면 그 책임감도 알겠지?"

퍽! 윽! 쿵!

아리안은 움직이지도 않은 듯한데 검을 뽑아 든 기사는 비명과 함께 날려갔다.

"아니, 이 자식이……."

다른 기사도 동료가 맞는 것을 보고 참지 못해 검을 들고 달려들었다.

"이놈은 더 나쁜 놈이잖아. 검에 살기가 서렸어."

퍽퍽! 퍽퍽!

뒤의 기사는 비명도 지르지 못하고 쓰러지지도 못한 채 고스란히 얻어터졌다. 그의 입에서 피가 터져 사방으로 흩어졌다. 옆에서 보다 못한 마드렌이 마법 주문을 중얼거렸다.

"*%$&·%#·%$ 파이어……."

"그만둬!"

파리하드가 두 손으로 머리를 감싸며 악을 썼다. 마드렌의 마법 영창도 중단됐다.

아리안은 뛰어들려던 발을 멈추고 파리하드에게 고개를 돌렸다. 좀 전까지만 해도 전부 쓸어버릴 것 같은 기세를 뿌리던 그의 표정이 지금은 파리하드가 불쌍하다는 듯 변해 있었다.

"파리하드, 넌 네가 온 곳으로 돌아가는 게 좋겠다. 세상은 네 생각처럼 그다지 만만한 곳이 아니야. 정 세상을 구경하고 싶으면 너 혼자서 알아보는 게 좋을 거야. 어설픈 익스퍼트 중급자 두 명과 4서클 마법사가 네 안전을 지켜주진 못한다. 나도 너와 이야기를 나누고 싶었지만 오늘은 아닌 듯하군. 난 먼저 가겠네."

아리안은 말에 안장을 얹고 어둠 속으로 사라졌다. 파리하드의 가슴은 사라지는 아리안의 모습처럼 점차 어두워졌다.

아리안은 어두워서 앞을 볼 수 없는 애마 대신에 앞을 살피며 어둠 속을 쉬지 않고 나아갔다. 동이 틀 무렵에 가까스로 아카데미에 도착했다.

아직 어둑한 아카데미의 수련장에는 이미 수련생들이 나와 있었다. 그들은 새벽의 야음을 깨치듯 강압진 수련을 행하고 있었다. 개학이 일주일 앞으로 성큼 다가왔으니 더더욱 수련에 박차를 가하고 있는 것이다.

황제와 약속한 대로 내일 마르티네스 공주를 찾아 황궁으로 가야 하는 아리안이 조금이라도 수련생들을 더 지켜보고자 어둠 속에서 수련장을 내려다보았다.

그의 모습을 발견한 임원들이 재빨리 다가와 인사했다.

"주군, 어서 오십시오."

"수고들 한다. 수련생들이 어느 정도 감을 잡은 모양이구나."

"그렇습니다, 주군. 마스터란 기존의 상식에서 탈피해야 한다는 점과 자신의 존재 의미에 대한 확실한 인지에서 비롯함을 깨달은 것입니다. 주군이 체험 수련을 인솔하신 후 벌써 여러 명이 경지에 들어섰습니다."

아리안은 고개를 끄덕이며 임원들의 노고를 치하했다.

"음, 너희 수고가 많았군."

"아닙니다. 주군. 수련생들이 이제야 주군께서 하셨던 말씀을 이해하기 시작한 것입니다. 경지에 오른 수련생들이 저녁마다 30분씩 자신의 생각과 느낌을 이야기한 게 많은 도움이 된 듯싶습니다."

"그런가? 수련은 체험 수련 떠난 2차 수련생들이 돌아오는 개학 이틀 전에 모두 끝내도록 해라. 이번에도 하루 전날 황도에 들어가 여관에서 자야 할 것이다."

아리안은 고개를 끄덕이고 임원들이 해야 할 일을 지시했다.

'음, 이젠 조금씩 책임을 맡겨도 제대로 해내는군.'

"잘 알겠습니다, 주군."

"수고들 해라. 난 황제 폐하와의 약속 때문에 황궁에 들어가 봐야만 한다."

"예, 주군. 명대로 시행하겠습니다. 이곳 일은 염려하지 마십시오."

아리안은 1차 수련생 상당수가 강압진 안에 가부좌 자세로 앉아서 명상에 잠긴 모습을 보고 고개를 끄덕이고, 임원들의 인사를 받으며 아카데미를 빠져나와 노블리아 상단으로 갔다.

그는 어쩐지 상단 분위기가 예전과 같지 않음을 느꼈다. 상단 일을 잘 모르는 아리안은 고개를 갸웃거렸으나 그대로 별관으로 갔다.

"주군, 어서 오십시오."

포르피리오가 별관 입구에 서서 마치 아리안이 올 것을 알고 기다렸다는 듯이 인사를 했다.

"포르피리오, 할 말이 많은 듯한 표정이군. 들어가세."

"예, 주군."

포르피리오는 아리안이 먼저 들어가도록 옆으로 비켜서며 주군의 얼굴을 살피고 속으로 걱정했다.

'세상에, 주군의 얼굴에 웬 사기가 엿보일까. 이런 일은 여태 없었는데 근자에 무슨 일이 있었던 모양이군. 가까운 시일 안에 생사의 갈림길에 놓인다니, 대륙의 최강자이며 제국 황제의 신임도 두터운 그를 과연 누가 어렵게 만들 수 있겠나. 내가 잘못 본 것일 게야.'

포르피리오는 애써 고개를 흔들며 아리안의 뒤를 따라 안으로 들어갔다.

"주군, 요즘 노블리아 상단이 어려움에 처했습니다."

포르피리오는 아리안이 의자에 앉아서 자신을 쳐다보자, 의

자에 앉지도 않은 채 말문을 열었다.

"그래? 자리에 앉아서 자세히 말해보게."

"예, 주군."

포르피리오는 자리에 앉아서 심호흡을 한 번 하고 아리안을 쳐다봤다.

"주군, 상인은 이익을 추구하기에 가장 용이하다고 여기는 한 품목을 선정해 산지에서 수매하여 적당한 이익을 얹어서 필요한 사람에게 전달합니다. 그 과정에서 많은 경비가 소요되고 숱한 위험도 내포되어 있습니다. 상단은 그러한 상행위를 좀 더 조직적이고 체계적으로 운영함으로써 위험과 경비를 줄인다고 봐야 하겠습니다."

포르피리오는 비전문가도 알아들을 수 있도록 매우 쉬운 말로 이야기를 시작했다.

"대륙 십대상단에 속하는 노블리아 상단에서 취급하는 상품의 가짓수는 그 수를 헤아리기 어려울 정도로 종류도 다양하고 수량도 많습니다. 노블리아 상단은 대륙 지회가 40곳이 넘을 정도입니다. 한데 이번에 다섯 번의 상행이 모두 습격을 받아서 상품을 몽땅 빼앗기고 많은 인명 피해도 발생했기에 상행 자체가 중단됐습니다. 얼핏 생각하면 한두 번 중단한다고 해서 당장 쓰러질 정도는 아니겠지만, 상단 신용을 심히 잃을 것은 명약관화한 일입니다."

포르피리오는 일단 상단에 대한 설명을 한 후 잠시 숨을 쉰 뒤 이야기를 이어갔다.

"상단은 세 개의 기둥으로 유지된다고 보시면 됩니다. 첫째는, 상단주의 탁월한 선견지명입니다. 상단이 대륙 모든 상품을 취급할 수는 없기에 어떤 상품을 올해의 주력 상품으로 선정하느냐는 매우 민감한 문제입니다. 둘째는, 수많은 견습상인과 수습사원, 그리고 정식사원이 일을 단계적으로 취급합니다. 견습사원은 보수 없이 침식만 제공 받으며 일을 하고, 수습사원은 약간의 보수만 지급받습니다. 그리고 그런 보조사원의 능력이 상단의 근간이 되고 있으며, 수매와 판매사원의 능력은 더 말할 나위도 없이 중요합니다."

아리안은 집안인 레온 상단과는 비교가 안 되는 대상단의 이야기를 귀 기울여서 들었다.

"셋째는, 상행의 안전을 책임지는 무력입니다. 귀족의 안전을 지키는 기사단의 수와 능력이 귀족의 품위를 결정짓듯이 상단 전속 무력 집단은 상당한 경비가 소요되기에 상행이 있을 때마다 용병을 고용하는 게 상례로 되어 있습니다."

포르피리오는 심각한 어조로 설명을 이어갔지만, 아리안은 그의 말이 마치 상단 경영학과 교수의 강의 같아서 미소를 지었다. 지금까지 그의 말은 앞으로 나올 말의 서두에 불과했기 때문이다.

"다섯 번의 상행 실패에서 발생한 피해도 막대하지만, 보이지 않는 피해는 만회하기 어려울 정도로 더욱 크다고 할 수 있습니다."

"그러니까 세 가지가 문제라는 뜻이군. 있던 사람은 없어지고 새로운 사람은 구하기 어렵다는 뜻이겠고, 용병 구하기도 만만찮은 일이 됐겠군."

"그렇습니다, 주군. 갑자기 모든 경비가 몇 배로 뛰게 되니 상행으로 이득은 고사하고 손실만이 남게 되지만, 그것을 감수한다고 해도 노블리아라는 이름이 워낙 크기에 상행에 나갈 상품과 상인은 있어도 무력 집단이 없는 실정입니다. 120명으로 운영하던 상단 자체 무사단은 이미 90여 명이 죽었고, 무사대장마저 변을 당했습니다. 그렇기에 용병 길드에서도 선뜻 나서려는 용병단이 없는 형편입니다."

아리안은 포르피리오의 말을 들으며 생각에 잠겼다.

'음, 머지않아 내가 세상으로 나가야 함을 뜻하는 것이로군. 아카데미를 졸업할 때까지는 여유가 있을 줄 알았는데 상황은 그것을 허락하지 않는구나. 흠, 진정한 싸움을 하기 전의 연습 게임인가? 나를 때 아니게 불러낸 자들은 그에 합당한 희생을 치러야겠지.'

"포르피리오, 상단주님을 모셔오게."

"예, 주군."

잠시 후, 카르네프 상단주가 들어왔다. 그는 밝은 표정으로 들어왔지만, 얼굴에 드리워진 그늘을 완전히 지울 수는 없었다.

"오늘은 자네가 온 것도 몰랐군."

"상단주님, 가까운 사람들을 먼저 보내니 얼마나 가슴이 아프십니까?"

"내 가슴이 아프다고 한들 어찌 그들의 가족만큼 아플 수가 있겠나. 유가족을 보는 것도 힘들지만, 미련하게 옆에 남은 자들을 보는 것도 마찬가지로 힘들다네."

"상단주님의 말씀을 들으니 상단 가족 중에 떠난 사람도 있는 모양이군요."

"우리 상단의 어려움이 소문나자 상인들을 포섭하려는 상단이 생기는 것은 당연한 결과가 아니겠나."

"그렇습니까, 상단주님? 다시 상행을 준비하려면 어느 정도나 시간이 필요하십니까? 그리고 한 번 상행을 떠나면 다시 돌아오는 데 얼마나 걸리죠?"

"상행을 준비하려면 아무래도 한 달은 필요하고, 일단 상행을 떠나면 몇 개의 지회는 돌아봐야 할 테니 아무리 빨라도 6개월은 걸릴 걸세."

"그렇군요, 상단주님. 그럼 상행을 준비하시죠. 이번엔 저도 대륙 구경을 좀 했으면 합니다."

카르네프 상단주는 아리안의 말을 묵묵히 들으며 그의 얼굴을 주시했다. 아리안의 얼굴에서 단호한 빛이 비쳤다. 까르네프 상단주는 이럴 때 말이란 사족에 불과함을 잘 알고 있었다.

그는 아리안의 손을 잡으며 힘차게 고개를 끄덕였다.

"알겠네. 그리 준비하지."

"포르피리오는 상단이 공격받은 곳과 접근 지역의 산적과 무력 집단에 대한 정보를 알아보기 바란다."

"예, 주군."

포르피리오는 아리안이 적극적으로 관여할 것임을 깨닫고 힘차게 대답했다. 그는 이미 예감하고 있었다.

'흠, 하늘을 분노케 했어. 벌써 피바람이 느껴지는 듯해.'

Chapter 07
혈로(血路)

LEGEND OF
SWORD
EMPEROR

아리안은 별관에서 나와 흑월의 도박장으로 갔다. 비밀 문으로 들어서자 흑월이 이미 기다리고 있었다.

"소주군, 어서 오시죠."

"내가 오는 것을 어찌 알았나?"

"소주군, 이 동네 어귀 상점들은 모두 부하들이 운영하는 곳입니다."

아리안은 흑월의 말을 듣고 속으로 놀랐다.

'흑월이 그 정도로 주도면밀한 자였던가? 실로 놀라운 일이야. 흠, 웬만한 일은 충분히 감당할 수 있겠어.'

"충!"

아리안이 밀실로 들어서자 열 명의 특급 살수, 즉 십대간부가 늘어서 있다가 일제히 한쪽 무릎을 꿇으며 고개를 숙였다. 그들은 오른손을 왼쪽 가슴에 대며 기사의 예를 표했다. 아리안이 묵묵히 상좌로 가 돌아서서 그들의 예에 답했다.

"충! 일어서라!"

"감사합니다, 소주군!"

아리안이 자리에 앉자 그들은 반원을 그리며 둘러앉았다.

"요즘 황도의 분위기는 어떤가?"

아리안이 살수들을 둘러보며 조용한 어조로 물었다.

"몇 가지 특이한 사항이 있습니다."

보고를 하는 흑월의 음성은 무척 조심스러웠다.

"하나는, 각국 정보 집단과 정보 길드의 움직임이 눈에 띌 정도로 활발합니다. 둘은 디비노 백작 저택에 귀족들이 아니라 정체불명의 사내들 출입이 잦습니다. 분명 뭔가를 꾸미는 듯합니다. 셋은, 상인들의 발걸음이 상당히 빨라졌으며, 바라하 상단 상인들이 설친다는 소리가 나올 정도로 상단 확장에 열을 올립니다."

"바라하 상단?"

"예, 소주군. 바라하 상단은 각 영지에서 세금으로 제국 황궁에 보내는 곡물을 주로 취급했었는데, 근자에 들어선 보석과 철물에도 관심을 보입니다."

아리안은 잠시 생각하다가 명령했다.

"아직 정치에 관심은 없지만, 디비노 백작과 바라하 상단을 주목하고 내가 거하는 노블리아 상단의 피습 사건과 연관된 것을 알아보게."

"예, 소주군."

"아, 그리고 내가 한 달 후에 노블리아 상단과 함께 대륙 여행을 할 예정이다."

"알겠습니다, 소주군. 노블리아 상단이 습격을 받아서 무사들이 많이 죽었다고 들었습니다. 다시 상단이 상행을 한다면 틀림없이 무사를 모집할 테니 제 부하들을 무사와 인부 등으로 취업시켜 만약에 대비하겠습니다."

"그렇게 하게. 흑월을 상단주께 소개할 테니 그대가 무사들을 모집하고 통솔하기 바라네."

"예, 소주군. 그렇게 하겠습니다."

아리안은 흑월과 특급 살수들을 쭉 둘러보고 엄숙한 어조로 말했다.

"지금부터 너희에게 알려주는 방법은 누구에게도 말해서는 안 된다. 오직 너희 직계 자식에게만 허용한다. 알았나?"

"예, 소주군."

흑월과 열 명은 아리안이 말하려는 것이 상당한 비전임을 느낄 수 있었기에 두 손으로 바닥을 짚으며 힘차게 대답했다.

아리안은 그들에게 태허심법 중 기본심법을 가르쳤다. 진지한 얼굴로 심법 구결을 외우는 그들의 자세를 바로 잡아준 후에 흑월과 함께 상단 별관으로 돌아왔다.

별관에선 포르피리오와 상단주가 지도에서 상단이 습격 받은 곳을 지적하며 의논하는 중이었다.

"어서 오게. 같이 저녁 식사 하려고 자네가 오기를 기다렸네."

"감사합니다, 상단주님. 소개할 사람이 있습니다. 이번 상행에서 상단 무사대장이 없다는 이야기를 듣고 한 사람을 소개할까 합니다. 인사드리게. 상단주님일세."

"레슬리입니다. 잘 부탁합니다."

카르네프 상단주는 아리안의 말을 듣고 흑월을 쳐다봤다. 그에게는 약간 어두운 기색이 있었지만, 용병이나 떠돌이 무사가 아닌 기사임이 틀림없었다. 분명 사연이 있는 듯했으나 아리안이 소개하는 사람이라 반갑게 맞았다.

"어서 오게. 어려운 때에 돕겠다고 와주었으니 정말 기쁘네. 같이 식사하도록 하세."

카르네프 상단주는 아리안과 흑월, 그리고 포르피리오와 함께 안채로 들어갔다.

"어서들 들어오게. 식사 준비가 됐을 걸세."

네 사람이 식당으로 들어가자 어느새 하녀들이 준비를 마치고 식당 벽 가까이 섰다. 식탁 위에는 김이 모락모락 피어오르는 음식들이 입맛을 돋았다.

"레슬리 경, 성의껏 준비한 모양이니 맛있게 먹고 상단 무사단을 책임져 주게."

"알겠습니다, 상단주님."

그들이 식사를 끝낼 무렵 한 소녀가 차를 들고 들어왔다.

"오, 라신느, 직접 차를 가지고 온 게냐?"

카르네프가 그녀를 반갑게 맞이했다. 그녀는 카르네프의 손녀이자 로열 아카데미 정령학과 4년차인 라신느였다.

"할아버지, 아리안은 아카데미 영웅이자 전설이잖아요. 제가 차를 끓여서 대접한 것을 알면 부러워서 그만 자살할 여학생이 한두 명이 아닐걸요."

"하하! 그러냐? 하지만 넌 졸업반이 될 테니 일 년밖에 더 못 보겠구나."

"그렇지 않아도 우리 정령학과 친구들은 그 문제를 심각하게 고려 중이랍니다. 아카데미 학칙에는 두 번 유급이 가능하기에 내년에는 유급하는 여학생이 많이 탄생할 거예요."

"크하하! 정말 그러냐? 아리안이 이 할아버지의 젊은 날과 너무 흡사하구나."

할아버지와 손녀의 대화는 무척 유쾌해서 모두 미소를 지으며 경청했다.

"헤에, 할머니 말씀은 아주 조금 다르던데요? 한마디 말도 못하고 얼굴만 붉히는 인생이 가여워서……."

"그게 아니란다, 라신느야. 흠흠, 그것은 할머니가 할아버지의 너무 찬란한 인기에 샘이 나서 그런 거란다."

"당연 그렇겠죠, 할아버지?"

"암암! 역시 우리 라신느가 이 할아버지를 잘 아는구나. 그런데 지금 어디 가려는 거니, 라신느?"

"할머니께 가서 여쭤보려고요."

"라신느, 아카데미 영웅이자 전설에게 차 한잔 따르지도 않고 어딜 가려고?"

할아버지는 식당에서 나가려는 손녀를 급히 불렀다. 모두들 웃음을 참느라 여간 고역이 아니었다.

"아차! 아리안님, 라신느가 드리는 차 맛 좀 보세요."

"고맙습니다, 라신느님."

둘의 대화를 듣던 카르네프가 미묘한 표정을 지었다.

"라신느, 넌 후배에게도 존댓말 썼니?"

"할아버지, 영웅과 연인에게는 나이가 없고 오직 관심과 존경뿐이랍니다."

손녀의 말을 들은 카르네프는 라신느와 아리안의 얼굴을 번갈아 쳐다봤다. 두 살이나 어린 아리안이 오히려 라신느의 큰 오빠 같았다.

어느덧 식사가 끝나 식탁은 치워졌고, 일행은 정원이 내려다보이는 창가에 앉아 차를 마셨다. 라신느는 아리안에게서 눈을 떼지 못했다. 그녀는 아리안이 마스터이기 때문이 아니라, 정령에게 감정을 부여했다는 사실이 너무 놀라워 좀처럼 그 생각을 지울 수가 없었다.

"아리안님, 부탁 하나만 해도 되나요?"

흑월이나 포르피리오는 아리안에게 부탁할 입장이 아니기에 흥미로운 눈길로 라신느를 쳐다봤다. 카르네프는 손녀가 엉뚱한 소리를 할까 봐 그녀를 말리려고 했다.

"얘야, 이제 그만 건너가 보도록 해라."

라신느는 할아버지의 말씀이 들리지 않는다는 듯이 기회를 놓치려 하지 않았다.

"아리안님, 아카데미에서 정령은 감정이 없다고 배웠어요. 하지만 전날 아리안님에게 불려 나온 정령은 분명 환희에 젖은 모습이었죠. 한 번만 다시 볼 수 있게 해주시면 안 되나요?"

"그래요? 하지만 난 정령술을 모르기에 정령을 소환할 줄도 모른답니다."

"아리안님, 전날 별관 정원에서 기이한 광경을 연출하실 때 분명 정령이 나타나서 춤을 췄답니다. 기억나지 않으세요?"

아리안은 그 당시 무아지경에 빠져 있었기에 기억을 못했고, 기억한다고 해도 지금 어린 여자(?)의 말대로 춤을 추고 싶은 생각은 추호도 없었다.

라신느는 그 자리에 무릎을 꿇었다. 그리고 간절한 눈망울로 아리안을 올려다보며 손을 모은 채 소망을 말했다.

"아리안님, 소녀는 그날 이후 한 번도 그 일을 잊을 수가 없었답니다. 눈을 감으나 뜨나 무심한 표정의 정령이 아니라 환희에 휩싸인 그 모습이 아롱거린답니다. 제발 소녀의 간절한 소망을 저버리지 말아주세요. 예?"

포르피리오는 소녀의 기운을 감지하고 그만 놀라고 말았다. 라신느에게서 보랏빛 오라가 넘실거렸다. 붉은빛은 병이나 열정, 노란색 오라는 희이와 좌절, 백색 오라는 정직과 건강, 황금색 오라는 권능을 나타내지만, 보라색 오라는 흔들리지 않는 확고한 신뢰, 혹은 신앙심을 나타내기 때문이다.

카르네프 상단주도 손녀의 갈망이 스며들어 말릴 수가 없어서 묵묵히 사태를 지켜봤다. 오직 흑월만이 소주군의 신비한 능력을 다시 볼 수 있을까 싶어서 흥미로운 눈으로 소녀를 지켜봤다.

아리안은 기억이 안 떠올라도 기억을 해야만 했으며, 이럴 때는 솔직해질 수밖에 없다고 여겼다.

"라신느님, 일어나세요. 기억은 나지 않지만 한번 해보지요. 혹시 실패해서 실망할까 봐 걱정되는군요."

아리안은 라신느를 일으켜 주고 정원으로 나갔다.

어느덧 어스름이 깔린 정원에는 마법등불 하나가 외로이 사위를 비췄다. 아리안은 정원 중앙에 놓인 정원석 위에 가부좌로 앉았다. 그는 허리에 찬 검을 뽑아 가슴 앞에 세우고 서서히 명상에 빠져들었다. 시간이 조금씩 흘렀지만 누구도 움직이려 하지 않았다.

바로 그때, 눈송이가 하늘하늘 떨어지다가 제법 쌓여갔다. 첫눈이었다. 정원을 바라보던 네 사람은 점점 아름다운 광경에 빠져들었으며, 마음마저 포근해졌다.

웅~!

아리안의 가슴 앞에 세운 검이 떨 듯이 용트림을 하며 울음을 터뜨렸다. 그리고 검향이 퍼져 나갔다.

"아! 검명에 검향이라니……."

포르피리오가 자신도 모르게 한마디를 했다가 급히 입을 다물었다. 다른 사람들이 그를 책망하듯이 쳐다봤다.

검이 조금씩, 그리고 또 조금씩 커졌다. 드디어 아리안이 검에 가려 보이질 않았다. 마법 불빛이 검에 반사되고 눈송이에 부딪쳐서 정원 전체에 신비로운 빛을 뿌렸다.

"세월은 무상해도 삶의 강은 흐르고,
광풍호우 요란해도 낙락장송 의연하니,
태허의 신비는 태극에서 피어나더라!"

아리안의 음성이련가, 천상의 신비가 밝혀짐인가. 신비스런 떨림이 듣는 사람과 공명하자 모두 깊은 감동에 젖었다.

그 떨림은 다시 정원 곳곳에 퍼져 공명을 이루었고, 정원은 생기를 받아 살아난 듯했다.

웅~!

검은 다시 한 번 울음을 터뜨리며 정원 전체를 덮듯이 커졌다. 그리고 갑자기 검이 사라졌다. 정원석 위에 앉은 아리안이 다시 보였다.

그런데…….

그의 머리 위로 또 하나의 아리안이 나타났다.

"세상에, 영신이다!"

포르피리오가 다시 놀라서 중얼거렸지만, 이번에는 누구도 탓하지 않았다. 그들도 이제껏 듣도 보도 못했던 기사(奇事)를 접하고 있었기 때문이다. 영신은 참외만큼 작았지만 눈, 코, 입 등 있어야 할 것은 모두 갖췄다. 입은 비록 벌리지 않았지만 눈은 동그랗게 커졌다.

아리안의 영신이 너울너울 춤을 췄다. 라신느의 말대로 정령이 나타나서 함께 영무를 선보였으며, 희미하던 정령은 점차 분명해졌고 기뻐하는 듯한 표정이 역력했다.

"아~!"

라신느의 눈에서는 감격의 눈물이 흘러내렸다. 다시 주먹만 한 정령 둘이 나타났고, 그들도 춤을 추면서 차츰 커져만 갔다. 결국 정령의 수는 여섯으로 늘어났고, 그들은 모두 아름다운 소녀의 모습으로 수박만 하게 성장했다. 그처럼 영신도 조금씩 자랐다.

너울너울!

하늘하늘!

영신과 정령은 서로 손을 잡고 허공에서 빙글빙글 돌면서 발로 허공에 원을 그리고 앞으로 내밀거나 뒤로 빼며 기쁨을 표현했다.

아리안의 영신을 중심으로 추는 군무는 세월을 어루만지고 태고의 신비를 드러냈다. 아리안의 본신에서 황금빛이 뿜어져 나와 영신에게 전달됐다. 영신과 정령들이 서로 잡은 손을 통해서 황금빛이 모두에게 연결됐다.

환희에 찬 그들이 성장하는 모습이 눈에 확연히 보였다. 그들을 가득 둘러싼 우주의 신비와 그들의 넘칠 듯한 환희마저 보는 사람들에게 전이됐다.

"오~!"

정원을 바라보는 사람들은 언어를 뛰어넘은 진실한 육체의 언어로 감격을 표현했다. 그들의 몸은 떨리고 있었다. 영신은 정령들의 기쁘고 아쉬운 작별을 받으며 아리안의 백회를 통해 다시 들어갔다. 여섯 정령은 아리안 주위에 자유롭게 둘러앉거나 날아다녔다. 정령들이 아리안의 빛을 받아 몸에 두른 것처럼 보였다.

바로 그때였다. 확연한 처녀의 몸과 모습을 갖춘 정령이 모습을 드러냈다. 그리고 정원을 한 바퀴 너울거리며 돈 뒤에 아리안을 향해 사뿐히 절을 하고 사라졌다.

"세상에, 지난 500년 동안 한 번도 나타난 적이 없다는 최상급 정령이라니……."

라신느의 놀라움은 그칠 줄을 몰랐다. 방금 그녀가 본 것은 정령 중에서도 최상급으로 분류되는 정령이었다.

정령들이 아리안에게 다가가서 뺨과 이마 등에 입을 맞추고 마치 아리안에게 스며들 듯이 사라졌다.

마법등은 다시 외로운 불빛을 토해내고, 눈은 세상의 상처를 포근히 어루만졌다. 한밤의 잔치는 끝이 나고 정원은 온전히 백색으로 뒤덮였다.

"아~!"

"……."

다음날 아침, 아리안은 황궁으로 들어갔고, 레슬리(흑월)는 상단 무사 대기실로 갔다. 대기실 옆에는 수련장이 붙어 있었지만, 누구 한 사람 검을 휘두르는 자가 없어 썰렁하기만 했다.

30여 명의 무사가 있다고 들었으나 대기실에는 20여 명만 눈에 띄었고, 그들마저 은단 먹은 닭처럼 기운이 없었다.

"집합!"

레슬리가 고함치자 저도 모르게 벌떡 일어났던 무사들이 그의 얼굴을 확인하고 도로 주저앉거나 아예 드러누웠다.

그런 행태가 어처구니없어 레슬리가 목소리를 더욱 높였다.

"내가 너희의 새 대장이다. 너희는 동료의 복수도 하지 않을 작정인가? 아니면 두려움에 검을 들 만한 용기마저 두고 도망쳤나?"

"쓰벌! X도 모르면 아가리나 닥치지. 복수하려고 해도 상행을 가야 할 거 아냐. 빈 집 지키려고 여기 온 게 아니란 말이야. 알겠어? 원, 거지 깽깽이 같은 자식이 그렇지 않아도 심란한데 속을 쑤셔대는군."

레슬리의 말에 무사 한 명이 욕을 하며 돌아누웠다.

"이봐, 심란한 덩치. 그렇게 가망이 없는데 왜 비루하게 여기 눌러 있나?"

"C발, 그림자에 놀란 개새끼마냥 짖어대기는. 떠나자니 억울하고 있자니 한심해서 그렇다. 됐냐? 한데 내가 왜 일일이 대꾸하고 있는 거지? 젠장, 별일이군."

덩치는 레슬리의 말에 꼬박꼬박 반응하는 자신이 더 이상한 듯했다. 그는 고개를 갸웃거리며 레슬리를 바라봤다.

"내가 네놈의 대장이라서 그런 거다. 빨리 집합하지 않을 거면 모두 나가라. 새 무사들을 모집할 테니."

"이봐, 성이 뭔지는 모르겠지만, 대장! 상행을 안 해도 무사를 모집하겠다는 건가?"

"상행을 안 한다고 누가 그랬나? 한 달 후에 상단주님이 직접 인솔해서 떠날 것이네."

무사들은 레슬리의 말을 듣자 모두 몸을 일으키고 가까이 다가왔다. 그들의 말투와 눈빛이 변했다.

"상행을 다시 떠난다는 게 정말입니까, 대장?"

"그렇다. 그래서 지금 당장 너희들이 나가서 무사 모집 공고를 여러 곳에 붙이고 숙소 정리도 해야 한다."

"예, 대장님!"

레슬리는 그제야 신이 나서 대기실과 숙소를 청소하는 무사들을 보고 속으로 놀랐다.

'크크, 예전 같으면 일단 두드려 패서 반쯤 죽여 놓고 말을 했을 텐데, 어제저녁 소주군의 영향을 받은 건가? 그거 참, 안 하던 짓을 하면 노망의 증거라던데, 어쩐지 좀 쑥스럽군.'

상단 경호를 해보지 않은 레슬리가 기존 무사들의 경험을 살려서 하나씩 준비해 나갔다.

아리안은 공주궁인 장미궁전으로 들어섰다. 아리안이 복잡한 것은 싫어하는 줄 아는지 오늘따라 시녀들도 눈에 띄지 않았다.

"아리안님~!"

아리안을 맞이하는 마르티네스 공주의 음성은 떨렸다.

"마르티네스, 오늘은 더 아름다워!"

"아리안님~!"

그리움과 감사함을 '아리안' 이라는 한 단어에 함축시키는 언어 마법의 달인 마르티네스의 얼굴은 더욱 아름답게 활짝 피어났다.

"아리안님, 마르티네스 몸이 좋아져서 다시 아카데미에 다닐 수 있게 됐어요."

아리안과 정원에서 이야기를 나누는 마르티네스의 얼굴은 그렇게 행복해 보일 수가 없었다. 하지만 그를 지켜보는 사람의 마음은 그다지 편하지 않은 듯했다.

"저 소년이 제국 검사로 존경받는 엘리야스 경을 이긴 아리안이란 말인가?"

"그렇습니다, 황태자 전하."

금년 27세인 마에스트로 황태자가 뚜벅뚜벅 장미 궁전으로 들어가자, 시종이 황급히 뒤를 좇으며 큰 소리로 외쳤다.

"황태자 전하시다! 예를 갖춰라!"

"황태자 오빠, 어서 오세요."

"……."

공주는 인사를 했고, 아리안은 고개만 숙였다.

"흠, 마르티네스, 금남의 구역에 웬 남자냐?"

"황태자 오빠, 부황이 허락하신 일이에요. 말씀이 듣기 거북해요."

공주가 불쾌하다는 듯이 안색이 변했으나 황태자는 개의치 않았다.

"그 얘기는 들었다. 한데, 마르티네스. 어째서 시녀가 한 명도 보이지 않지?"

"황태자 오빠, 그만 나가주세요."

마에스트로 황태자는 마르티네스의 말을 들은 척도 하지 않고 아리안을 쳐다봤다.

"너는 마스터냐?"

"그렇습니다, 황태자 전하."

"너는 내게 기사 서약을 하도록 해라."

마에스트로 황태자는 아리안에게 단도직입적으로 강요했다.

"황태자 전하가 황제 폐하가 아니시듯이 저도 기사가 아니라 아카데미 학생입니다."

"그래서 못하겠다는 건가?"

아리안의 표정이 미묘하게 변했다.

'이거 모자란 거야, 집요한 거야? 둘 다 골치 아픈 족속임에는 틀림없지만…….'

속마음을 내비치지 않고 아리안이 어조를 다듬어 말했다.

"황태자 전하, 기사가 아니기에 할 수가 없다는 것입니다."

"흠, 마스터가 기사가 아니라니, 그렇다면 과연 기사란 무엇인가?"

"황태자 전하, 기사란 황제 폐하께 충성을 맹세하여 기사 서임을 받고, 국가의 안위를 지키며, 약한 자와 여자를 보호하는 책임과 의무를 가슴에 새긴 자라고 배웠습니다."

"흠, 그런데도 황태자인 나의 명을 거역한다는 말이군."

황태자는 아리안의 말에도 집요하게 말꼬리를 물고 넘어졌다.

"황태자 전하께서는 제 능력 밖의 일을 요구하고 계십니다."

황태자가 전혀 그만둘 기세가 없자 마르티네스가 앞으로 나섰다.

"황태자 오빠, 제발 그만 좀 하세요. 황태자 오빠가 황제위를 계승하시면 자연히 해결될 문제고, 그렇지 않다면 졸업했을 때 다시 물어볼 수 있잖아요. 지금은 공부만 하겠다는 아리안님에게 강요하는 이유가 뭐죠? 더군다나 아리안님은 황제폐하의 명에 의해 이곳에 있는 것이며, 부황께서는 그 실력을 아시면서도 공부하고 싶다는 아리안님의 청을 허락하신 바 있답니다. 황태자 오빠의 일을 부황께서 아시면 어떻게 생각하실지 심히 궁금하군요. 지금 나가주세요. 그렇지 않으면 제가 부황께 가서 여쭤봐야겠습니다."

"허, 나는 네가 어린 줄만 알았더니 벌써 정치를 아는구나."

그러나 황태자의 태도는 전혀 변하지 않았다. 오히려 마르티네스를 보는 눈빛이 변했다.

"예?"

"네가 부황을 언급하며 나의 말을 막으면서도 물러날 길을 열어주니 바로 그것을 정치의 가장 심오한 수법인 타협이라 하는 거란다. 정치 초보들이 제일가는 정치 능력이라 착각하는 음모와 술수는 오히려 가장 저급한 기초 편에 불과하지. 오늘은 너의 정치 능력과 아리안의 강직한 뜻을 알았으니 이만

물러날까? 아리안, 자주 보도록 하세. 내 매제가 되어 대공이 되는 것도 좋은 방법일 거야."

아리안은 앞으로 황태자와 좋은 관계를 유지하는 일은 쉽지 않을 듯해서 그가 물러나는 모습을 물끄러미 바라봤다.

마에스트로 황태자는 황태자궁으로 돌아갔다. 그는 창가에 앉아서 골똘히 생각에 잠겼다.

전 황후가 죽고 새로운 황후에게서 태어난 마르티네스의 언행을 보아 황제의 신임이 자신에게서 멀어졌다고 여겼다.

'내가 훗날 황제가 된다고 해도 부황이 저렇게 정정하니 난 지팡이 짚을 때가 돼서야 용상에 오르거나 다른 황자에게 밀려나겠지. 그리고 아리안은 내 사람이 되기는 틀린 것 같아. 그가 엘리야스 경을 이겼다면 내게는 커다란 위험이 되겠어.'

황태자의 안색은 점점 침울해졌다. 그는 황제가 마르티네스를 대륙 통일의 거름으로 삼으려고 하다가 대공의 말을 듣고 마음을 돌린 게 자신의 큰 악재라고 여겼다.

'정신 바짝 차리고 준비하지 않으면 죽 쒀서 오크 줬다는 말이 나오겠군.'

황태자의 시름은 깊어만 갔다. 잠시 후 그는 뭔가 결심이 섰는지 자신의 부하를 불렀다.

"마샤, 거기 있느냐?"

"예, 황태자 전하!"

황태자가 창밖을 응시하며 사람을 부르자, 어느새 나타났는지 그의 뒤에 머리까지 검은 두건으로 가린 야행복 차림의 밀정이 한쪽 무릎을 꿇은 자세로 복명했다.

"아리안이란 자를 봤느냐?"

"예, 황태자 전하. 그는 마스터 이상의 실력자입니다. 30m 안으로는 도저히 접근할 수 없었습니다."

"엘리야스 경은 어떻더냐?"

이미 어떤 길을 선택한 듯한 황태자는 집요하게 물었다.

"그도 강자이긴 하지만 저희 세 사람이면 목숨을 바꿀 수 있을 것입니다."

"아리안은 몇 명이나 필요한가?"

"죄송합니다만, 황태자 전하. 그는 암살이 불가능한 자입니다. 이미 전설의 경지라는 절대공간을 창조한 것으로 느꼈습니다."

"절대공간?"

마에스트로 황태자는 그제야 몸을 돌려 마샤를 쳐다봤다.

"황태자 전하, 절대공간이란 절대강자가 자신이 발산하는 오라의 영향권을 말하는 것으로, 그 공간에서 일어나는 모든 마나의 움직임은 그의 통제를 받게 된다고 알려져 있습니다. 특히 그 안에서 투기나 살기를 일으키면 즉각 반응합니다."

"흠, 나이도 어린 그가 그 정도로 강자란 말인가?"

"그렇습니다, 황태자 전하. 그는 도저히 상상할 수도 없는 자라 회유하심이 가장 좋을 듯합니다. 그는 감히 일인군단을 뜻하는 군(君)이라 칭할 수 있습니다."

황태자는 마사의 몸이 순간적으로 부르르 떠는 것을 보고 놀라움을 금치 못했다. 진정한 그림자라고 칭해야 할 그녀가 두려움에 몸을 떨고 있었다.

황태자는 그녀가 비록 엘리야스를 처리하는 데 세 사람이 필요하다고 했으나, 만약 같이 죽을 각오만 한다면 혼자서도 언제든지 가능하다는 것을 너무나 잘 알고 있었다.

그런 그녀가 자신도 모르게 몸을 떨었다. 그것은 그녀의 몸이 생각보다 먼저 위험을 넘어선 공포를 느꼈다는 점이다.

그도 이미 아리안의 소문은 들어 어느 정도 알고 있었다. 하지만 소문이란 게 늘 그렇듯 분명히 과장되어 있을 거라 여기고, 아리안의 실력을 조금 깔보고 있었다. 하지만 그가 신임하여 마지않는 마샤의 반응을 보아하니, 아무래도 잘못 생각하고 있던 게 틀림없었다.

"물러가라."

"예, 황태자 전하."

그녀가 안개처럼 사라진 자리를 공허한 눈으로 쳐다보던 황태자는 고개를 돌려 말했다.

"에레디아 공작을 모셔 오라."

"예, 황태자 전하."

문밖에서 시종의 음성이 들린 후, 머지않아 바라하 상단주인 에레디아 공작이 황태자궁으로 들어왔다. 황태자궁의 경비가 갑자기 삼엄해졌고, 그러한 경비 상태는 밤이 늦어서야 정상으로 바뀌었다.

*　　*　　*

아리안이 아카데미로 들어가자 수련생들은 수련을 끝내고 황도 레포르마 객잔으로 갈 준비를 하는 중이었다. 그들 중에는 체험 수련을 떠난 2기 수련생들도 이미 돌아와서 들뜬 표정으로 짐을 꾸리고 있었다.

"크크, 내가 오크를 애들 취급하고 오거를 죽였다고 하면 우리 어머니가 뭐라고 하실지 궁금해."

"뭐라고 하시긴, 당연히 그렇게 무서운 애들하고는 놀지 말라고 하시겠지."

"그렇게 무서운 애들하고는 놀지 말라고 하신다고? 와, 정답에다 명언이야. 맞아, 내가 아무리 설명한들 상상도 못할 일일 테니까 우리 어머니는 믿지 않으실 거야."

이야기를 나누는 수련생들의 얼굴은 그 어느 때보다 밝았다.

"사실은 나도 나 자신을 믿지 못할 정도니까 말 다 한 거지."

"아카데미에서 마스터 그룹을 왜 부러워하는지 이제 제대로 이해한 거 같아. 전에 파라미 선배가 주먹 굵기의 나무를 맨손으로 잘랐다고 하기에 '쇼'라고 여겼는데, 정말 나무가 잘려 나가더라고."

"아카데미에서 마스터 그룹을 뭐라고 하는지 알아?"

친구의 말에 모두 호기심이 동하여 귀를 기울였다.

"몰라. 뭐라고 하는데?"

"마스터 그룹에 가입하면 변하기 시작해서 1년이면 괴물이 되고, 2년이면 괴물을 가지고 논다더군."

2기 수련생들이 서로 떠들면서 짐을 꾸릴 때, 안티야스의 고함이 들렸다.

"전체 동작 그만! 중대 차렷! 마스터께 경례!"

그들 앞에 아리안이 나타났다.

"충성!"

수련생들의 경례는 고함에 가까웠다. 마스터가 비록 나이가 비슷하다고 하지만 결코 평범한 인간일 수가 없었다.

대륙 역사상 누구도 이룬 적이 없으며, 아니, 상상도 못한 일을 자연스럽게 해냈다. 바로 자신이 산증인이 아닌가.

그런 분이 바로 자신을 택하여 역사의 산증인으로 삼아주었다. 그런 터질 듯한 감격이, 멈출 것 같지 않은 거대한 떨림이 그들의 고함을 타고 함께 울렸다.

"충성! 수고들 많았다. 자신감이 넘치는 모습을 보니 보기가 좋구나. 자신감이란, 내가 신처럼 무한한 가능성을 지니고 있다는 말임을 항상 명심해라. 언제나 자신에게 한계를 지우는 것은 자신감이 아님을 잊지 말라는 말이다."

아리안은 수련생들에게 자신감을 심어주고 싶었다. 자신감이야말로 자신을 발전시키는 무한한 에너지가 아닌가.

"우리는 분명 알고 있다. 오늘의 내가 있을 줄은 상상도 하지 못했던 일이다. 그러나 우리는 해내고 말았다. '할 수 있다, 할 수 없다'를 떠나서 무조건 믿고 따라와 줬기 때문이다. 어떤 사람들은 그렇게 말하기도 한다. 방학 동안의 특별 수련 효과가 그렇게 크다면 아예 처음부터 방학 동안의 수련과 같은 특훈을 하는 게 어떠냐고. 일견 옳은 듯이 보이지만, 그렇게 하면 깨지기 쉬운 그릇을 만들 뿐이다."

아리안은 수련생들도 품었던 의문을 천천히 설명했다.

그들이 1년 동안 열심히 수련해서 충분한 몸을 만들었기에 방학 동안의 특훈이 가능했고, 놀라운 결과를 끌어낼 수 있었다.

"이제 두 밤만 지나면 새로운 학기가 시작된다. 언제나 처음 마스터 그룹에 들어가서 이루고 싶었던 갈망을 한시도 잊지 마라. 마스터란 자신을 마스터한 자로서 하고 싶은 일을 하는 게 아니라, 해야 할 일을 하는 자임을 알아야 한다. 생각은 너희를 유혹하지만 몸은 정직하다. 너희가 원하는 바를 몸이 기억하도록 수련하기 바란다."

아리안의 말이 끝나자 안티야스가 전 회원들을 향해 소리쳤다.

"전체 차렷! 마스터께 경례!"

"충성!"

아리안에게 예를 표하는 수련생들의 눈은 반짝였다. 그들은 자신이 원하는 바를 몸이 기억하도록 다시 수련에 매진할 것이다.

신학기는 어김없이 언어 마스터인 학장의 전치사 강의로 시작됐다. 어떻게 알았는지는 모르겠지만, 너무 귀엽고 초롱초롱한 눈동자의 주인공들의 제일 관심은 단연 마스터 그룹이었다.

"너, 소문 들었어?"

"마스터 그룹 말이지? 1년 동안 수련 태도를 봐서 뽑는다는 마스터 그룹, 만약 뽑히기만 하면 1년이면 괴물이 되고 졸업하기 전에 그룹 이름 그대로 마스터가 보장된다는 그 마스터 그룹 말하는 것 아냐?"

"히야, 너도 소문 들었구나?"

역시 아카데미 신입생들의 제일 관심사는 마스터 그룹이었다.

"당연하지. 그래서 이번 연차는 검술학과 지망생이 거의 대부분이야. 전공 선택이 안 된 학생도 대부분 부전공으로 택했을 거야."

"전공 선택이 왜 허락되지 않는지 그 이유를 알고 있니?"

"그거야 당연하지. 모두 검술학과를 전공으로 지망하는데 학장님이나 교수님이 그걸 인정할 수가 없잖아. 만약 예년처럼 그걸 인정한다면 교수진과 강의 시간표가 완전히 바뀌어야만 될걸."

"그렇겠구나. 그래서 강의는 아직 시작도 못하는 중이군."

바로 그때, 밖에서 시끄러운 소리가 들렸다.

"모집 요강이 발표됐다! 마스터 그룹 모집 요강이 발표됐어!"

"그래? 가봐야겠군."

"가봐야겠군? 놀고 있네. 후다닥 뛰어가야지. 남들 다 읽고 남은 찌꺼기만 읽을 거야? 만약 선착순으로 마스터 그룹 회원 신청서를 마감한다면 어쩔 수 없이 떨어져야겠군. 킥킥!"

그는 친구의 말투를 흉내 내며 운동장으로 달렸다.

후다닥! 쿵쿵쿵!

운동장 한쪽 게시판 앞에는 벌써 많은 학생이 공고를 읽고 있었다.

알림

금번 마스터 그룹 신입 회원 모집에 대한 많은 동료 학생의 관심에 먼저 감사를 드립니다.

이번 신입 회원 역시 1년간 수련에 대한 열정과 인내력 등을 기존 회원들이 파악하여 졸업식 날 발표할 예정입니다.

인원:00명.

자격:1) 1, 2년차 학생.

2) 남녀 불문.

3) 전공 불문.

4) 평균 학과 성적 C학점 이상인 자.

5) 평소 수련이 열정적이고 꾸준한 자.

6) 마스터 그룹 이념을 받아들인 자.

7) 귀족이 아닌 자.

추기:회원으로 뽑히기 원하는 학생은 마스터 그룹에서 배부하는 신청서 공란을 기입하여 오늘 중으로 제출하여 주기 바랍니다.

마스터 그룹 회장 아리안.

작년처럼 불평불만이 여기저기서 터져 나왔다.

"젠장, 어째서 3년차는 안 된다는 거지?"

"마스터가 되는 데 4년은 필요하다더군."

"젠장, 회원에 뽑히기만 하면 한 번쯤 유급당하면 될 텐데, 왜 그렇게 까다롭게 굴까?"

"크크! 유급당한다고? 그런 방법도 있었네. 확실히 넌 마스터 그룹 회장보다 영리한 것 같다. 네가 새로운 그룹 하나 만들면 신청자가 더 몰리지 않을까? 후후!"

"그렇지 않아도 시작하기도 전에 자격 미달이라 약 오르는데 너까지 그러냐?"

그들이 게시판 앞에서 물러나자 다른 불평도 터져 나왔다.

"아니, 새 회원 모집은 새 연차에서만 해야 되는 거 아닌가? 왜 2년차 선배도 함께 뽑는 거야?"

"마스터 그룹 회장님이 그렇게 하겠다는데 네가 왜 열을 내냐?"

"인원은 한정됐는데, 2년차 선배와도 경쟁해야 되잖아. 그리고 여학생은 또 왜 뽑는 거야? 제길!"

경쟁이 심해진다고 여긴 학생들은 어김없이 불평을 토로했다.

"야, 이 친구야, 그렇게 불평만 할 게 아니야. 여학생만 뽑지 않아서 얼마나 다행이냐. 그리고 2년차 선배도 뽑는다니, 혹시 이번에 누락돼도 아직 기회가 두 번 더 있는 거 아냐?"

"그것도 그렇군. 그럼 전공 불문은 왜 나온 말일까? 당연히 검술학과에서만 뽑아야 되는 것 아닌가?"

학생들의 불만은 작년에도 그랬듯 자연적인 반응이었다.

그러나 개중에는 냉정하게 모집 요건을 파악하는 학생도 있었다.

"지금은 모든 신입생이 검술학과를 전공, 부전공으로 택한 상태야. 자신의 특기, 취미, 장점까지 모두 무시되고 있는 상황이지. 그래서 평균 C학점 이상을 자격으로 둔 것 같아. 그래야 자신의 장점을 살리면서 검술에 재능이 있거나 정말 열심인 자를 찾아내려는 복안이겠지. 그런 점으로 미루어볼 때, 모두 전공을 바꾸려고 다시 한 번 야단을 치겠군. 아리안 회장님의 머리가 상당한 듯해. 공고문 한 장으로 아카데미가 당면한 문제를 해결해 버렸잖아. 내가 비록 상단 경영학을 전공으로 했지만, 이런 마스터 그룹이라면 나도 신청서를 제출해야겠다."

학생들은 너나없이 신청서를 받으려고 마스터 그룹 사무실로 몰렸다. 그들은 선착순으로 도착했다고 여겼지만, 마스터 그룹 사무실에는 벌써 신청서를 기입해서 제출하려는 학생들이 더 많았다.

"세상에, 우리가 빨리 온 편인 줄 알았더니 오히려 늦었잖아."

"마스터 그룹이 아니라 마치 마스터 아카데미 같은 기분이 들어."

"그렇게 됐으면 얼마나 좋겠나. 그럼 이런 고생 하지 않아도 될 테고, 1년 동안 조마조마하지 않아도 될 테니까."

"그렇지만 1년 동안 치열하게 수련 경쟁이 벌어질 테니 실력은 자연히 상승하겠지."

"그런 점도 있겠군."

"아, 저 옷이 마스터 그룹 복인 모양이야."

"그렇구나. 너무 멋있다. 저게 내가 입을 그룹 복장이구나."

파라미와 마하비라가 함께 오는 모습을 본 학생들의 시선은 온통 경외심과 부러움으로 가득 찼다.

"늦었다, 늦었어."

"앗!"

학생 한 명이 늦었다고 소리치며 뛰어오다가 마하비라와 파라미에게 부딪쳤다. 하지만 줄을 선 다른 학생들이 보기에 부딪쳤다고 느낀 순간, 태극 마크를 단 두 선배는 어느 틈에 양쪽으로 갈라서서 그가 지나치게 한 다음 아무런 일도 없었다는 듯이 다시 갈 길을 갔다.

"아~!"

학생들은 놀란 눈으로 두 선배의 뒤를 쳐다봤고, 부딪칠 뻔한 학생은 좀 더 뛰어가다가 분위기가 이상해서 두리번거렸다.

파라미와 마하비라의 등을 쳐다보는 학생들은 두 주먹을 불끈 쥐었다.

난 꼭 마스터 그룹원이 되고 말 거야. 이것은 하늘의 뜻이고 내가 이 땅에 태어난 의미야.

그렇게 로열 아카데미 신입생들이 마스터 그룹의 일원이 되기 위하여 다짐에 다짐을 거듭하고 있을 때, 아리안은 곧 시작될 6개월 예정의 상단 여행을 준비하는 중이었다.

그의 행보에 따라서 대륙에는 짙은 피바람이 몰아칠 것이 분명했다.

휘잉~!

『검황전설』 3권에 계속…